심규식 대하역사소설

⑤ 횃불과 들불

도서출판
청어

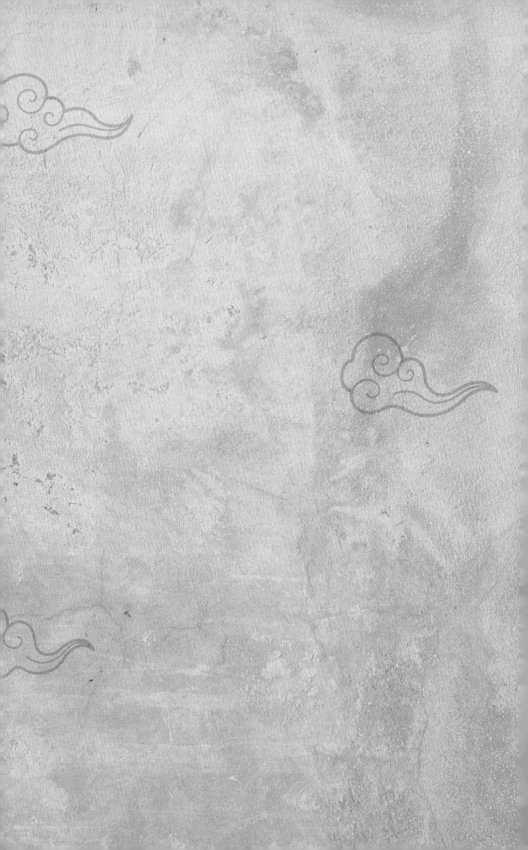

대하역사소설

망이와 망소이
제5권

횃불과 들불

심규식

제5권 햇불과 들불 | 차례

제1장

전야(前夜)

1. 자중지란(自中之亂)과 민란

정중부의 난이 일어나고, 얼마 지나지 않아서였다.

어느 날 대장군 한순, 장군 한공과 신대예, 사직재, 차중규 등이 한순의 집에서 술을 마시게 되었다. 이런저런 여항 이야기를 하다가, 대장군 한순이 말했다.

"요즈음 전중감 이의방과 위위경 이고의 권세가 정중부 대감보다 더 센 것 아니오? 이러다간 언젠가 정중부 대감도 그 두 사람에게 숙청되는 거 아닌가 모르겠소이다."

"요즈음 그 사람들 하는 것 보면 야차(夜叉)가 따로 없지요. 그렇게 많은 사람을 죽이고도 어떻게 편하게 잠을 자나 모르겠소."

"정중부 대감은 변란의 우두머리이고 상장군이라 그렇다 쳐도 일개 산원에 불과한 사람들이 그렇게 많은 사람들을 죽이고, 그 재물을 약탈하고, 심지어 임금의 별궁까지 차지해서 거들먹거리고 있으니, 하늘과 땅이 뒤집힌 것이지요."

이의방과 이고의 지나친 행태에 속으로 반감을 품고 있던 장군 한공이 말했다. 한공은 자기보다 나이도 어리고 계급도 한참 아래인 일개 산원들이 권력의 중추가 되어, 권력을 좌우한다는 게 용납되지 않았다.

"칼로 승한 자는 칼로 망한다는 말이 있는데, 두고 봐야지요."

장군 신대예의 말이었다.

그런데 그들이 나눈 말이 이의방과 이고의 귀에 들어갔다. 한순의 집 하인 한 명이 문 밖에서 그들의 이야기를 엿듣고, 바로 이의방에게 이를 알린 것이다. 그는 얼마 전 한순의 창고에서 모시 3필을 훔쳐냈다가 주인에게 심한 매타작을 당했던 자로서, 이의방에게 큰 상을 받을 것을 기대하고 밀고를 한 것이다.

"그놈들이 또 더한 말은 없었느냐?"

"때가 되면 군을 일으켜 대감들을 쳐야 한다고 했습니다요."

하인은 그의 주인이 하지 않은 말까지 보태서 말했다.

"이놈들이 우리 덕에 출세를 했으면서 우리 등 뒤에서 우릴 해칠 모의를 해?!"

격분한 이의방과 이고는 즉시 한순과 신대예 등을 모조리 잡아 죽이고, 그들의 재산과 노비들까지 몰수했다. 다만 평소 이의방과 교류가 있었던 차중규만은 원지(遠地)로 유배시켰다.

명종 2년(1172년) 전중감 이의방을 제거하려는 위위경 이고의 모의가 있었다.

이고는 본디 그 성품이 모질고 과격한 데다 시기심(猜忌心)과 욕심이 많은 사람이었다. 그와 이의방은 같은 견룡행수로서 늘 임금의 행차를 호위하는 일을 함께 했었고, 처음부터 정변을 계획하고, 그 계획을 성공시킨 둘도 없는 동지였다. 그러나 거사가 성공한 이제 이의방은 이고의 앞길을 가로막고 있는 가장 강력한 장애물이었다. 시급히 제거해야 할 적(敵)이었다. 권력의 달콤한 맛을 본 이고는 권력의 제1인자로 떠오른 이의방을 제거하고, 언젠가는 임금까지 몰아내고 스스로 임금이 되려는 야심까지 품고 있었다. 그가 경룡행수로서 늘 보아왔던 의종은 자기보다 나을 것이 하나도 없었다.

"왕후장상의 씨가 따로 있나? 용상에 앉는 놈이 주인이지!"

이고의 생각에는, 이의방만 제거하면 금방 옥좌가 그의 것이 될 것 같았다. 이고는 우선 많은 중들을 거느리고 있는 법운사의 승려 수혜와 개국사의 승려 현소를 포섭하고, 기회가 오기를 기다렸다.

때마침 조정에서는 태자의 관례식(冠禮式)을 여정궁에서 열기로 하였다. 여정궁은 그 입구에 무성한 수풀이 있어서 복병을 숨기기에 알맞은 곳이었다. 하늘이 나를 돕는구나! 이고는 쾌재를 부르며 관례식 전날밤 법운사 수혜의 방으로 그가 포섭한 무뢰배와 중들을 불렀다. 그는 말과 돼지를 잡고, 갖가지 술과 안주를 마련하여 상다리가 부러지게 한 턱을 낸 후에,

"이번 거사가 성공하면 너희들은 모두 공경(公卿)의 자리에 오를 것이다!"

하고, 구체적인 계획을 하달했다.

그런데 이고의 전령(傳令)이었던 부하 김해동이 문 밖에서 우연히 그들의 대화를 엿들었다. 그는 옳다구나! 하고 부리나케 자기 아버지에게 달려가 말했다.

"아버지! 제가 엄청난 말을 들었습니다!"

"무슨 말을 들었길래 그리 호들갑이냐?"

그의 아버지 김대용이 물었다.

"위위경 이고 대감이 이의방 대감을 죽이려는 모의를 하고 있습니다!"

"뭐라?! 그게 정말이냐?"

김대용의 눈이 화등잔만큼 커졌다. 아들의 말을 들은 김대용은 천재일우의 기회가 그에게 왔음을 알고, 즉시 그의 상관 채원에게 이를 알렸다.

"그 말이 사실이렷다?!"

"제 아들이 위위경 이고 대감의 전령으로 있는데, 두 귀로 똑똑히 들었답니다!"

"알았다! 내 너와 네 아들에게 큰 상을 내리겠다!"

채원은 득달같이 이의방에게 달려갔다. 채원의 말을 들은 이의방은 소스라치게 놀랐다. 아차하다 목숨을 잃을 뻔했구나! 이고, 이놈이 나

와 함께 밥을 먹고 술을 마시고, 태연히 웃으면서 뒷구멍에서 나를 죽일 음모를 꾀하다니!

마침내 태자의 관례식 날이 왔다. 수혜와 현소는 그들의 수하에 있는 중들을 무장시켜, 여정궁 입구 나무 그늘에 매복시켰다. 그런데 이의방이 나타나기도 전에 한 무리의 군졸들이 달려와 그들을 닥치는 대로 참살하였다. 그와 동시에 이고와 그의 수하, 그의 가족들도 이의방이 보낸 군졸들에게 모두 붙잡혔다.

"이고! 네놈이 나와 함께 찬이슬을 맞으며 임금의 행차를 호종하고, 한솥밥을 먹고 한 막사에서 잠을 잔 세월이 얼마인데, 나를 죽이려 해?! 위위경의 권력으로도 부족하더냐?!"

이의방이 붙잡혀 온 이고에게 물었다.

"권력에 2인자란 없다! 이제 내가 패했으니, 구차하게 목숨을 구걸하진 않겠다. 죽여라!"

이의방은 이고와 그의 식솔들을 모두 사살하고, 그의 재산과 노비들도 몰수했다. 그의 아비만은 일찍이 이고가 못된 짓을 하는 것을 보고서 부자의 연(緣)을 끊었다 하여 죽이지 않고 멀리 귀양을 보냈다. 또한 수혜와 현소가 있던 법운사와 개국사를 폐하고, 절 소유의 모든 재산을 빼앗았다.

또 명종 3년 무신란의 주동자 중의 한 사람이었던 채원이 조정의 신하들을 모조리 사살하려던 음모를 꾸미다가 사전에 모의가 들통나서 이의방에게 죽임을 당했다. 이런 과정을 통해 이제 조정은 완전히 이의방 한 사람의 손아귀에 들어갔다.

이의방은 군부를 통제하기 위해 그와 같은 전주 출신 두경승과, 그의 종형 이춘부로 하여금 군부를 맡게 하고, 그의 형 이준의와, 아우 이린의 장인 문극겸에게 문신들을 통제하게 하여, 문무를 두루 장악했다.

나라가 어지러워지자 창주(昌州), 성주(星州), 철주(鐵州)에서 연이어 민란이 일어났다. 이 세 곳은 모두 5도 양계 중 서계(西界)에 해당하는 지역으로, 고려 창업 이후에 고려 땅으로 편입된 지역으로서, 북에서 귀화한 이민족(異民族)이나 남쪽의 천민 집단인 향, 소, 부곡에서 강제로 이민(移民)시킨 사람들이 많은 곳이었다.

창주에 부임한 수령들은 너나없이 대대로 백성들을 가혹하게 착취하여, 백성들의 원망이 가슴 속에 가득 차 있었다. 그런데 이때 무반들이 임명한 이중세가 새로 부임하여 또다시 백성들을 쥐어짰다.

"이제 굶어 죽으나, 관청놈들에게 맞아 죽으나 매한가지다! 이중세와 그 앞잡이 아전놈들을 때려죽이자!"

"창주 관청에는 곡식이 산더미처럼 쌓여 있다! 관청으로 가자!"

분노한 고을 사람들은 괭이, 삽, 낫, 죽창 등을 들고 창주 관아를 향해 쇄도했다.

"이중세와 아전놈들을 잡아라!"

산해진미를 차려놓고 기생들과 질탕한 풍류에 빠져 있던 이중세는 고을 사람들이 쳐들어오자 쥐새끼처럼 재빨리 현청을 빠져나갔다. 군졸과 관노, 아전들도 앗! 뜨거라! 하고 도망치기에 바빴다. 고을 사람들은 닥치는 대로 관청을 약탈하고, 이중세를 잡으려고 사방을 뒤졌다. 그러나 약삭빠른 이중세는 끝내 잡히지 않았다.

"그놈을 못 잡았으면, 그놈과 죽고 못 살았다던 기생년이라도 죽여서 한을 풀자!"

고을 사람들은 이중세가 총애했던 기생 자월이를 죽여 아문(衙門)에 던져두고서야 물러갔다.

성주와 철주 또한 지방관의 지나친 가렴주구에 분노한 백성들이 봉기하여, 수령을 쫓아내고 관아를 점령하였다.

당시 서계(西界)의 최고 통솔자인 서북면 병마사는 정중부의 사위 송유인이었다. 그러나 송유인도 여기저기서 일어난 민란을 어찌할 수가 없었다. 당장 군대를 보내서 진압해야 했으나, 우선 진압할 만한 군대가 없었고, 몇 안 되는 적은 숫자의 군대로는 죽기를 각오하고 일어난 주민들의 기세를 꺾을 수가 없었다. 그는 재빨리 병을 핑계하여 병마사 직(職)을 사퇴하고 개경으로 돌아갔다.

"지방 관리라는 것들도 그렇고, 너는 명색이 서북면 병마사라는 놈이, 그래, 한낱 시골 무지렁이들한테 쫓겨서 도망왔단 말이냐?"

정중부가 송유인을 꾸짖자, 송유인이 말했다.

"장인 어르신, 그놈들이 죽기살기로 덤비는데, 당할 장사가 없습니다!"

"에잇, 못난 것들!"

중방에서 정중부와 이의방이 방도를 강구했으나 뾰족한 계책이 없었다. 결국 조정에서는 성난 민심을 진무(鎭撫)하는 사신을 보내어, 지방관과 그 앞잡이들인 아전들을 처벌하고, 민란을 일으킨 주동자와 주민들을 달랬을 뿐, 주민들을 처벌하지는 못했다.

김보당은 중서시랑평장사 김영부의 아들로서 경인년 정중부 등 무장들이 난을 일으켰을 때 재빨리 피신하여 죽음을 면했다. 그는 성품이 강직하고 남에게 아첨하는 걸 싫어하여 의종과 그의 폐신들에게 아첨하지 않았으므로, 정중부 등 무신들의 미움을 받지 않았고, 새로이 등극한 명종은 그를 우간의(右諫議)에 임명하였다.

김보당은 처음에는 새로 권력을 잡은 무신들에게 동조하는 입장을 취했다. 그간 임금을 둘러싼 권신들과 내시들의 전횡(專橫)에 크게 상심했던 그는 정중부 등이 조정을 일신하고 백성을 위한 새로운 정치를 펼치기를 기대했었다. 그러나 그는 곧 실망했다. 새로 등장한 무반들이 서정(庶政) 쇄신은 아랑곳없이 더 큰 권력을 쥐기 위해 자기들끼리 다투고 죽이느라 영일(寧日)이 없었고, 전(前) 임금 때에 정치를 문란하게 했던 신하들이 하나 둘 다시 정중부나 이의방, 이고 등 무반에

빌붙어 조정으로 돌아왔기 때문이었다.

어느 날, 우간의 김보당과 좌간의 김신윤이 대간(臺諫)에서 오전 일을 마치고 차를 마시는 자리에 우연히 좌사간 이응초가 끼었다. 이러저런 얘기 끝에 자연 조정의 정사(政事)에 관한 얘기가 나왔다.

"지난 날 최윤의가 임금을 둘러싼 내시들과 함께 조정을 얼마나 어지럽혔소? 그런 사람을 다시 불러 재상의 자리에 앉히다니, 폐하께서는 제 정신이 있으신지 모르겠소이다."

우간의 김보당이 입을 열었다.

"최윤의는 해동공자로 불리는 최충의 후손으로서 학문이 뛰어난 사람인데, 왜 햇가(日邊)를 못 떠나서 권신들에게 아유구용(阿諛苟容)하는지 알다가도 모를 일이오."

좌간의 김신윤이 김보당의 말에 동조했다.

"그게 폐하가 하는 일이 아니라 정중부, 이의방 들이 하는 일이지요. 얼마 전에는 이원응을 불러다 간의에 임명하지 않았소이까? 그 또한 아첨꾼으로 소문난 사람 아닙니까?"

좌사간 이응초가 말했다.

그때 우정언 최당이 들어왔다.

"저도 차 한 잔 마시러 왔습니다. 무슨 말씀들을 하고 계십니까?"

"요즈음 전(前) 조정에서 내시들과 함께 햇가(日邊)에서 놀던 사람들이 다시 복귀하는 걸 탄식하고 있었소이다."

최당의 물음에 김보당이 말했다.

"어떤 사람들을 말하는 것이오?"

최당이 다시 물었다.

"재상 최윤의, 간의 이원응, 중승 오중정 등이 다 그런 사람들 아닙니까?"

"게다가 승선 이준의와 문극겸도 있지 않소이까?"

김신윤과 이응초가 말했다.

"그래도 문극겸은 좀 다르지 않소이까? 그는 전 임금께도 바른 말을 하여 귀양까지 갔다 온 사람 아닙니까?"

최당이 문극겸을 변호하자 김보당이 다시 말했다.

"문극겸이 그때는 강직하기 그지없었으나 그 사람도 권력의 맛을 보았는지 지금은 이의방의 사람이 되어, 이의방의 형 이준의와 함께 조정을 좌우하고 있소이다."

그들은 이구동성으로 무신들을 등에 업고 다시 조정으로 돌아온 자들의 행태를 비판하였다. 그러다가 김보당이 말했다.

"우리가 대간으로서 이러고 있어서는 안 되는 것 아니오? 대간의 임무가 이러한 자들을 탄핵하는 것 아닙니까?"

"탄핵이오?"

"우리가 명색이 대간(臺諫)인데, 저들의 전횡을 묵과한 데서야 말이 됩니까?"

"그렇습니다! 저들을 탄핵해야 합니다."

"탄핵합시다!"

"…그러나 저들 뒤에는 무신들이 있습니다. 괜찮을까요?"

"아무리 무신들이 저들의 뒤를 봐 준다 해도 조정에는 엄연히 대간이 있다는 걸 보여 주어야지요! 그래야 저들이 정사(政事)를 자기들 마음대로 못할 것입니다. 며칠 전 좌산기상시 이소응 대감과도 같은 의견을 나누었습니다. 우리가 탄핵에 나선다면 이소응 대감도 함께 해 줄 것입니다."

결국 그들은 뜻을 함께 하는 사람들을 더 모아, 임금이 계신 탑전으로 나아가서, 최윤의, 이원응, 오중정, 이준의, 문극겸 등을 탄핵하였다.

"…폐하! 소신들의 주장은, 지금 어지러운 조정을 바로잡고, 앞으로 폐하의 성총을 흐리게 하는 그릇된 신하들에게 경종을 울리고자 하오니, 저들을 모두 원처로 유배하시옵소서!"

"······."

그러나 명종은 그들의 탄핵하는 말을 듣고도 아무 말도 하지 못했다. 최윤의 등을 다시 부른 것이 자기 뜻이 아니었기 때문이었다. 임금이 이러지도 저러지도 못하고 난처한 얼굴로 침묵에 잠겨 있을 때, 갑자기 밖이 소란스러워지더니, 20여 명의 위사들이 탑전으로 몰려들었다.

그들은 말 한마디 없이 다짜고짜 탑전에 엎드려 있는 신하들을 사정없이 밖으로 끌어냈다.

"이놈들, 폐하 앞에서 이 무슨 짓이냐?"

"한낱 위사놈들이 이 무슨 해괴한 짓이냐?"

김보당과 김신윤이 외치자, 위사들이

"이놈들! 네놈들은 지금이 어떤 세상인지도 모르는 것이냐?"

하며 두 사람에게 사정없이 손찌검을 하였다.

"이게 무슨 짓이냐? 누가 시킨 짓이냐?"

"잔말 말고 따라와! 더 큰 봉패 당하기 전에…."

김보당 등이 대전 밖으로 끌려 나가자 승선 이준의가 기다리고 있었다.

"이놈들! 네놈들이 감히 나를 탄핵해?! 이놈들이 이거 간이 배 밖으로 튀어나온 놈들 아닌가! 설마 이 이준의가 누군지 모르는 건 아니겠지?! 여봐라! 이 정신 빠진 놈들 정신 좀 차리게 찬물을 한 바가지씩 퍼부어 주어라!"

그러자 한쪽에서 물통을 들고 기다리고 있던 위사들이 간관(諫官)들에게 물을 퍼부어댔다. 김보당은 찬물을 뒤집어쓰면서 아뜩한 절망을 느꼈다. 이리 막돼 버린 세상이었던가!

"껄껄껄껄! 이놈들 꼴 좋다! 당장 목이 떨어지고 싶지 않으면 집으로 돌아가, 쥐새끼처럼 숨어 있어라!"

이준의가 껄껄거리며 물에 빠진 생쥐 꼴이 된 간관들을 대전에서 내쫓았다.

이튿날, 중방(重房)에서 어제 있었던 사건이 의제로 올랐다.

"이게 대체 무슨 말이오? 이준의 대감이 간관들을 욕보였다니?!"

중방을 총재하는 참지정사 정중부 대감이 먼저 말을 꺼냈다.

"하늘 높은 줄 모르는 간관들이 아무 죄도 없는 중신들을 함부로 탄핵했으니, 그리 됐지요."

참지정사 노영순이 말했다.

"아무리 그래도 명색이 조정의 신하들인데, 성상 앞에서 짐승처럼 끌어내어서, 물바가지를 끼었고 조롱을 했다는 게 말이 되오?"

평소에 별 말이 없던 중서시랑평장사 임극충이 한마디 했다.

"그게, 이준의 대감이 그의 아우 전중감 대감의 위세를 등에 업고 벌인 일이 아니겠소?"

참지정사 노영순이 이의방을 보고 말했다. 노영순의 말에 이의방의 얼굴이 얼음처럼 굳어졌다.

"이준의 대감이 제 형이지만 이는 지나친 일이오."

이의방이 말했다.

"전중감 대감이 자책할 일은 아니오!"

추밀원사 한취가 이의방의 편역을 들었다.

"그럼 이 일을 어찌 처리하면 좋겠소?"

다시 정중부가 의견을 물었다.

"이준의 대감이 지나치긴 했으나, 대간들이 우리 무반을 탄핵하려 한 것은 사실이오. 우리가 한 걸음 물러서면 저들은 두 걸음 밀고 들어올 것이오! 차제에 뜨거운 맛을 보여야 하오! 폐하께 저들의 오만방자함을 아뢰고, 벌을 내리도록 해야 할 것이오."

참지정사 양숙이 말했다.

그날 오후 정중부는 임금에게 중방의 뜻을 전했고, 명종 임금은 소두(疏頭) 김보당을 판대부사로, 김신윤을 공부시랑으로 좌천시켰다. 임금은 어전에서 있을 수 없는 행패를 부린 이준의와 그가 동원한 순검군에겐 어떤 벌도 내리지 않았다. 참지정사 정중부보다 더 실제적인 권한을 쥔 전중감 이의방의 눈치를 보아야 했기 때문이었다.

그 뿐만이 아니었다. 김보당은 그 사건으로 인해 무신들의 미움을 받게 되었고, 다시 조정에서 밀려나 결국 국경 지방인 동북면 병마사로 쫓겨나게 되었다. 이 때문에 김보당은 조정의 무반들에게 깊은 원한을 지니게 되었다.

동북면 병마사는 국경인 동계(東界)와 북계(北界)를 수비하는 군대의 사령관으로서, 동북면 국경지역의 민정(民政)만이 아니라 군대까지 통솔하는 직책이었다. 김보당은 청렴하고 강직하여 백성들의 송사(訟事)를 바르게 하였고, 조세를 정확히 하여 지방관의 가렴주구를 막았다. 또한 군사 업무를 엄정히 하여 부하 장교들의 신임을 얻었다.

어느 날, 김보당이 그를 존중히 여겨 따르는 병마록사 이경직과 장순석에게 말했다.

"내 일찍이 조정의 썩은 신하들을 탄핵하여 조정의 기강을 바로잡으려 했으나, 성상께선 그들을 벌주기는커녕 나를 좌천시키고, 마침내는 나를 이 궁벽한 곳으로 쫓아 보냈소. 사실 전(前) 임금이 폐신들에게 둘러싸여 국정을 그르쳤다 하나 지금 임금도 정중부, 이의방 등 무신들에게 놀아나기는 마찬가지요. 아니, 무반들의 허수아비 노릇하기는 전 임금보다 더 하오! 그대들은 이를 어찌 생각하오?"

"어찌 생각하다니요?"

이경직이 긴장한 얼굴로 물었다.

"모든 권력은 칼끝에서 나옵니다! 경신년의 난이 그 증거 아니오? 몇 안 되는 무리들이 칼로 권력을 쟁취하고, 지금까지 조정을 좌우하고 있지 않소? 그들은 우리보다 무식하고 미천한 자들인데도 칼 한 자루로 천하를 거머쥐었소! 지금 우리에게는 그들보다 훨씬 더 많은 군사들이 있소! 마침 전 임금이 거제도에 쫓겨가 계시니, 그를 다시 복위시키고 무도한 무반들을 숙청한다 하면 군사들이 우리를 따를 것이오!"

"…정변을 일으키자는 말씀이시오?"

"그렇소! 두 분 생각은 어떻소?"

"…우리를 믿고 이런 말씀을 하시는 것 아닙니까? 병마사 대감의 생각이 그러시다면 저희는 대감을 따르겠습니다!"

"견마지로를 다하겠습니다!"

이경직과 장순석이 김보당의 말에 찬성을 표했다.

명종 3년(1173년) 8월.

면밀한 계획을 세운 김보당과 이경직, 장순석은 동북면 여기 저기에 파견되어 있던 군사들을 모두 안변(安邊) 병마사 영(營)으로 소집하였다. 김보당은 군사들을 거느리고 온 장교들을 설득하고, 그들의 동의를 얻었다. 그리고 군사들을 집합시켜놓고 말했다.

"지금 조정을 지배하고 있는 정중부, 이의방 등은 무수히 많은 신하들을 무자비하게 살육하고, 임금을 멀리 거제도로 내쫓은 역적들이다. 지금 임금은 이들 역적들의 허수아비에 불과하다! 사세가 이에 이르렀음에도 누구 하나 이 역적들의 죄를 탄핵하고 이들에 맞서 일어서지 못했다. 나는 이를 보다 못해 이들의 탄핵에 앞장섰다가 이곳까지 쫓겨왔다. 그러나 이는 오히려 하늘이 나에게 준 절호의 기회이다! 이곳엔 충성스런 여러분이 있기 때문이다! 나는 오늘 여러분과 함께 거제도에서 우리들을 기다리시는 전 임금을 모셔다가 다시 임금의 자리에 앉히고 한 주먹도 안 되는 저 무도한 정중부의 무리들을 모조리 타도하여, 천도(天道)가 엄연함을 보일 것이다! 어떠한가?! 나와 함께 뒤집힌 천도를 다시 세우겠는가?!"

김보당의 말이 끝나자 이경직이 나서서

"옳소! 임금을 구하고, 역적 정중부, 이의방을 죽입시다! 김보당 장군 만세!"

하고 외쳤다.

그러자 다시 장순석이 나서서,

"만세! 김보당 장군 만세!"

하고 구호를 유도했다. 그의 구호에 따라 병사들도 모두 목소리를 높여 함께 외쳤다.

"만세! 김보당 장군 만세!"

여러 장교들이 나서서 앞 다투어 소리쳤다.

만세! 김보당 장군 만세! 만세! 김보당 장군 만세!

때려잡자 정중부! 때려잡자 정중부!

때려잡자 이의방! 때려잡자 이의방!

병사들의 연호 소리가 연병장은 물론 영내의 건물을 흔들었다.

김보당은 장순석과 유인준을 남로병마사로, 내시 배윤재를 서해도 병마사로 임명하여, 즉시 남쪽으로 출병하도록 하였다. 김보당이 봉기했다는 소식을 들은 동북면지병마사 한언국도 군대를 거느리고 김보당군에 합류하였다.

그날도 의종은 그의 거처에서 두어 마장쯤 떨어진 바닷가 바위에 앉아서 무연(憮然)히 바다를 바라보고 앉아 있었다. 거제도로 유배된 후로 그는 거의 매일 바닷가로 나갔다. 게딱지만한 초가집에 앉아 있기가 답답해서 밥만 먹으면 밖으로 나와서, 여기저기 걸어다니거나, 바위에 앉아 있거나 했다. 그가 밖으로 나올 때는 언제나 그를 감시하는 군졸들이 몇 걸음 뒤에서 그를 따라다녔다.

"폐하 무슨 생각에 그리 골몰하고 계시옵니까?"

언제 왔는지 무비가 옆에 와 앉으며 말했다. 무비는 그의 자식을 12명이나 낳은 그의 총첩으로, 그가 귀양을 때 그의 모후 공예태후의 주선으로 그를 따라온 여자였다.

"생각은 무슨…. 그냥 앉아 있다. …여기 앉아 있으면 저절로 옛일이 주마등처럼 스쳐간다."

"이미 지난 일인데, 생각지 마시옵소서. …마음만 괴롭사옵니다."

"그게 어디 마음먹은 대로 되느냐? 내가 잘못한 것이 많다. 사직(社稷)에 큰 죄인이다."

의종의 얼굴에 쓸쓸한 추회가 어렸다.

"…바람이 찬데, 그만 들어가시지요. 옥체에 해롭사옵니다."

"그럴까?"

의종은 자리에서 일어났다.

그때였다. 한 무리의 병사들이 그를 향해 달려왔다. 의종은 가슴이 철렁 내려앉았다. 저놈들이 드디어 사약(死藥)을 가져 왔나? 병사들은 의종의 앞에 일제히 무릎을 꿇고 큰절을 올렸다. 이윽고 장군 복장을 한 자가 말했다.

"성상 폐하! 폐하께 문안 인사 올리옵니다! 소장은 남로병마사 장순석이라 하옵니다! 폐하를 모시러 왔사옵니다."

"그게 무슨 말인고? 나를 죽이러 왔느냐?"

"폐하, 그 무슨 사위스런 말씀이시옵니까? 저희들은 폐하를 복위시키러 온 신하들이옵니다."

"…그게? …나를 복위시키다니?"

놀람으로 의종의 목소리가 떨렸다.

"동북면 병마사 김보당 장군이 드디어 폐하를 위해 군대를 일으켰사옵니다!"

"김보당이?! ……."

김보당이?! 의종은 김보당이 누구인지 헤아려 봤으나, 생각나는 얼굴이 없었다.

"어서 가시옵소서! 저희들은 이미 동경(東京)을 점령하고 폐하를 기다리고 있사옵니다. 동경에서 군을 정비하여 폐하를 모시고 황도로 올라갈 것이옵니다."

"…과인이 부덕하여, 너희에게 수고를 끼쳤구나!"

마을에 대기하고 있던 100여 명의 군졸들과 장순석은 의종을 동경으로 모셔갔다.

의종을 동경으로 옮겼다는 소식을 접한 김보당은 쾌재를 불렀다. 의종은 이미 폐위되어 아무런 힘도 없는 사람이었으나, 그들이 봉기한 명분을 위해서는 절대로 중요한 인물이었다. 의종을 그들의 수중에 넣었다면, 그들의 봉기는 반은 성공한 셈이었다.

뒤늦게 김보당이 군을 일으켰다는 소식에 조정은 벌집를 쑤셔 놓은 듯 발칵 뒤집혔다. 소식을 들은 대신들이 속속 중방으로 모여들었다.

"동북면에서 군이 들고 일어났다니, 그게 무슨 말이오?"

참지정사 양숙이 물었다.

"김보당이란 놈이 기어이 변을 일으킨 모양이오."

전중감 이의방이 말했다.

"벌써 동경이 그놈들 손에 떨어지고, 그놈들이 거제도에 있던 폐왕을 탈취하여 동경으로 데려갔다는 소식이오."

이의방이 그간 일어난 사건을 요약하여 말했다.

"김보당, 그놈이 평소 우리 무반에게 앙심을 품고 있었던 것을 모르고 그놈을 동북면 병마사로 내보냈으니, 그놈에게 날개를 달아준 셈이 됐소이다."

정중부가 침중한 얼굴로 말했다.

"지금 그것을 후회하고 있을 시간이 없습니다. 저들이 폐왕을 옹위하고 개경으로 올라오면 감당 못할 사태가 벌어질지도 모릅니다.

그 전에 우리가 저들을 쳐부숴야 합니다."

이의방의 말에,

"전중감 대감의 말이 옳소! 저들이 저리 신속히 움직인다면, 우리는 더 전광석화처럼 저들을 쳐야 합니다!"

추밀원사 한취가 말했다.

"토벌군을 보낸다면 누가 좋겠소?"

"용맹과 위용이 뛰어난 장군 이의민이 어떻겠소? 그가 간다면 다들 겁을 먹고 감히 대적하지 못할 것이오!"

"박존위 장군도 함께 출정시키면 더욱 좋을 것 같소!"

중방은 즉시 이의민과 박존위를 불러 출병을 명했다.

"저들이 신속하게 움직이니, 너희는 저들이 개경으로 향하기 전에 더 빨리 움직여라! 밤을 낮 삼아 쉬지 말고 달려라! 저들이 전혀 예상 치 못할 때 일거에 저들을 쳐서 괴멸시켜라! 이번 일을 성공하면 상이 클 것이다!"

정중부가 출병하는 이의민과 박존위에게 술을 내리며 말했다.

이의민은 그 아비가 소금장수이고, 그 어미는 옥령사 노비출신으로 천출이었으나, 키가 8척이 넘고, 용력이 과인하여, 어렸을 때부터 계림(鷄林)의 저잣거리를 휩쓸고 다닌 망나니였다. 그의 두 형도 불량배로서 이들 3형제가 온갖 행패를 부리고 다녔으나 그들의 기세에 눌려 감히 대적할 사람이 없었다. 결국 원성(怨聲)이 당시 경주 안렴사 김자양의 귀에까지 들어가고, 김자양은 이들 3형제를 잡아다가 모진 형벌을 가했다. 이의민의 두 형은 형벌을 못 이겨 옥에서 죽고 말았으나, 이의민은 끝까지 살아 남았다. 이의민의 이러한 용력을 기특하게 여 긴 김자양은 그를 군인으로 발탁하여 경군(京軍)으로 보냈다.

풍채가 거쿨지고 수벽치기에 뛰어났던 이의민은 처음 임금의 수레 를 호위하는 견룡군의 대정이 되었다가, 수벽치기를 사랑하는 의종의 눈에 띄어 산원에까지 올랐고, 무신란 후에 이의방의 오른 팔이 되어

중랑장에 이어 장군에까지 오른 인물이었다. 경신년 변란에 문신들을 제일 많이 죽인 사람이 이고와 이의민이었고, 그 때문에 사람들이 모두 이의민을 두려워했다.

이의민과 박존위는 밤낮을 쉬지 않고 병사들을 몰아쳐서, 나흘만에 동경에 다달았다. 이의민은 김보당군이 어찌 하고 있는지를 알아보기 위해 척후를 보냈다.

"저들은 우리 군이 온 것을 까맣게 모르고, 사방에 흩어져 있습니다. 심지어 술에 취해 나자빠져 있는 놈들도 있습니다!"

척후병들이 와서 말했다.

"박 장군! 들었지요?! 지금 즉시 들이칩시다! 지금 치면 손쉽게 저들을 잡을 수 있습니다!"

"그런데 그간 우리 군이 너무 강행군을 하여 많이 지쳐 있는 상태인데요?"

"그래도 지금 쳐야 합니다! 저들이 우리가 온 것을 알면 승패를 알 수 없게 됩니다!"

"그리 합시다!"

개경군은 다시 바람처럼 동경부를 향해 내달았다.

와아아! 모두 죽여라!

와아아! 모두 죽여라!

죽여라!

폐왕을 잡아라!

폐왕을 잡는 자에겐 천금을 내린다!

아무 것도 모르고 있던 김보당군은 갑자기 나타난 개경군에 놀라 혼비백산하였다. 그들은 전열을 정비하지도 못하고 목숨을 구하기 위해 산지사방으로 도망쳐 숨기에 바빴다. 개경군은 질풍처럼 돌격하여 눈에 띄는 대로 김보당군을 죽이고, 한 나절이 못 되어 동경을 점령하였다. 이 와중에 김보당군의 장군 중 한 사람이었던 한언국이 칼을 맞아 죽고, 숨어 있던 장순석과 유인준도 결국 잡히게 되었다. 의종 또한 동경부 정청(政廳)에 머물러 있다가 갑자기 나타난 개경군에게 사로잡히게 되었다.

승전에 기고만장한 이의민과 박존위는 동경의 대찰 곤원사로 들어가 큰 잔치를 열었다.

"박 장군 우리의 작전이 적중하였소! 큰 공을 세웠으니 이제 장군의 출세 길이 훤하게 열렸소이다!"

"이 모든 게 이 장군의 덕택이외다! 앞으로도 소장을 잘 봐 주십시오!"

같은 장군이지만 박존위는 이의방의 심복인 이의민에게 머리를 조아렸다. 그들은 산해진미와 좋은 술을 실컷 먹고 마시고, 기생들을 불러 노래와 춤을 추었다. 술이 거나하게 취한 이의민이 시종하는 부하에게 말했다.

"폐왕을 모셔 오너라!"

부하가 곧 전왕 의종을 모셔왔다. 충격을 받은 의종은 걸음도 제대로 걷지 못해서 군졸의 부축을 받았다.

"폐하, 소장 이의민이 폐하를 뵈옵니다. 소장을 기억하시겠사옵니까?"

"…그대는 수벽치기를 잘하는 산원 이의민이 아닌가? 내 그대를 총애하여 여러 번 승차시킨 기억이 있다!"

"그러하옵니다. 이렇게 뵙게 되어서 유감이옵니다. 이제 그만 가실 때가 되었사옵니다."

"…가다니?! ……!"

"가야 할 때를 아셔얍지요!"

이의민이 자리를 떨치고 일어났다.

이 부분 〈고려사〉의 기록을 보면,

《전왕(前王)을 끌어내어 곤원사의 북쪽 못가에 이르러, 술 두어 잔을 드리고 의민이 의종의 등뼈를 부러뜨리니, 손대는 대로 뼈 부러지는 소리가 나자 의민이 큰 소리로 웃었다. 박존위가 담요로 의종의 시체를 싸고 2개의 가마솥을 마주 합하여 밧줄로 묶어 연못 속에 던져 넣었다. 그때 갑자기 회오리바람이 일어나 티끌과 모래가 날아오르니, 사람들이 모두 부르짖고 떠들며 두려워하였다. 곤원사의 중 가운데 헤엄 잘 치는 자가 있어, 가마솥은 가져가고, 시체는 버렸다.》라고 쓰여 있다.

의종을 척살한 이의민은 몇 잔 술을 더 마시고 나서 말했다.

"자칭 남로병마사라는 장순석이라는 놈도 목을 베어 저 연못에 던져라!"

이리하여 김보당의 주력군은 여지없이 무너지고, 김보당 또한 9월 계묘일에 안북도호부 군사들에게 체포되어 개경으로 압송되었다.

김보당, 이경직 등이 개경으로 압송되어 오자 이의방이 직접 문초에 나섰다.

"이놈, 김보당! 임금의 녹(祿)을 먹는 놈이 감히 반란을 일으키다니! 네놈이 제 정신이냐?"

"이의방, 이놈! 내가 할 말을 네가 하는구나! 일개 산원놈이 임금을 폐하고 죽이기까지 하다니, 천고에 너같은 역적놈은 따로 없을 것이다!"

"무어라? 이런 당장 쳐죽일 놈!"

"칼로 일어난 놈 칼로 망한다는 말이 있다! 너희 무반들의 무도함이 하늘에 닿았거늘, 글을 배운 자로서 내 어찌 가만히 있을 수 있겠느냐? 이의방! 네놈도 조심해라! 오늘은 내 목이 떨어지지만 내일은 네놈 목이 떨어질 것이다! 천도가 무심치 않은데, 어찌 너같이 무도한 놈들을 그냥 놔두겠느냐? 너는 모르겠지만 조정의 모든 문신들이 이 모의(謀議)에 가담하지 않은 자가 없다! 또 다른 김보당이 나와서 결국 네놈을 주륙할 것이다!"

조정의 문신들이 모두 김보당에게 가담하다니?! 김보당의 말에 이의방은 간담이 서늘해졌다. 그와 같은 무반이었던 한순, 한공, 신대예, 사직재 등도 그에게 등을 돌렸고, 그와 목숨을 같이 한 동지였던 이고도, 채원도 모두 그를 죽이려 하지 않았던가! 조정에 있는 문신 중 누가 그에게 칼을 겨누고 있는지 모를 일이었다. 김보당의 말에 놀란 이의방은 경신년 난에 살아남은 조정의 문신들의 대부분을 다시 척결했다. 더 나아가 이의방은 3경(京), 4도호부(都護府), 8목(牧), 군(郡), 현(縣), 관(館), 역(驛) 등의 지방관들도 모두 무반으로 교체하기 시작했다.

2. 갈밭골

어느새 오후 한겻이 지나 해가 서쪽 바다 쪽으로 많이 기울어 있었다. 갈밭골 뒤쪽 범생이에선 며칠 전부터 마을 장정들이 황무한 땅을 개간하느라 진땀을 흘리고 있었다.

"명학 장사, 이 나무뿌리 좀 함께 뽑아 보시라요."

아까부터 커다란 참나무 뿌리를 캐느라 진땀을 흘리고 있던 이정(里正) 채동이 허리를 펴며 망이에게 말했다. 망이는 처음 갈밭골에 왔을 때부터 개경에 있을 때 썼던 명학이란 이름을 썼다.

망이는 바위를 파내던 곡괭이질을 멈추고 채동에게 다가갔다. 채동은 아까부터 참나무 그루터기에 달라붙어 있었다. 주변의 흙을 팽이로 파헤치고, 굵은 뿌리가 나오자 한참 동안 도끼질을 했으나, 단단한 참나무 뿌리는 요지부동이었다.

"저리 비켜 보시지요."

망이가 채동을 물러나게 한 다음, 참나무 그루터기를 붙잡고 힘을 썼다.

우두두둑!

뿌리가 채 잘리지 않았던 나무 그루터기가 붉은 흙덩이를 매단 채 뽑혀 올라왔다.

"하! 역시 엄청난 힘이구려!"

채동의 얼굴에 놀라움이 가득했다.

그는 3년 전부터 명학이라는 이 젊은이와 함께 농삿일도 하고, 짬짬이 황무지를 개간하기도 했는데, 겪어볼수록 예삿사람이 아니라는 생각이 들었다. 명학이란 이 젊은이는 우선 키가 육척이 훨씬 넘고, 덩저리도 보통 사람과는 비교되지 않게 컸다. 게다가 얼굴이 믿음직하고 착실해 보이고, 힘은 어느 정도인지도 헤아릴 수 없게 엄청났다. 봄 가을 보릿단이나 볏단을 집으로 져 나를 때 마을 상일꾼들이 대개 10단을 지게에 지는데, 명학 장사는 20단을 짊어졌다. 그뿐이 아니다. 다른 일꾼들이 중간에 한두 번 지게를 받치고 쉬었다가 가는데, 그는 그 커다란 짐을 지고 논틀밭틀을 춤추듯 겅중겅중 한 번도 쉬지 않고 단숨에 내달리곤 했다. 산에서 나무를 해 올 때도 그의 나뭇짐은 다른 사람의 나뭇짐보다 두 배는 더 컸다. 커다란 나뭇짐을 지고 출렁출렁 산길을 달리듯 내려오는 그의 모습은 마을 사람들을 아연하게 했다.

개간하는 땅에선 크고 작은 돌덩이들이 수없이 많이 나오는데, 큰 돌이나 바위가 나올 때마다 마을 사람들은 그를 불렀다. 그때마다 명학 장사는 두세 명의 장정도 들지 못하는 커다란 돌들을 혼자서 거뜬하게 들어 옮겼다.

처음 명학이 한 처자를 데리고 여민암에 왔을 때, 채동은 외지인이 그의 마을에 들어온 것을 탐탁하게 여기지 않았다. 낯모르는 외지인이 마을에 나타나면 이정은 바로 현청에 신고를 하게 되어 있었다. 처음 그가 마을에 나타났을 때 계암 스님이 말했다.

"마을에 해를 끼칠 사람은 아니오. 무슨 일이 있으면 내가 책임질 테니, 관청에는 알리지 말아주오."

이정 채동은 뭔가 찜찜한 것이 있었으나, 계암의 부탁을 무시할 수는 없었다. 의초 스님이 살아계실 때부터 오랜 동안 계암이 마을 사람들에게 베푼 은혜 때문이었다.

그러나 그는 명학에 대한 의구심을 버리지 않고, 남모르게 그를 지켜보았다. 그간 지켜본 바로는 특별히 수상한 것은 없었다. 명학은 계암과 함께 약초밭이나 곡식밭을 가꾸기도 하고, 마을 사람들과 함께 마을 뒤쪽 억새밭을 개간하는 일도 했다. 그리고 계암을 도와, 틈나는 대로 여민암을 찾아오는 환자들을 보거나, 자리에 누워서 굴신을 못하는 환자를 찾아다니곤 했다. 밤늦은 시간엔 계암과 명학이 이야기를 나누는 그림자를 창호지 너머로 자주 보았지만, 특별히 이상할 것은 없었다. 꼭이 이상할 것이 있다면 계암과 명학이 어떨 때는 10여 일, 어떨 때는 20여 일을 마을을 떠나 어딘가를 다녀오는 것이었다. 채동이 이를 이상하게 여겨서,

"이 며칠 어디 다녀오셨시꺄?"

하고 물으면,

"나는 중이라 만행(卍行)을 하고, 명학 장사는 고향엘 다녀왔소이다."

하고, 계암이 심상하게 대답했다.

망이는 예전 계암 스님이 의초 스님을 따라 했듯, 계암의 그림자처럼 함께 움직였다. 다른 것이 있다면, 계암은 스님으로서 홀몸인데 비해, 명학엔 고운 부인이 있다는 것이었다. 그 부인이 둘째 아이를 낳은 지 이제 100일이 가까워오고 있었다.

"새참 왔어라우요! 새참!"

저만치 언덕 아래쪽에서 두 아이가 바지게를 지고 올라오며 큰 소리로 외쳤다. 아이들 뒤에는 두 아낙이 광주리를 이고 뒤따르고 있었다. 마을 사람들이 하던 일을 멈추고 허리를 폈다.

"배가 출출한데, 딱 맞춰서 옵네다!"

"잠깐 쉬었다 합쉐다."

사람들이 일손을 멈추고, 밭머리 한쪽으로 갔다. 아이와 아낙 들이 가져온 새참은 언제나처럼 수수떡과 탁배기, 물밖에 없었다.

"계암 스님, 먼저 하나 들어 보시라요."

채동이 수수떡 하나를 들어 계암에게 권했다.

"고맙소이다."

"그나저나 개경에서 큰 변란이 난 모양이던데, 계암 스님, 지난번 만행 때 개경엔 안 가셨쉐까?"

채동이 떡을 한 입 먹으면서 계암에게 물었다.

"그런 말을 어디서 들었소이까?"

"저번에 현청 아전이 금년에 양계(兩界)의 주진군(駐鎭軍)으로 나갈 장정들을 통지하러 왔었드랬는데, 그때 아전한테 임금이 쫓겨났다는 말을 들었쉐다."

"그 일이 벌써 오래 되었소이다. 처음 정중부라는 장군과 그 밑에 있던 군관들이 정변을 일으켜서, 임금을 내쫓고서 조정의 대신들을 마구잡이로 죽이고 권력을 잡았다 합디다."

"임금이 쫓겨나다니? 어찌 그런 일이…?"

일하러 나온 사람 중에 제일 나이가 많은 우찬이가 의아한 얼굴로 물었다.

"예로부터 임금이 임금답지 못하여 쫓겨난 일은 가끔 있었소이다."

계암은 중국 하(夏)나라의 걸왕(桀王)과 은(殷)나라의 주왕(紂王), 태봉국의 궁예 등을 떠올리며 말했다.

"아니, 임금은 하늘이 낸다지 않쉐까?"

채동의 옆에 앉아 있던 구달이가 의아하다는 얼굴로 물었다.

"중국에 큰 스승 맹자라는 사람이 있는데, 그의 말에 '순천자는 흥하고 역천자는 망한다(順天者興 逆天者亡)'라는 말이 있소이다. 하늘의 이치에 따르는 자는 흥하고 하늘의 이치를 거스르는 자는 망한다는 말이지요. 임금이라도 잘못하면 쫓겨난다는 말이외다!"

계암의 대답에 구달이가 다시 물었다.

"하늘이 낸 임금을 사람이 쫓아낸단 말이외까?"

"임금을 하늘이 낸다는 게 정말이겠소이까? 왕이 된 사람들이 그들의 권력을 세세토록 유지하기 위해 만들어낸 거짓소리 아니겠소?"

"우리 임금도 서해 용왕의 자손이라서 대대로 겨드랑이에 용비늘이 있다는 말을 들은 적이 있쉐다?"

채동이가 다시 말했다.

"그런 말이 다 순직한 백성들을 현혹하는 말이라 생각하외다. 그래야 임금의 말이면 무조건 예! 예! 하고 잘 따를 것 아니외까? 사람이 물고기가 아닌데 어떻게 비늘이 있겠소?"

"……!"

한참 후에 다시 구달이가 입을 열었다.

"임금이 바뀌면 어떻게 되는 것입네까?"

"변란을 일으킨 무반들이 임금의 아우를 새 임금으로 모셨다는데, 그 임금이 제대로 임금 노릇을 하겠소이까? 무반들이 시키는 대로 하는 꼭두각시밖에 더 되겠소이까? 권력을 쥔 무반들도 진흙밭의 개들처럼 서로 물어뜯으며 권력을 독점하려고 싸움 없는 날이 없는 모양입디다."

"…그럼 우리 같은 백성들의 삶은 어떻게 됩네까?"

우찬이가 다시 물었다.

"그간 임금이 바뀌었다고 서민들의 살이가 달라진 게 있었소이까?

더 나빠지지나 않으면 다행이지요."

계암이 수수로운 얼굴로 말했다.

"그 아전의 말이, …쫓겨난 임금이 근래에 죽임을 당했다는 말도 했시다."

채동이가 긴가민가하는 얼굴로 말했다.

"그건 바로 얼마 전에 있었던 일이었소. 김보당이라는 전 임금의 신하가 군대를 일으켜 귀양간 옛 임금을 다시 임금으로 모시려다가 실패해서, 그 사람도 옛 임금도 다 죽임을 당했다는 말을 들었소이다."

마을 사람들의 눈이 휘둥그레졌다.

"자, 이제 다시 일을 합시다."

계암이 말을 마치고 일어섰다. 마을 사람들은 다시 일을 시작했다.

해동갑해서 마을 사람들은 일을 마치고, 마을로 돌아왔다.

"고생하셨군요."

계암과 망이가 여민암으로 돌아오자 와상에서 약초를 썰고 있던 정첨이 자리에서 일어나며 두 사람을 맞이했다. 와상에는 망이의 아이 위민(爲民)이 새근새근 자고 있었다.

"고놈 잘도 자는구나!"

계암이 위민의 얼굴을 살짝 만져보며 말했다. 위민이란 이름은 망이와 정첨이 아들을 낳자 계암 스님이 지어 준 이름이었다. 백성을 위해 살라는 뜻이 깃든 이름이었다.

3년 전 개경에서 위위경 이고의 수중에 떨어진 난명을 구출하고 난 망이와 정첨은 마땅히 갈 곳이 없었다. 이고의 군졸이 망이의 얼굴을 알아본 이상 이제 개경엔 그들이 발붙일 곳이 없었다.

"계제(階梯)에 계암 스님의 여민암을 찾아가 보는 게 어떻겠소?"

정첨이 먼저 의견을 냈다.

"나도 막 그 생각을 하던 참이오."

망이가 웃으며 말했다.

"갈밭골이라 했지요? 우리가 이제 이심전심하는 사이가 되었나 보오."

정첨도 미소를 띠며 말했다.

두 사람은 계암 스님이 살고 있다는 해주 갈밭골 여민암으로 향했다.

마침 암자에서 약초를 손보고 있던 계암 스님은 두 사람을 반갑게 맞아주고, 곁딸림채에 있던 방 두 칸을 그들의 거처로 내 주었다. 그날부터 망이와 정첨은 여민암의 식구가 되었다.

망이가 여민암에 온 지 몇 달이 지나서였다. 정첨이 원인 모를 병으로 자리에 누웠다. 여러 날 높은 열이 계속되고, 가끔씩 까무룩하게 의식을 놓았다. 망이와 계암은 여러 가지 약초를 끓여서 먹이고 이마에 물수건을 갈아주면서면서 정성을 다했으나, 열은 쉬이 물러가지 않았다. 망이는 잠시도 정첨의 곁을 떠나지 않고 구완을 했다.

"스님, 왜 이렇게 열이 높을까요?"

"너무 걱정하지 마시오. 젊고 강건한 사람이 별일이야 있겠소?"

계암은 안절부절못하는 망이에게 따뜻하게 말했다.

"…망이 장사! …망이 장사!"

어느 날, 망이가 물수건을 갈아주며 그녀의 이마를 짚어보는데, 정첨이 무의식 중에 잠꼬대하듯 그의 이름을 불렀다.

"정첨 처자! 정신이 드오?"

그러나 정첨은 여전히 혼수상태에 빠져 있었다. 망이는 의식이 없는 정첨에게 숟가락으로 한 술 두 술 탕약을 떠먹이며, 그간 그가 자기도 모르게 얼마나 깊이 그녀에게 의지하고 있었는가를 새삼 깨달았다.

근 열흘을 정첨의 몸을 태우던 열이 거짓말처럼 물러가고, 사경을 헤매던 정첨이 자리를 털고 일어났다.

정첨이 말했다.

"그간 망이 장사가 나 때문에 고생하셨소!"

"무슨 말씀을! 계암 스님이 고생하셨지 나는 한 것이 없소!"

"아무 것도 생각이 안 나는데, 내 이마를 짚어보는 망이 장사의 커다랗고 시원한 손만 생각나오."

"…정 처자가 어찌 될까 해서 겁이 났었소!"

두 사람은 한참 서로를 바라보았다. 파리해진 정첨의 눈에 갈쌍하게 눈물이 어렸다. 망이도 코끝이 시큰했다.

정첨이 완전히 병을 떨치고 일어난 며칠 뒤 계암이 망이에게 말했다.

"내 두 사람을 보아하니 천생연분인데, 망이 장사는 정 처자를 어찌 생각하오?"

"어찌 생각하다니요?"

"망이 장사가 아둔한 사람도 아닌데, …일부러 내 말을 못 알아듣는 체 하는 게요?"

"……!"

"세월이 화살처럼 흘러간다는 말이 있지 않소?"

"…스님의 뜻은 알겠습니다."

망이는 계암 스님의 말을 곰곰이 생각했다. 그리고 며칠 후 정첨에게 말했다.

"나는 정 처자와 혼인을 하고 싶은데, …어떻소?"

"…혼인이요?!"

정첨이 화들짝 놀란 얼굴로 물었다.

"왜 그리 놀라오?"

"…생각할 게 있소. 시간을 좀 주시오."

정첨의 말에 망이는 당황했다. 그가 청혼을 하면 정첨은 그냥 받아들일 줄 알았는데, 뜻밖에도 그게 아니었기 때문이었다.

며칠 후, 달빛이 좋아 망이가 여민암 뜰 소나무 밑에 앉아 있는데, 정첨이 다가와, 그의 옆에 앉았다. 한참 말이 없다가 이윽고 정첨이 입을 열었다.

"나는 망이 장사를 처음 만났을 때부터 좋아했소. 그러나 나는 망이 장사의 부인이 될 자격이 없소!"

"자격이라니? 그게 무슨 말이오?"

"…나는 진작에 뭇 남자들에게 짓밟힌 적이 있어서, 망이 장사와 혼인을 할 수 없소."

"……?!"

정첨은 그녀가 어렸을 때부터 겪었던 신산한 삶을 이야기했다. 이야기를 하는 동안 그녀의 눈에선 쉴 새 없이 눈물이 흘러내렸다.

"…이런 내가 어찌 망이 장사와 혼인을 하겠소?"

망이는 정첨의 이야기를 들으면서 그녀의 충격과 절망, 분노와 고통을 함께 느꼈다. 죽일 놈들! 죽일 놈들! 망이는 몸을 떨며 주먹을 꽉 쥐었다.

"…내 여러 가지로 부족한 사람이나 정 처자의 아픈 상처를 평생 함께 안고 가겠소! 우리 혼인합시다!"

망이가 정첨을 꼭 껴안으며 말했다. 정첨은 망이에게 안긴 채 끝없이 눈물을 흘렸다.

다음날, 망이가 계암에게 말했다.

"스님, 저희 혼인하기로 했습니다. 어느 날이 좋을까요?"

"참으로 좋은 일이오! 좋은 일은 빠를수록 좋지요! …특별히 준비할 것도 없으니 닷새 후가 어떻겠소?"

혼인 날 저녁 망이와 정첨은 마을 근처에 있는 시내로 갔다. 아직 가을인데도 시냇물은 소름이 끼치게 차가웠다.

망이는 머리끝에서 발끝까지 차가운 물을 끼얹으며, 그 동안 그의 마음 속에 있었던 난명을 다시 한 번 떠나보냈다. 그렇지 않아도 지난 번 이고의 손아귀에서 난명을 구출해 유성으로 보내면서, 망이는 그때까지 난명을 향해 있던 그의 마음도 함께 떠나보냈었다. 난명은 그가 생전 처음 진실로 은애했던 사람이었다. 한갓 소(所)놈에 지나지 않던 그에게 넓은 세상을 알게 해 주고, 명학소를 떠나 더 넓은 세상으로 그를 나아가게 해 준 사람이었다. 그러나 난명이 속한 세상은 그가 속한 세상과 다르다는 것을 그는 뼈저리게 느꼈다. 난명이 속한 세상은 그가 목숨 걸고 싸워서 이겨내야 할 말법 세상이었고, 그는 결코 난명과 함께 할 수 없다는 것을 깨달았다. 그는 어둠 속으로 사라지는 난명의 가마를 보며 그녀를 향한 마음도 함께 보냈다.

또한 망이는 정첨이 차령의 산채를 버리고 그를 따라올 때부터 그녀의 마음을 짐작하고 있었다. 아무리 숨기려 해도 숨길 수 없는 것이 남녀 간의 은애하는 마음이라 하지 않았던가. 정첨이 직접 말하지는 않았으나, 안성에서 그를 처음 봤을 때부터 정첨은 그에게 마음을 빼앗겼고, 그간 3년여 동안 망이는 그녀의 자기를 향한 마음이 더욱 커졌다는 것도 느끼고 있었다. 그리고 몸이 가까워지면 마음도 가까워진다는 말이 있듯 적지 않은 시간을 함께 하다 보니 망이도 차츰 그녀를 마음에 두게 되었다. 근래에는 정첨과 이렇게 얽히게 된 것도 스님들이 말하는 전생의 인연이 아닌가 하는 생각을 한 적도 있었다. 망이는 차가운 물에 몸을 담그고 그의 마음 속에 아직도 남아 있던 난명을 씻어내고 또 씻어냈다.

정첨 또한 마찬가지였다. 그녀는 온몸에 오소소 돋는 소름에 몸을 떨면서 일찍이 백부와 사촌들에게 가졌던 원한을 씻어냈다. 또한 어린 나이에 영춘현의 호족 최홍제와 그의 아들들에게 당했던 오욕도 씻고 또 씻어냈다. 차가운 물에 몸을 씻는 동안 그녀의 눈에서는 뜨거운 눈물이 한없이 흘러내렸다. 이젠 모두 잊어버리자. 이젠 오로지 한 사내의 아낙으로만 살자. 오로지 이 사람의 아내로만 살기에도 부족한 삶이 아닌가. 정첨은 마음 속에 깊이 맺혔던 그간의 원(怨)이 새로운 원(願)으로 바뀌는 것을 느꺼워하며, 몸을 씻고 씻었다.

망이와 정첨이 목욕재계를 하고 오자, 기다리고 있던 계암 스님이 두 사람을 법당 안으로 들어오게 했다. 여민암 방벽의 고콜에는 작은 불상이 좌정하고 있었고, 그 앞 작은 상에는 촛불이 양쪽에 놓이고, 가운데에 물 한 사발이 놓여 있었다.

"부처님께 큰 절을 올리시오."

계암이 말했다. 두 사람은 오체투지로 부처님께 절을 올렸다.

"이제 서로 절을 하시오."

두 사람이 맞절을 마치자 계암이 말했다.

"이제 두 사람은 목욕재계하여 티 한 점 없는 깨끗한 몸과 영혼으로 부처님과 천지신명 앞에서 혼인을 합니다. 물은 모든 생명의 원천이고, 생명을 유지하는 정화수입니다. 이제 두 사람이 한 그릇의 물을 나누어 마심으로써 두 사람은 일심동체 부부가 됩니다."

망이와 정첨은 상 위에 놓인 정화수를 나누어 마셨다.

"이제 서로에게 하고 싶은 말을 하시오!"

계암의 말에, 망이가

"평생 정 처자를 지어미로 은애하겠소."

하고 말하자,

"저도 평생 망이 장사를 지아비로 은애하겠소."

정첨이 따라 말했다.

"좋소! 좋소이다! 이제 두 사람은 혼인을 했소이다! 수백 세의 인연이 쌓이고 쌓여서 부부가 된 것입니다! 아제아제 바라아제 바라승아제 모지사바하! (가자 가자 진리를 향하여 가자! 평안의 저 언덕으로! 깨달아지이다!)"

계암이 부처님께 절을 올렸다. 두 사람도 정성스럽게 절을 했다.

"혼인식은 이것으로 끝났소이다! 오늘같이 경사스러운 날 축하 잔치가 없을 수 없습니다! 이제 밖으로 나갑시다!"

계암이 법당 문을 열자 언제 왔는지 마당에 마을 사람들이 가득했다.

"명학 장사! 혼인을 축하하오!"

"아들 딸 많이 낳고, 행복하시오!"

"축하! 축하합니다!"

마을 사람들은 일제히 징과 장구, 꽹과리, 벅구를 치며 덩실덩실 춤을 추기 시작했다. 마당 한쪽에는 마을 사람들이 가져온 여러 가지 떡과 술, 음식이 소담하게 놓여 있었다. 계암이 두 사람 모르게 마을 사람들과 함께 준비한 것이었다. 너나없이 가난한 사람들이었지만 그날만은 조촐하게 준비해 온 음식들을 먹고 마시면서 달이 서쪽으로 기울도록 춤을 추고 노래를 불렀다.

3. 조위총의 난

명종 4년(1174년) 9월 전 병부상서였던 서경유수 조위총이 서경에서 난을 일으켰다. 김보당의 난 이후 조정은 물론 지방의 관리들까지 모두 무반(武班)으로 교체되자 조위총은 무신들의 칼날이 드디어 그의 목전에 가까이 왔음을 느꼈다. 그간 무신들끼리 죽고 죽이는 권력 투쟁 때문에 지방에 파견된 문신들은 겨우 연명을 해 왔으나, 이제 지방에까지 무반들이 임명되자 조위총은 극도의 불안에 쫓기게 되었다. 그는 살 길을 찾아야 했다. 처음에 그는 벼슬을 버리고, 북쪽 금나라로 도망칠까 하는 생각도 했다. 그러나 그것은 사내 대장부로서 취할 길이 아니었다. 금나라에서 그의 망명을 받아줄지도 의심스러운 일이었다.

　조위총은 결국 개경의 무반들과 건곤일척의 승부를 하기로 결심했다. 마침 그가 주둔해 있던 서북면은 오랜 동안 조정과 관리들의 가혹한 착취에 시달려, 개경 정부에 대한 불만과 반감이 폭발 직전이었고, 묘청의 난 이후 조정에서 서경인들과 서북면 사람들을 노골적으로 꺼려하여 등용하지 않은 것 또한 그에게 유리한 조건이 되었다. 바싹 마른 들판에 불씨만 떨어뜨리면 금방 활활 타오를 기세다! 조위총은 서북면의 민심이 이미 조정을 완전히 등졌다고 판단하고, 마침내 일어섰다.

《서북면 여러 성의 백성들과 호족 및 관리들에게 고한다. 지난 경인년 정중부 이의방 등 무장들이 사사로운 권력욕으로 임금을 폐하고 권력을 잡더니, 기어이 옛 임금을 죽이고, 이제 우리 서북면의 여러 성을 치려 한다. 우리 서북면 사람들은 그간 대대로 군대에 징발되어 북쪽 오랑캐들의 침범을 몸으로 막아왔거니와, 그에 필요한 군량을 대느라 허리가 휘는 고통을 당해 왔다. 또한 북방에서 사신이 올 때마다 힘든 요역(徭役)에 동원되어 하루도 편할 날이 없었다. 그런데도 조정에서는 우리를 우대하기는커녕 묘청의 난 이후 우리를 경계하여, 기회만 나면 우리를 치려 하고 있다. 이에 나 서경유수 조위총은 정중부, 이의방 등 간적들을 토멸하고 나라를 바로 세우려 하니, 이는 하늘이 내린 천명이며, 우리 서북민의 살 길이라. 우리가 이기면 조정이 우리 것이 될 것이니, 여러 성의 장수와 관리, 호족, 백성들은 병마를 정비하여 서경으로 급히 달려오라.》

　조위총은 이러한 격문(檄文)을 써서 자비령 이북의 40여 개 성으로 파발을 보냈고, 이에 연주(延州)를 제외한 모든 성이 호응하였다. 연주의 호족 현담윤과 그의 아들 현덕수는 개경과 서경의 두 세력에 거리를 두면서 독자적인 세력을 형성하고 있었다. 언젠가는 그들 스스로 서북면의 패자(覇者)로 일어설 생각을 지니고 있었고, 그 때문에 조위총의 부름에 응하지 않았다.

조위총이 변란을 일으켰다는 소식에 조정이 다시 발칵 뒤집혔다. 김보당이 반기를 든 지 채 1년이 지나지 않았는데, 또 서경에서 난이 일어나다니!

중방에 모인 대신과 장군들도 먼저 입을 여는 자가 없었다.

"그렇게 앉아 있지만 말고, 말들을 해보시오!"

회의를 주재하는 총재 정중부가 말했다.

"서경은 고구려의 옛 수도로서 국초(國初)부터 개경에 버금가는 나라의 요처였소. 그런 서경이 묘청의 난 이후 그 지위가 현저하게 약화되어, 그곳 사람들의 불만이 하늘을 찔렀소. 이를 이용하여 조위총이 난을 일으킨 것이외다."

복야 김성미가 입을 열었다.

"그렇소이다. 묘청의 난 때 김부식 대감이 서북 사람들을 너무 무자비하게 숙청하여, 그 원한이 지금까지 남은 것이외다."

참지정사 노영순이 맞장구를 쳤다.

"누가 그걸 모르오? 지금 그렇게 한가하게 원인을 따지고 있을 때가 아니오이다! 발등에 불이 떨어졌어요! 대책을 말씀해 보시오, 대책을!"

정중부가 목소리를 높였다.

"대책이 뻔하지 않습니까? 군대를 보내서 저놈들을 모두 잡아 죽여야지요!"

실질적인 군부의 실력자 이의방이 말했다.

"그럼 누구를 보내는 게 좋겠소이까?"

정중부가 물었다.

"평장사 윤인첨이 어떠하오?"

중서시랑 평장사 임극충이 말했다.

"윤인첨 대감이 전군을 통솔할 만합니다. 예부시랑 최균 대감을 부장으로 함께 보냅시다."

정중부의 아들 정균이 말했다.

"다른 의견이 없으면, 그렇게 합시다!"

정중부가 회의를 끝마쳤다.

조정은 중서시랑평장사 윤인첨에게 삼군을 거느리고 서북면을 공격하게 하고, 예부시랑 최균을 동북로지휘사로 삼아, 동북 지역 주민들이 동요하지 않도록 타이르게 했다.

윤인첨은 비록 문신이었으나 문무를 겸한 무인이기도 했다. 그의 부친 윤언이가 묘청의 난을 진압하는데 큰 공을 세웠고, 그의 조부 윤관이 여진족을 물리치고 9성을 개척한 장군이었다. 윤관은 개국공신 윤신달의 현손으로, 이 가문은 대대로 문무를 겸비한 삼한갑족 중의 갑족이었다.

윤인첨이 거느린 군사는 3천여 명의 대병이었다. 윤인첨의 군대가 절령역에 이르렀는데 때마침 큰 눈이 내리고, 바람이 세차게 불었다. 눈보라가 거세게 들이쳐서 병사들은 눈을 뜨기가 어려울 지경이었고, 쌓인 눈 때문에 진격하기가 어려웠다. 자빠지고 넘어지며 개경군이 억지로 절령 고개를 넘을 때였다.

와아! 와아!

쳐라! 한 놈도 남기지 말고 죽여라!

함성과 함께 절령에 매복해 있던 서병(西兵)들이 좌우에서 쳐내려왔다. 개경군의 선발대는 크게 놀라 사방으로 흩어져 버렸다.

"저런 쓸개 빠진 놈들! 칼 한 번 휘둘러 보지도 못하고 도망치다니?!"

윤인첨이 노하여 말에 채찍질을 가해 적진으로 뛰어들어갔다. 깜짝

놀란 도지병마사 정균이 윤인첨을 쫓아가 말하기를,

"주장(主將)이 경솔하게 행동해선 아니 되십니다."

하고, 윤인첨의 말고삐를 잡고 포위망을 뚫고 나와, 겨우 죽음을 면하게 하였다. 한번 병사들이 흩어지자 사기가 떨어져 다시 승기(勝機)를 잡기는 어려웠다. 윤인첨은 어쩔 수 없이 흩어진 군사들을 거두어 개경으로 돌아왔다. 예기치 못한 참패였다.

패배한 것은 윤인첨만이 아니었다. 동북면으로 우회하여 서북계를 공략할 계획으로 출정했던 동북로지휘사 최균과 병마사 이의, 어사 지인정도 화주영(和州營)에서 크게 패하여 참살을 당했다. 동북면 사람들도 개경의 벼슬아치들에 대한 반감이 서북면 사람들 못지않았던 것이다.

한편 윤인첨이 패배하고 개경으로 돌아가자 조위총이 이끄는 서경군은 의기양양하여 곧바로 개경의 서쪽 예성강까지 진출하였다. 예성강에 이르기까지 그들은 별다른 저항도 받지 않았고, 그만큼 기세도 높았다.

윤인첨이 패배하여 쫓겨왔다는 말을 들은 이의방은 대로하였다.

"아니, 그깟 한 줌도 안 되는 서경놈들에게 패배하고 쫓겨오다니! 내가 직접 나서서 서경놈들을 한 놈도 남기지 않고 모조리 주륙하겠다! 우선 개경에 있는 서경놈들을 한 놈도 빠짐없이 모두 잡아 오너라!"

이의방의 명에 그의 부하들은 곧 개경에 있는 서경 사람들을 모두 잡아왔다.

"저놈들이 언제 서경놈들과 내통해서 우리를 죽일지 모른다. 저놈들을 한 놈도 빼놓지 말고 모두 죽여라!"

이의방의 한마디에 서경 출신 상서 윤인미, 대장군 김덕, 장군 김석제 등 벼슬아치는 말할 것도 없고, 일반 백성들까지 모두 참살을 당했다.

이윽고 이의방은 개경에 있는 모든 병사들을 거느리고 예성강을 멀리 우회하여, 깊은 잠에 빠져 있는 서경군을 사방에서 공격하였다.

서경놈을 모두 베어라!
한 놈도 남김없이 모두 죽여라!

조위총의 군대는 개경군의 위맹한 기세에 밀려 뿔뿔이 흩어졌고, 이의방은 승세를 타고 파죽지세로 대동강까지 진격하였다. 이 전투에서 이의방은 조위총의 아들 조경과 장군 우위선을 사로잡아 목을 베어 개경으로 보냈다.

뜻밖의 패배에 크게 놀란 조위총은 흩어진 병사들을 가까스로 수습하여 서경성으로 들어가, 성문을 굳게 닫고 수비에 치중하였다. 이의방은 어떻게든 성을 함락시키려 하였으나, 서경성은 한 달이 지나도록 무너지지 않았다.

이의방의 군대는 심한 추위와 장기간의 노숙으로 지칠 대로 지쳐, 더 이상 전투를 할 수가 없었다. 이때를 기다려 서경군이 왈칵 성 밖으로 몰려나오니, 이의방의 군대는 힘없이 무너지고, 이의방은 패전의 수치를 안고 개경으로 돌아갔다. 이후 개경과 서경 사이에는 얼마간 소강상태가 지속되었다.

서북민의 항쟁이 동북면까지 확대되어 세력을 떨칠 때 서북면병마부사 두경승은 창주(昌州)에 있었다. 그의 휘하장수 분도장군 박존위, 이언공 등이 서북병에게 포로로 잡히자 그는 창주를 떠나 향산, 무주를 거쳐 지름길로 밤으로만 밤으로만 달려서 8일만에 개경으로 돌아왔다. 중방에선 그러한 두경승을 동로가발병마부사(東路加發兵馬副使)로 임명하여 동북 방면으로 급히 보냈다. 서경군이 동북 지역을 완전히 장악하지 못하게 하기 위함이었다.

두경승은 5천여 병사를 거느리고 고산(孤山)에 이르러, 군대를 셋으로 나누어 서경군을 포위한 다음 이를 쳐서 대승을 거두고, 서경군 1천여 명을 참수하였다. 그가 의주(宜州)에 이르렀을 때 조위총의 장수 김박승이 성 밖에 수레를 늘어놓고 방어하였다. 그는 성을 빼앗고 김박승을 죽여, 그의 머리를 개경으로 보냈다. 이러한 두경승의 위엄에 여러 고을이 점차 그에게 귀부(歸附)하였다. 또한 정주, 장주, 선덕진이 금나라에 투항하려 하자, 그는 부하를 보내서, 그들을 달래어 조정에 귀부시켰다.

두경승이 맹주에 이르렀을 때였다. 서병이 험한 곳에 의지하여 강력하게 맞섰다. 두경승은 이의민, 석린 등과 함께 서병을 격파하여 4백여 수급을 베니, 맹주, 덕주의 병사들이 겁을 먹고 성을 버리고 달아나거늘, 두경승은 주민들을 위로하여 안도(安堵)시켰다. 그밖에도 두경승은 굳게 저항하는 무주를 평정하고, 무주를 응원하러 온 운중의 군대를 쳐서 쫓았다. 두경승이 이처럼 승승장구하여 동계와 서경 북쪽의 여러 지역을 점령하자, 조위총의 세력은 급속히 약화되어 서경 부근에만 한정되게 되었다.

명종 5년(1175년) 12월 중방에서는 다시 윤인첨을 도원수로 삼아, 군대를 정비하여 서경을 치기로 했다. 윤인첨과 병사들의 사기를 돋워 주기 위해 중방의 대신들이 모두 선인문 밖으로 배웅을 나가기로 했다.

"이번 윤인첨이 출정할 때 거사를 하면 어떻겠소?"

중방에서 회의를 마치고 나오면서 지병마사 상장군 정균이 그의 매제 송유인에게 말했다.

"…이의방이 선인문 밖으로 나오겠소?"

"조정 중신이 다 나오기로 했으니까요! 만약 안 나오면 다시 때를 기다려야지요!"

"그럼 승려 종감에게 사전에 준비를 철저히 하도록 일러 둡시다!"

정균은 송유인과 헤어져 귀법사 승려 종감을 찾아갔다. 승려 종감은 일찍이 이의방이 귀법사의 중들을 참살한 것에 깊은 원한을 품고 있었다. 그것을 안 정균이 종감을 포섭하여, 함께 이의방을 도모하기로 한 것이다.

"드디어 이의방을 잡을 때가 왔소! 이번에 도원수 윤인첨이 서경으로 출병할 때 조정 대신들이 모두 배웅을 나갈 것이오. 그때에 여럿이서 들이친다면 이의방도 더는 어쩔 수 없을 것이오."

"장소는 어디가 좋을까요?"

"선인문 밖에서 배웅을 한다 하오."

"그럼 중들을 몇 명이나 배치할까요?"

"너무 많아도 오히려 번거로우니 완력이 센 사람으로 20여 명만 동원하시오."

"그리 알고 준비하겠소이다."

"만에 하나 사전에 들통이 나면 우리 모두 함께 죽임을 당할 것이외다."

"걱정 마십시오. 사전에 누설되면 저 혼자 죽겠소이다."

"이것은 함께 거사할 스님들을 위해 쓰십시오."

정균은 가지고 간 보자기를 종감에게 건넸다. 보자기 안에는 활구 10개가 들어 있었다. 엄청난 거금이었다.

선인문 밖 광장에 개경으로 출정할 병사들이 집합해 있고, 윤인첨을 위시한 장군들이 말을 타고 도열해 있을 때였다. 가마를 타고 온 조정 중신들이 선인문 근처에서 내려, 문 밖으로 나갔다. 흥위위대장군 겸 지병부사 이의방이 모습을 나타내자 선인문 그늘에 숨어 있던 승려 20여 명이 갑자기 튀어나와 이의방을 뒤쫓아갔다. 이의방을 호위하던 위사들이 그들을 저지했으나, 승려들은

"이의방 대감께 긴히 드릴 말씀이 있소!"

하고는, 위사들을 밀치고 이의방을 뒤쫓아가, 눈 깜짝할 새에 마구 칼질을 했다.

"어억! 이놈들! …!"

순식간에 온몸을 난자당한 이의방은 그 자리에서 절명하였다.

"내가 역적 이의방을 척살했다! 전(前) 임금을 시역하고, 위위경 이고 대감과 채원 대감 등을 살해한 역적 이의방을 내가 척살했다!"

이의방이 거꾸러지자 대감들과 함께 있던 정균이 큰소리로 외쳤다.

정균은 그의 부친 정중부가 정변을 일으켰을 때부터 이의방과 이고를 제거할 뜻을 지니고 있었다. 겉보기엔 새로 들어선 무신정권의 총수가 그의 아버지 정중부 같았으나, 실제 변란을 주도한 것은 산원 이의방과 이고였고, 실권 또한 이의방과 이고가 지니고 있었다. 정균은 상장군이었던 그의 아버지가 일개 하급장교였던 산원들에게 권력 투쟁에서 밀리는 모습을 보고 참을 수가 없었다.

"매제, 일개 산원이었던 놈들이 아버님을 무시하고 날뛰는 꼬락서니는 차마 더 보아 줄 수가 없소! 매제의 뜻은 어떻소?"

어느 날, 정균이 송유인에게 말했다.

"내 생각도 처남 뜻과 똑같소! 저것들을 처치해야 우리 세상이 오지 않겠소?"

송유인이 기다렸다는 듯 대답했다.

두 사람은 의기투합하여 은인자중하며 이의방과 이고를 제거할 기회를 노렸다. 그런데 이의방이 이고를 제거하는 사건이 일어났다.

"잘 되었소! 이제 한 놈밖에 안 남았으니, 일이 반은 쉬워졌소!"

"하늘이 우리를 돕고 있는 게 아니오? 하하하하!"

두 사람은 이고의 죽음에 축배를 들었다.

이의방을 죽인 정균은 이의방의 형제 이준의와 이린, 그리고 그의 도당(徒黨) 고득원, 유윤원 등을 사살하고, 그들의 재산과 노비들도 모조리 몰수했다.

"이 참에 이의방의 딸 태자비도 폐비하여 내쫓아야 하오!"

"그렇지요! 만에 하나라도 후환을 남겨 두어서는 안 되지요."

그들은 임금과 태자를 겁박하여 이의방의 딸인 태자비를 폐서인하여 궁 밖으로 내쫓았다. 조정에서 이의방의 세력을 일소(一掃)한 것이다.

이의방 대신 권력자가 된 정균은 스스로 승선이 되어 갖은 횡포를 다 부렸다. 그는 임금의 모친인 공예태후의 별저를 허물고 거창한 자기 저택을 새로 지었다. 또한 자기의 조강지처를 내쫓고 예부상서 김미영의 과부 딸을 억지로 빼앗아다가 부인으로 삼고, 심지어는 명종의 궁주를 탐내다가 명종과 궁주의 노여움을 사기도 했다.

정중부의 사위 송유인은 정균보다 더했다. 그는 한미한 문신이었을 때 당시 개경 제일의 갑부 서덕언이 죽자 잽싸게 그의 미망인 전순월을 아내로 맞이하고, 그녀의 재물을 고관들에게 뇌물로 바쳐 출세를 한 교활한 인물이었다. 정중부의 난이 일어나자 과부가 된 정중부의 딸 향란을 유혹하여 정을 통하고, 전순월 부인을 핍박하여 쫓아냈다.

정중부의 사위가 된 송유인은 이의방이 죽자 이제 거리낄 것이 없었다. 그는 그의 매형 정균처럼 임금의 별궁을 빼앗아 그의 굉걸한 저택을 새로 짓고, 그에게 고개를 숙이지 않은 문주겸, 한문준 등을 탄핵하여 숙청하고, 조정의 전주(銓注)를 마음대로 했다. 송유인이 첫 부인에게서 얻은 아들 송군수 또한 그의 아비를 등에 업고 권력을 농단하니, 정중부와 정균, 송유인과 송군수를 일컬어 개경 사람들이 '사공'이라 불렀다. 이들 사공의 횡포와 전횡으로 나라는 더욱더 걷잡을 수 없게 어지러워져 갔다.

4. 작은 진티

그날 계룡산 웅태의 산채 사람 달술이와 무길이가 오랜 만에 유성 읍내로 내려갔다. 유성 읍내의 저잣날을 맞아 그간 산에서 채취한 약재와 말린 나물 등을 팔기 위함이었다.

두 사람이 저잣거리 입구로 들어설 때였다.

"야, 이놈들아! 네놈들 눈깔에는 이 형님들이 안 보이는겨?"

"이놈들아, 이 저잣거리에 왔으믄 이 형님들께 인사를 해야지!"

우락부락하게 생긴 두 사내가 그들을 가로막았다. 저잣거리 불량배들이 분명했다.

"…댁들이 누군데 인사를 해유?"

달술이가 뜨악한 얼굴로 물었다.

"누구긴 누구여! 이 저자 터줏대감이시지!"

"…저자에두 터줏대감이 있어유?"

"허! 이놈들, 어느 꼴짝에서 나온 놈들인데 세상 물정을 이르케 몰러?"

"우리는 계룡산에서 나는 약초와 나물 좀 팔러 온 사람이우. 이제 인사가 됐수?"

무길이가 굽신 머리를 숙이고 말했다.

"허, 이놈들 참! 꽉 맥혔구먼! 이놈들아, 맨입으루 인사하는 법이 워디 있어?"

"그럼 인사를 어뜨케 해유?"

"이런 숙맥들 이걸 내야지, 임마! 이거!"

한 사람이 엄지와 검지로 동그라미를 그려 두 사람의 눈앞에 흔들어 보였다.

"…돈을 내란 말이우?"

"이제야 말귀를 알아 들은겨?"

"…드리구 싶어두 드릴 돈이 읎수다."

"뭐라? 이놈들이 아주 생떼를 쓸 작정이군! 임마, 돈이 읎으믄 그 망태기에 든 거라두 내놔!"

"이건 돈두 안 되는 것들이우."

"이놈, 무슨 잔말이 그르케 많어? 내놓으라믄 내놓지! 너 임마, 우리가 누군지 몰러서 까불어?"

"댁들이 누군데 그러슈?"

"임마, 유성 저잣거리 염라대왕 짱똘이를 몰러? 우리는 바루 짱똘이 대형님의 아우님들이시여!"

"짱똘이유? 허허허! 망치가 더 낫겠수!"

달술이가 자기도 모르게 웃었다.

"아니, 이 자식이?!"

사내 중의 한 명이 달술이의 뺨을 후려쳤다.

"이 자식들이 아주 날강도들이구먼!"

달술이도 주먹으로 그의 얼굴을 갈겼다. 순식간에 네 명이 뒤엉켜 치고받는 싸움이 벌어졌다. 그런데 싸움이 벌어진 지 얼마 안 되어서 저자 여기저기에서 불량배들이 우루루 몰려나왔다.

"이놈들을 다신 여기 얼씬두 못하게 밟어 놓아라!"

그들은 달술이와 무길이를 무자비하게 짓밟아서, 저자 밖으로 쫓아냈다. 달술이는 왼쪽 다리가 부러져서 아예 걸을 수가 없게 되었고, 무길이는 갈비뼈가 두 개나 부러지는 중상을 입었다. 무길이는 이를 악물고 달술이를 부축하여 가까스로 산채로 돌아왔다.

"아니, 이게 어찌 된 일이냐?"

둘의 모습을 본 두령 웅태가 물었다.

"유성 저잣거리의 짱똘이패라는 소악패놈들한테 당했슈. 워낙 여러놈들이 달려드는지라 별 수가 읎었슈."

"그놈들이 그렇게 흉악하게 행패를 부린단 말이냐?"

"짱똘이란 놈과 그 패거리들이 저잣거리를 꽉 쥐구 있는 것 같었수다."

웅태는 문득 전에 망이에게 들은 말이 생각났다. 수릿날 망이에게 씨름을 진 짱똘이가 망이와 난명을 납치하여, 난명의 아버지 강철명에게 재물을 뜯어내려다 두 사람이 탈출하는 바람에 뜻을 이루지 못하자, 망이를 해치러 명학소엘 숨어들었다가 한 명이 죽고 짱똘이도 치명상을 입었다는 얘기였다. 망이가 명학소를 떠나지 않을 수 없게 된 게 그 때문이라지 않았던가. 그때 망이는 계룡산에서 달포쯤을 머물렀다가 개경으로 갔지만, 그 후에도 몇 번 웅태를 보러 계룡산엘 다녀갔다. 계룡산 산채에서 망이가 다친 몸을 치료하는 동안 웅태와 망이는 친형제 못지 않은 정이 들었다.

그런데 그 짱똘이놈 패거리들이 달술이와 무길이에게 행패를 부렸다니!

다음날, 계룡산 산채 사람들이 유성 읍내로 내려갔다. 부두령 강쇠와 태걸이가 저잣거리에 있는 술집으로 들어가, 탁주를 시켰다.

"이 읍내에 짱똘이라는 왈짜패가 있다는데, 너, 그놈을 아느냐?"

막걸리와 술국을 내온 중노미 아이에게 강쇠가 물었다.

"…그 사람을 왜 찾는데유?"

중노미가 겁먹은 얼굴로 물었다.

"하두 소문이 짜아하길래 궁금해서 물어봤어!"

"말두 마시우! 그 사람에게 잘못 걸렸다간 큰코 다쳐유!"

"큰코를 다쳐?"

"잘 모르시나 본데, 그 사람 완력두 보통이 아닌데다 몽니를 부리믄 당할 자가 옰슈! 게다가 그놈들 패거리가 스무 명이 넘슈!"

"기껏 시골 저자의 왈짜놈이 하늘 높은 줄 모르구 활개를 치는 모냥이구나!"

"말조심하셔유! 짱똘이 패거리가 들으믄 큰 봉변당해유!"

"우리가 그놈들 버릇을 고쳐주러 왔으니, 그놈들을 불러와라! 자, 이건 심부름 값이다!"

강쇠는 중노미에게 엽전 한 닢을 내놓았다.

"…아니, 그게 증말이유?"

중노미는 믿어지지 않는다는 얼굴로 강쇠를 바라보며 물었다.

"이 가게에서 뒤잽이질을 하진 않을 테니 걱정 말구 그놈 패거리를 불러오너라!"

중노미가 곧 사내 세 명을 데려왔다.

"네놈들이 우리 짱똘이 대형님을 찾는다며?"

그들은 목로로 들어서자마자 눈을 부라리며 으르듯 말했다.

"네놈들이 어제 우리 아우 둘을 매타작을 했던겨?"

"이 저자에서 우리한테 얻어터진 놈이 어디 한둘인감?"

"우리 형님께서 오늘 짱똘인지 망치인지 하늘 모르구 꺼붙어대는 그놈에게 뜨거운 맛을 보여주실 거여!"

"…네놈들이 누군데, 감히…."

"그건 알 것 읎구! 저기 읍내 밖 공터에서 우리 형님이 기다리시니, 그리 전해라! 만약 안 나오믄 겁이 나서 꽁무니를 뺀 것으로 알구, 우리 형님께서 이 읍내의 주인 노릇을 할 것이여!"

"뭐라?! 이놈들이?! 잠깐 기다려라! 우리 짱똘이 대형님을 모시구 올 테니!"

그들은 후다닥 술집을 뛰쳐나갔다.

"대형님, 어떤 놈들이 형님한테 싸움을 걸어왔습니다유!"

짱똘이는 읍내의 청향루라는 유곽(遊廓)에서 호족의 아들들과 저포 (樗蒲) 노름에 한참 열을 올리고 있었다. 큰돈을 잃은 짱똘이는 처음 밑 엣것들의 말을 제대로 듣지도 않고,

"기다려라!"

하고 다시 노름에 집중하였다. 저포란 일명 쌍륙(雙六), 또는 악소(握
塑)라고도 하는 놀이로서, 저포판에 검고 흰 말 12마리를 벌여 놓고, 2
개의 주사위를 죽통에 넣고 흔든 다음 그 주사위를 빼내어서 그 숫자
만큼 말을 앞으로 나아가게 하여, 먼저 종점에 말들이 다 들어가면 승
리를 하는 놀이이다. 명절 때에 가족들이 모여서 즐기는 놀이였으나,
언제부턴가 여항간에 이것이 돈을 걸고 하는 도박으로 변하여, 그 폐
해가 적지 않았다. 심지어는 속임수 저포 노름에 빠져 전답과 집까지
잃고 패가망신하는 자들도 적지 않았다.

짱똘이는 아까부터 계속 돈을 잃어 속으로 은근히 부아가 나 있었
다. 잃은 돈도 상당하거니와, 오늘 따라 자기 뜻과는 달리 계속 낮은
점수가 나오는 것에 더욱 울화가 치밀었다.

"대형님, 어떤 놈들이 한 판 붙자구 찾아왔다구유!"

"이 자식! 기다리란 말 못 들었어?!"

저포에 집중해 있던 짱똘이는 팩 고함을 지르고 나서, 문득 아랫것
의 말이 귀에 들어와서,

"뭐라구?"

하고 물었다.

"어떤 놈들이 싸움을 걸어왔다니께유!"

짱똘이는 아연 긴장하였다. 감히 나한테 싸움을 걸어오다니?! 그간
몇 년 동안 감히 그에게 싸움을 걸어온 놈은 없었다.

"…어떤 놈들이?"

"어제 우리 애들한테 맞은 놈들 패거리인 모냥이유!"

"어제 그런 일이 있었어?"

"어제 저자에 약초와 산나물을 팔러 나온 촌놈 둘이 있었는데, 우리
애들이 그걸 빼앗구, 좀 밟어준 모냥이유!"

"…산골 촌놈들을? 그런데 그놈들이 산골 무지렁이들을 다시 데려

왔단 말여?"

짱똘이는 벌떡 자리에서 일어났다. 그렇지 않아도 계속 지고 있던 저포 때문에 울화가 치밀 대로 치민 짱똘이였다. 잘 되었다! 힘깨나 쓰는 촌놈들이 뭘 모르고 몰려온 모양인데, 오랜만에 이놈들을 자근 자근 밟아놓아야지! 짱똘이는 20여 명의 자기 패거리들을 불러 모았 다. 그리고 시골놈들이 기다리고 있다는 읍내 초입으로 달려갔다.

읍내 초입의 공터에 당도한 짱똘이는 속으로 코웃음을 쳤다. 기다 리고 있는 놈들이 여남은 명밖에 안 되는 데다가 입성을 보건대 시골 촌놈들이 분명해 보였다.

"이놈들, 어느 마을에서 온 고라리들이냐?"

짱똘이가 한 걸음 앞으로 나서며 말했다.

"네가 짱똘이냐? 네놈이 저잣거리에서 행패깨나 부린다는 말은 오 래 전부터 들은 적이 있다!"

웅태였다.

"너희 같은 촌놈들에게두 이 어르신의 함자(銜字)가 알려진 모냥이 구나!"

"하하하! 이놈! 그게 아니라 네놈이 몇 년 전 명학소 장사를 해치러 갔다가 절구통에 얻어맞아 얼굴이 개박살났다는 말을 들었다! 과연 듣던 대로 얼굴이 박살난 바가지 같구나! 하하하하!"

"뭐라?!"

짱똘이의 얼굴이 씨뻘겋게 변했다. 그는 그때 망이의 절구통에 콧 대가 아주 주저앉아서 몰골이 말이 아니었다. 그는 그 후 누가 그의 얼굴에 대해 말하는 것을 거의 병적으로 싫어했다. 무심히 그의 얼굴 에 대해 말했다가 벼락을 맞은 사람이 여럿이었다.

짱똘이는 치솟는 울화를 억지로 참으며 태연하게 말했다.

"네놈이 오늘 맞아죽을려구 환장을 한 모냥인데, 이리 나와 봐라!"

"하하하! 임자를 만난 놈은 바로 네놈이다."

웅태가 웃으며 말했다.

"네놈 엄장이 힘꼴깨나 써 보이나, 싸움은 힘으로만 하는 게 아니다. 이 어르신이 오늘 네놈에게 따끔한 교훈을 주마!"

말이 끝나기도 전에 짱똘이가 몸을 날려 웅태를 쳤다.

저잣거리에서 어렸을 때부터 싸움으로 잔뼈가 굵은 짱똘이는 싸움은 힘만으로 되는 게 아니라는 걸 잘 알고 있었다. 무엇이든 고수(高手)가 되려면 상당 기간 꾸준한 연습과 수많은 실습을 거치지 않으면 안 되는 것이지만, 특히 싸움은 실전(實戰)이 최고의 훈련이었다. 싸움 솜씨야말로 무수히 많은 실전을 통해서만 터득되는 전문적인 기술이랄까. 모든 신경을 집중하여 상대방과 겨룰 때 자기도 모르게 터득되는 몸놀림은 가르치고 배울 수 있는 것이 아니었다. 상황에 따라 무의식적으로 몸이 움직이는 경지에 도달해야 하며, 번개 같은 선제공격과, 단번에 상대방의 급소를 정확하게 치는 자기만의 독수(毒手)를 가져야만 진정한 싸움꾼이라 할 수 있었다. 짱똘이는 저잣거리의 대형님이 된 뒤부터 자기야말로 그런 싸움의 비결을 체득한 고수라고 자부하고 있었다.

웅태는 암암리에 짱똘이의 공격에 대비하고 있다가, 재빨리 그의 공격을 피하며 반격을 가했다. 두 사람은 한식경이 넘도록 용호상박(龍虎相搏)으로 치열하게 치고받았다. 짱똘이는 속으로 크게 놀랐다. 한낱 무지렁이 시골놈이 이렇게 재빠르고 무서운 힘을 지니고 있을 줄이야! 웅태의 팔과 그의 팔이 부딪칠 때마다 그의 팔이 힘없이 팅겨나가고, 그의 주먹이 웅태의 몸을 후려쳐도 웅태의 몸은 끄떡도 하지 않았다. 웅태 또한 짱똘이와 맞붙으며 크게 긴장하였다. 생각보다 짱똘이가 만만치 않았다. 한두 주먹이면 끝장을 보던 여느 싸움꾼과는 달리 짱똘이는 날렵하게 그의 공격을 피하며 집요하게 그의 급소를 공격해 왔다.

그러나 시간이 지날수록 짱똘이가 웅태의 힘에 밀려 뒤로 물러나다가, 마침내 턱에 결정타를 맞고 땅바닥에 나가떨어졌다.

"시골 불량배들의 두목 노릇은 할 만하구나!"

웅태가 가쁜 숨을 돌리며 한마디하고 뒤돌아설 때였다.

짱똘이가 돌연 허리춤에서 비수를 빼어들고 웅태에게 달려들었다. 웅태가 본능적으로 몸을 뒤트는 바람에 짱똘이의 비수는 웅태의 어깨를 살짝 스치고 빗나갔다.

"이눔이 비겁하게!"

불쑥 화가 치민 웅태가 주먹으로 짱똘이의 얼굴을 힘껏 후려치자 짱똘이는 정신을 잃고 통나무처럼 바닥에 쓰러졌다. 짱똘이가 쓰러진 것을 본 그의 졸개들이 우루루 달려들고, 그와 동시에 웅태 패거리들도 달려 나왔다.

닥치는 대로 치고받는 육박전이 벌어졌다. 그러나 짱똘이가 빠진 짱똘이패는 웅태의 녹림당에게 실컷 두들겨맞고 도망을 치거나 무릎을 꿇었다.

"이놈들! 짱똘인가 망치인가 하는 이놈이 깨어나면 전해라! 산 위에 또 산이 있다고!"

웅태가 무릎을 꿇은 짱똘이의 졸개들에게 말했다.

"대형님! 짱똘이 대형님 정신차려 보십슈!"

"대형님이 아주 고태골루 간 거 아녀?"

"대형님두 별 것 아니구먼!"

짱똘이는 한참 후에 아랫것들의 서털구털 지껄이는 소리를 들으며 정신을 차렸다. 졸개 몇 놈이 그를 깨우고 있고, 몇 놈은 땅바닥에 널부러져 있었다. 그는 울화가 치밀어 견딜 수가 없었다. 대결에서 진 것도 모자라 비수로 뒤에서 공격하다가 한 주먹에 나가떨어졌으니, 졸개들 앞에서 망신도 그런 망신이 없었다.

"이놈들 어디 갔어?"

"대형님! 그놈들 간 지가 한참 됐슈. 우리가 개챙피당했슈!"

"뭬라? 이놈이!"

짱똘이는 아랫것한테 주먹을 휘둘렀다.

"그놈한테 당하구서 왜 애꿎은 우리한테 주먹질이슈?"

"뭬라?!"

"아, 아닙니다유!"

"그놈들이 어디루 갔냐?"

"공주쪽 한길루 갔슈!"

"그놈들이 그냥 시골 고라리들이 아니다! 몸 쓰는 게 흉악한 화적패들이 틀림읎다! 내 이놈들을 기어이 아작을 내구 말 테다! 그놈들이 어디서 왔다구 했지?"

"첫날 약초를 짊어지구 온 놈들이 계룡산에서 왔다구 한 것 같수."

"계룡산이라? 으음!"

짱똘이는 이를 으물었다.

다음날부터 유성 짱똘이의 아랫것들이 두어 명씩 짝을 지어 계룡산을 내리 훑었다. 짱똘이 패거리들은 동계사에서 은선폭포를 거쳐, 관음봉, 삼불봉, 오누이탑을 지나면서 주위의 골짜기와 산 등성이를 톺아나가고, 신원사에서 상상봉을 거쳐 동계사로 이어지는 길도 모두 살펴보았다. 그리고 사자암에서 출발하여 문장암, 고왕암으로 이어지는 조도(鳥道)도 탐색하고, 천진봉에서 용문폭포, 갑사까지도 꼼꼼이 내리훑었다.

계룡산을 탐색한 지 이틀 후 짱똘이패의 우창이와 병걸이가 부탕골 깊은 곳에 감춰져 있는 띠집 몇 채를 발견하였다. 수풀 속에 교묘하게 숨겨져 있어서, 그냥 지나치다간 전혀 알 수 없는 곳이었는데, 공교롭게도 인기척이 났다. 우창이와 병걸이는 키 작은 잡목 사이를 기듯이 인기척이 나는 곳으로 다가가, 띠집 십여 채와 제법 넓은 공터를 오가는 사람들을 발견하였다.

"그날 본 놈들이 맞지?"

"틀림없어! 이 새끼들이 여기 빈대처럼 숨어 있었구먼!"

두 사람은 쾌재를 부르며 산을 내려왔다.

병걸이와 우창이의 이야기를 들은 짱똘이는

"내 그럴 줄 알았다! 너희들 수고 많았다! 이걸 가지구 가서 코가 삐뚤어지게 한 잔씩 해라!"

하고는, 은병 한 개를 내주었다.

"대형님! 고맙습니다유! 역시 대형님은 통이 큰 대장부십니다유!"

은병을 본 두 사람은 입이 쩍 벌어져서 어쩔 줄을 몰랐다. 상당한 상이 있을 줄은 짐작했으나 은병을 내려줄 줄은 몰랐다.

"이놈들, 어디 두구 봐라! 클클클클!"

짱똘이의 입에서 저절로 만족스러운 웃음이 흘러나왔다.

5. 호족들의 봉변

옅은 구름에 달이 가려 침침한 밤이었다. 고석리 호족 허덕수네 저택을 향해 20여 명의 사내들이 소리 없이 다가갔다. 허덕수의 대저택은 성벽같이 높은 담장에 둘러싸여 있었으나, 그들은 준비해 간 사다리를 담장에 걸치고 날렵하게 담장을 넘어 집 안으로 들어갔다.

그들은 미리 정탐이라도 해 둔 듯 한 패는 허덕수가 거처하는 사랑채로 향하고, 또 한 패는 그의 아내가 거처하는 안채로, 또 한 패는 허덕수의 아들과 며느리가 자고 있는 별채로, 그리고 몇 놈은 노비들이 자고 있는 행랑채로 향했다.

"이놈들! 네놈들이 누구길래…?"

누군가 발로 차는 바람에 잠이 깬 허덕수는 허옇게 빛나는 검을 보고 말을 잇지 못했다.

"이놈, 우리는 떠돌아다니는 유민(流民)들이여! 소리를 질렀다가는 단칼에 목이 떨어질 거여!"

얼굴에 검은 복면을 쓴 괴한들은 허덕수를 꼼짝 못하게 묶고, 말을 못하게 아갈잡이를 시켰다. 안채와 별채로 간 복면 괴한들도 허덕수의 식구들을 모두 결박하였다. 허덕수와 그의 가솔들을 모두 사로잡은 괴한들은 그들을 인질 삼아 행랑채에서 자고 있던 노비들을 모조리 창고 동(棟)에 감금하였다.

"네놈이 그간 노비들과 소작인들을 개, 돼지만두 못하게 취급하구 그들을 착취한 것은 천하가 다 안다! 너 같은 놈들 때문에 우리들은 집을 버리구 떠돌아다니며 화적질루 살아가는 사람들이다! 조용히 있으믄 목숨은 해치지 않을 테니 쥐 죽은 듯이 엎드려 있어라!"

복면 괴한들은 허덕수네 집 장롱과 벽장, 곳집을 샅샅이 뒤져서, 금붙이와 은병, 은편, 엽전 등을 모두 찾아내고, 값비싼 비단과 모시, 삼베, 진귀한 보석, 노리개 등을 모조리 훑어냈다. 몇 놈은 창고에 있는 쌀가마니까지 짊어졌다.

"이놈, 허덕수! 만약 우리가 다녀갔다는 말을 흘리믄, 그날루 우리가 다시 와서 네놈은 물론 네 가솔들을 모조리 베어버릴 것이니, 알아서 처신해라!"

복면 괴한들은 허덕수의 집을 떠나면서 후환이 없도록 으름장을 놓았다.

복면 괴한들이 출몰한 곳은 허덕수의 집만이 아니었다. 원동 마을 호족 성호봉의 집에도 복면 괴한들이 나타나 분탕질을 하였다.

재물을 모조리 훑어낸 다음 화적패 두령인 듯한 자가 말했다.

"이놈! 돈 좀 빌려주구 빚 못 갚는다구, 그 집 딸을 빼앗어다가 첩으루 삼어? 그러구두 네놈이 성할 줄 알었냐? 우리가 오늘 네 첩한테 남편을 빼앗기구 독수공방허는 이 집 마님의 육허기(肉虛飢)를 달래주어야겠다!"

"아니, 그게 무슨 말이오?"

밧줄에 묶인 성호봉이 놀라서 묻자

"이놈, 너 대신 네 마누라를 위로해 주겠다는데, 고마운 줄 알어야지!"

하며, 그의 아내가 거처하는 안채로 몰려갔다.

기삼 마을 호족 송병주의 집에도 복면을 쓴 괴한들이 나타났다. 송병주는 불심이 돈독하여 집안에 불당을 지어놓고, 그 안에 금으로 만든 불상을 모셔놓고 가문의 번창을 기원한다는 소문이 파다했다.

"이놈, 노비와 소작인들은 소나 말 부리듯 부리면서, 금부처님만 모시믄 극락왕생하구 대대루 부귀를 누릴 줄 알었더냐?"

괴한들은 집안의 재물은 물론 금부처와, 금부처 앞에 놓인 금그릇, 금탁(金鐸) 등을 모두 쓸어가고는, 불당에 불을 질렀다.

함안리의 대지주(大地主) 이용구의 집에도 복면 괴한들이 나타나, 집안 재물들을 휩쓸어갔다. 이용구의 아들이 그들과 대항해 싸우다가 칼을 맞아 중상을 입기도 했다.

봉변을 당한 호족들은 처음엔 복면 괴한들의 협박이 무섭기도 하고, 봉변을 당한 것이 창피하기도 하여, 그들이 당한 일을 쉬쉬하고 입 밖에 내지 않았다. 그러나 집집마다 노비들이 십수 명 씩 있으니, 어찌 그 소문이 밖으로 새나가지 않을 것인가. 결국은 유성 관내 여러 호족들이 계룡산에서 내려온 복면 괴한들한테 강도질을 당했다는 충격적인 소문이 날개를 달고 퍼져나갔다. 그 소문은 날이 갈수록 커져서, 어느 집에선 젊은 마님이 산적들에게 겁탈을 당했다느니, 아직 시집을 안 간 규수가 그놈들에게 끌려갔다느니 하는 흉흉한 말까지 떠돌았다.

그러던 어느 날 짱똘이가 평소 터놓고 지내는 유성 현청 아전 이훈전을 유곽으로 불러냈다.

"오늘은 내가 한 턱 쏠 테니, 훈전 형님은 목의 때나 벗기슈!"

"나를 불러낸 걸 보니, 무슨 좋은 일이라두 있남?"

"형님과 제가 꼭 일이 있어야 만나는 사이유? 그 동안 격조해서 술이나 한 잔 하자는 거유."

두 사람이 자리에 앉자 젊은 작부 두 명이 뒤따라 들어와 나붓하게 절을 했다.

"추향이라 해유."

"저는 춘초라 불러 주십시우."

훈전은 얼굴이 제법 해반주그레한 나긋나긋한 작부를 보고는 입이 함박만하게 벌어졌다. 오랜만에 맡아보는 여자의 지분(脂粉) 냄새에 저절로 훈전의 콧구멍이 벌름벌름해졌다.

"얘야, 상다리가 휘어지게 한 상 잘 차려 내오너라!"

짱똘이가 문 밖에서 기다리고 있는 중노미에게 기세 좋게 말했다.

"금방 대령하겠습니다유."

중노미가 사라지자 짱똘이가 훈전에게 말했다.

"형님은 요새 귀를 막구 살우?"

"그게 무슨 소리여?"

이훈전이 뜬금없이 무슨 소리냐는 듯 물었다.

"읍내에 파다한 소문두 못 들었수?"

"…소문 …이라니?"

"아, 관내 호족들이 모두 복면 괴한들한테 큰 봉변을 당하구 재물들을 털렸다는 소문 말이유!"

"나두 그런 말은 들은 적이 있네만…. 그게 부풀려진 얘기 아닌감?"

"여자들이 겁탈까지 당했다는디, 사또가 수수방관만 하구 있대서야 말이 되우?"

"…글쎄, 현청에서두 그 소문이 사실인지 알아보구는 있는 모양인데…."

그때 중노미 둘이 교자상을 내왔다. 술과 기름진 안주가 상 위에 가득했다. 여자들은 두 사람의 곁에 바짝 붙어앉아 아양을 떨며 술을 따랐다.

"호족들 집안에 든 화적패들 얘기를 하시는 중인감유?"

추향이가 화제에 끼어들었다.

"너희들두 화적패 얘기를 들은겨?"

"그 얘기를 모르는 사람이 어디 있대유?"

"잘코사니쥬! 백성들은 끼니가 읎어서 풀뿌리와 나무껍질을 벗기러 산과 들을 헤매는디, 부자들의 창고엔 곡식들이 썩어나구 은금보화가 넘쳐나니, 화적패들이 쳐들어올 만두 하쥬."

춘초도 한마디 거들었다.

"너희들 그런 말 함부루 지껄이다가는 큰코 다친다!"

훈전이 춘초를 꾸짖듯 말했다.

"사람이 말두 못하구 살어유?"

춘초가 뾰로통해져서 말했다.

"형님, 민심이 이르케 흉흉한디, 현청에서 모른 척하구 있어서야 되겠슈?"

"…그야… 그놈들이 어떤 놈들인지두 모르구, 안다고 해두 그리 쉽게 잡을 수가 있겠남?"

"나한테 기똥찬 방법이 있수다!"

"방법이 있어?!"

훈전은 귀가 솔깃했다.

"현령과 직접 대면을 시켜 주시우! 내 형님두 큰 공을 세우게 해 줄 테니!"

"그려? 좋은 방안이 있다면 현령을 면대시켜주는 거야 어려울 게 읎지!"

두 사람은 의기투합하여 축배를 들었다.

"그래, 네가 나를 만나자는 용무가 뭐냐?"

유성 현령 이안용이 짱똘이를 내려다보며 물었다.

"화적패가 유성 관내에 여러 번 출몰하여 민심이 흉흉한디, 사또 나으리께서 무슨 방안을 가지구 계시나 해서 여쭙고자 왔습니다유."

"…네가 누군데, 감히 나한테 그런 걸 묻느냐?"

이안용이 어쭙잖다는 어조로 말했다. 그는 짱똘이에 대해 아전들에게 몇 번 들은 적이 있어서, 그가 어떤 인물인지 대강 알고 있었다. 이놈이 오늘 무슨 꿍꿍이셈으로 나를 찾아와 수작질을 하나? 이안용은 적이 궁금했다.

"저야 유성현 백성으로서 사또 나으리를 도울 길이 읎나 혀서 찾아뵈었습쥬. 사또 나으리께 해로운 일은 읎을 것이구먼유."

"자네가 화적패 소탕에 도움이 될 의견이 있다니, 그걸 단도직입적으루 사또님께 말씀 올려보게나!"

이훈전이 두 사람 대화에 끼어들었다.

"의견? …어디 한번 들어나 보자!"

"그게 좀…. 형님은…."

짱똘이가 이훈전을 바라보며 멈칫거렸다.

"알겠네! 내 잠깐 나가 있음세!"

이훈전이 눈치를 채고 약간 불쾌한 얼굴로 자리를 비켜 주었다. 이훈전이 밖으로 나가길 기다려, 짱똘이가 입을 열었다.

"사또 나으리, 외람된 말씀이나 이번 화적패 사건으루 사또 나으리께선 인생의 큰 갈림길에 서게 되셨습니다유. 잘하믄 크게 출세할 길이 열리겠으나, 여차하믄 낭떠러지루 떨어질 수두 있겠습지유."

"······!"

이놈이 지금 어디서 되잖은 썰(說)을 푸나! 그러나 이안용은 언짢은 내색을 하지 않았다.

"우선 이 화적패들을 토멸하지 못하믄, 고을의 호족들이 그냥 있지 않을 것입니다유! 그들은 화적패에 의한 피해 사항과 그들을 토멸하지 못한 사또 나으리의 무능과 무책임을 공주의 지주사(知州使)나 조정에 상소하게 될 터인디, 그리 되믄 사또 나으리께서 파직을 당하시거나, 자칫 운이 읎으믄 멀리 귀양을 갈 수두 있지 않겠습니까유?"

"네 이놈! 네놈이 지금 사또인 나를 위하(威嚇)하는 것이냐?"

이안용이 호통을 쳤다.

"위하라니유?! 저는 사또 나으리를 위해 진언을 드리는 것입지유!"

"···으음!"

"사또 나으리께서 이 화적들을 토멸하게 되믄, 세 가지 좋은 일이 따르게 될 것입니다유! 첫째, 조정에 이 사실을 장계(狀啓)하여 큰 상을 받게 될 것이구, 둘째 관내(管內) 호족과 백성들의 존경을 받게 될 것이며, 셋째, 큰 재물을 얻게 되실 것입니다유!"

"큰 재물을 얻는다?!"

이안용의 눈이 번쩍 뜨였다.

"재물이 안 따른다믄 누가 이르케 귀찮구 위험한 일을 하겠습니까유. 클클클!"

쨍똘이가 이안용의 반응을 보고서 노골적으로 자신감을 드러냈다.

그는 이안용에게 바짝 다가가, 작은 소리로 속삭였다.

"우선 호족들에게 이 화적패를 토벌한다는 빌미루 막대한 재물을 긁어낼 수 있구, 또 도적들을 토멸하믄 그놈들이 호족들에게서 빼앗아 간 재물두 모두 사또 나으리 것이 되지 않겠습니까유?"

"······!"

"사또 나으리! 실은 저에게 화적패에 대한 중요한 정보가 있어서, 이르케 왔습니다유!"

짱똘이가 이안용에게 바짝 다가앉으며 말했다.

6. 유성 현령 이안용

유성 현령 이안용은 작년(명종 4년)에 유성의 감무(監務)로 임명되었다.

그를 현령으로 임명한 것은 조정이 아니라 공주(公州) 지주사 박상부였다. 고려의 지방관 임명 관례에 의하면, 주, 목, 군, 현의 감무는 조정에서 직접 임명하지만, 군현에 속한 속현(屬縣)이나 속군(屬郡)은 조정에서 감무를 임명하지 않고, 그 속군현이 속해 있는 윗고을의 감무가 관리를 임명하게 되어 있었다. 유성현은 공주의 속현(屬縣)이라서 전부터 공주의 목사나 주지사가 현령을 임명해 왔다. 대개 속현의 현령은 그 고을의 세력과 덕망이 있는 호족 중의 한 사람을 임명하는 게 관례였고, 유성현도 그 동안은 유성 호족 중의 한 사람이 현의 업무를 수행해 왔다. 그러나 작년에 공주 지주사로 내려온 박상부는 그의 고모 아들인 이안용을 데려와, 유성 현감으로 임명했다.

이안용은 나이 30이 넘을 때까지 하는 일도 없이 개경의 유곽(遊廓)이나 주루(酒樓)에서 술이나 마시고 기생들과 노닥거리거나 싸움질이나 하는 건달이었다. 그런데 박상부가 공주 지주사로 내려가게 되자 이안용의 어머니가 친정 조카인 박상부에게 특별히 부탁하여 데려가도록 한 것이었다.

"저놈이 저러다가 평생 한량으로 한 평생을 마치면 내가 저승에 가서 어떻게 조상님들을 뵙겠느냐? 명색이 갑족의 자제로 글깨나 읽었다는 놈이 저 모양이니, 네가 이번에 데리고 내려가서, 적당한 자리를 주어, 사람을 만들어 보아라!"

박상부는 고모의 간절한 부탁을 차마 거절할 수 없었다. 박상부가 어렸을 때 조실부모(早失父母)하자 그를 친부모처럼 보살펴 준 사람이 고모와 고모부였기 때문이었다.

이안용은 유성 현령으로 부임하고 얼마 지나지 않아 개경과 서경의 전쟁에 필요한 군비와 군량을 충당하기 위한 조정의 특별조치라면서 조세를 대폭 올렸다. 그리고 특정 공납물을 생산해 바쳐야 하는 소(所)에도 그 생산량을 반 갑절이나 더 올렸다. 직접 업무를 수행하는 아전들도 너무 지나친 처사이며, 잘못하면 주민들의 반발을 살 우려가 있다면서 사또에게 진언을 올렸으나, 이안용은 눈살을 찌푸리면서

"이놈들, 거두라면 거두어들일 일이지, 웬 말들이 그리 많누? 너희들은 중간에서 실컷 해 처먹으면서 나라의 명을 거역해? 한 번만 더 그 따위 말을 했다가는 내 장형(杖刑)으로 엄히 다스리리라!"

하고 호통을 놓았다.

또한 이안용은 아전들을 시켜 모든 호족들의 호구(戶口)를 세세히 조사하고, 그들이 거느린 노비, 그들의 전답과 땔감나무를 조달하는 산림까지 상세하게 파악하였다. 아무래도 가난한 백성들보다는 중앙의 귀족들 못지않게 특권과 재산을 지닌 호족들을 털어야 먹을 것이 있을 것이란 계산에서였다.

어느 날, 현의 아전과 군노 몇 명이 미량 마을의 호족 지만근을 찾아왔다.

"사또께서 어르신을 보자 하십니다유."

"어흠! 사또께서 나에게 무슨 볼 일이 있단 말이우?"

"자세한 것은 모르겠고, 빠른 시일 안에 청(廳)으로 들랍시란 명이우."

다음날, 지만근은 하인 둘을 대동하고 사또 이안용을 찾아갔다. 그는 우선 하인이 지게에 지고 온 비단과 저포, 은병 2개를 사또에게 바치고, 사또와 마주 앉았다.

"내 지난 번에 관내의 모든 호족들의 재산을 샅샅이 조사하였소이다. 이는 지금 서북면에서 전쟁이 일어나 막대한 전비와 군량을 보충하기 위한 국책인 바, 어르신께서도 이번에 크게 마음을 좀 쓰셔야겠소이다."

이안용은 아전에게 지만근이 부담해야 할 물목을 가져오게 했는데, 거기에는, 지만근이란 성명 아래에 〈벼 오십 석(石), 황소 2두(頭), 전마(戰馬) 1두, 소금 5두(斗)〉라고 적혀 있었다.

"아니, 사또 이 무슨 터무니없는 공출입니까? 이런 법은 없소이다!"

물목을 본 지만근이 놀라 외쳤다.

"지금은 전시(戰時)외다. 서경유수 조위총이 서북면 40여 개의 성을 점령하고 개경까지 진출한 위급한 상황임을 모르시오? 만약 이 전쟁에 지면 지금 어르신께서 누리고 있는 부귀영화가 계속 되겠소이까? 하루아침에 모든 것을 잃고 쪽박 신세가 될 수도 있소이다. 내 우리 고을 모든 호족들의 재산을 상세하게 조사한 바, 어르신의 막대한 재산으로 볼 때 이쯤은 조족지혈이 아닌가 하오. 나라가 있고 나서야 귀족도 있고 호족도 있소이다. 이는 어르신에게만 부과되는 특별세가 아니라 모든 고을의 호족과 지주들에게 불가피하게 부과되는 특별세이외다."

지만근은 머리끝까지 분이 차올랐으나, 이안용이 지목한 재물을 바치지 않을 수 없었다. 지만근뿐만이 아니었다. 고을의 호족들이 한 명 두 명 차례로 불려가, 사또가 미리 작성한 물목대로 막대한 재물을 바쳐야했다.

재물을 빼앗긴 호족들은 모두 분기탱천하여, 함께 모여 대책을 의논했다.

"현임 사또가 공주 지주사의 조카로서 우리를 완전히 봉으로 보고 노골적으로 착취를 하고 있으니, 우리도 무슨 대책이 있어야 할 게 아니오?"

누대에 걸쳐 세력을 떨치고 있는 읍내 호족 송천수가 먼저 말을 꺼냈다.

"우리 호족들이 감무를 맡았을 때는 이런 일이 없었는데, 이 어찌된 일인지 모르겠소."

그간은 유성 관내의 호족 중에서 세력 있는 사람이 돌려가며 현령을 맡아 왔었다. 유유상종이란 말이 있듯이 그들 호족들은 평소 세교(世交)가 있었고, 자연히 자기들 호족에게 해가 되거나 누가 되는 일은 하지 않았었다.

"저런 무지막지한 탐관오리를 그냥 둔다는 게 말이 됩니까? 당장 조정에 상소를 올려서 삭탈관직을 시켜야지요."

맨 먼저 재물을 빼앗긴 지만근이 흥분해서 말했다.

"그러나 지금 조정은 우리가 줄을 대고 있던 귀족들이 거의 다 죽거나 쫓겨나고, 무장들이 권력을 쥐었다 합니다. 또한 그 무장들이 서로 권력을 쥐려고 이전투구를 벌이고 있다는데, 그들이 우리 같은 시골 호족들의 말에 귀를 기울여 주겠소이까?"

읍내 호족 강한성이 말했다.

"우리들의 실력을 보여야 합니다. 우리가 노비들을 모두 거느리고 현청으로 몰려가면 사또인들 별 수 있겠습니까?"

"그건 안 될 일이오! 자칫 잘못하면 민란(民亂)으로 몰려, 우리 모두 큰일을 당할 수도 있소이다!"

그들은 중구난방으로 여러 이야기를 했으나, 아무도 실효성 있는 대책을 내놓지 못했다. 결국 그들은 사또에게 엄히 경고하는 것으로 뜻을 모았다. 그러나 누가 그 뜻을 전달하느냐 하는 문제가 나오자 모두 입을 다물었다. 아무도 앞으로 나서지 않았다.

"사실 이게 자존심 문제이지 그만한 재물로 우리가 망하는 건 아니
잖소! 그럼 이번엔 그냥 좀 더 참고, 앞으로를 지켜보도록 합시다."

그들은 처음엔 금방 무슨 일이라도 낼 듯 목소리를 높였으나, 결국
비 맞은 개 꼴이 되어 집으로 돌아갔다.

유성현 향천리에 권중천이라는 호족이 있었다. 권중천의 아들이
일찍 사망하자 그는 청상과부인 며느리와 어린 손자 하나를 데리고
살고 있었다. 권중천은 본래 인색하기 짝이 없는 성품이어서 작인들
에게 거두어들이는 소작료 또한 다른 호족들보다 많고, 가뭄이나 홍
수 등 천재(天災)가 나도 소작료를 삭감해 주거나 유예해 주는 법이
없었다.

어느 날, 권중천의 어린 손자가 고뿔이 들었다. 고뿔은 여러 날이 지
나도 낫지 않고 어린 손자는 높은 열에 시달렸다. 하나 밖에 없는 금
지옥엽 손자가 앓아눕자 권중천은 손자를 보러 며느리의 거처를 드나
들었다.

그런데 얼마 지나지 않아 마을에 이상한 소문이 돌았다.

"권중천 어르신이 밤에 청상과부 며느리 방엘 드나든다네!"

"예끼! 그걸 말이라구 허우?"

"나두 들은 말인데, 밤에 며느리 방으루 들어가는 권중천 어른을 누
가 봤다잖유?"

"그야, 그 집 손자가 아파서, 손자를 보러간 것이라며?"

그러나 곧 소문은 이상하게 부풀었다.

"남녀 간에 시아버지와 며느리가 어디 있수? 여자에 굶주린 홀아비
와 한참 젊은 과부 사이에 상피 붙기가 십상이지! 아무두 보는 사람이
읎는데!"

"예끼! 그런 망측스러운 소리 마슈. 호족 어르신이 들으면 큰일 나

우! 나이두 많은 어르신이 그럴 리가 있겠수?"

"남녀 간 일은 아무두 모른다잖우? 남자는 지푸라기 하나 들 힘만 있어도 그 짓을 하려구 덤빈다던디…."

나중에는 이런 말까지 나돌았다.

"지금 그 아이가 손자가 아니라 권중천 나으리의 아들인지두 모른 대유."

"에이, 거, 말이 되는 소릴 하슈!"

"그런 말까지 있단 얘기쥬!"

엽기적이고 자극적인 소문은 귀에서 귀로, 입에서 입으로 순식간에 퍼져 나갔다. 유성 고을에서도 손꼽히는 호족 권중천이 홀로 된 며느리의 방엘 드나든다! 소문은 권중천의 하인들을 거쳐 권중천의 귀에도 들어갔다.

권중천은 분기탱천했다. 즉시 마을 사람들을 잡아들여, 가혹한 문초를 했다.

"이놈들, 어디서 그런 더러운 구습을 함부로 놀리느냐? 어느 놈한테 그런 말을 들었는지 바른 대로 대라!"

마을 남정네들은 모두 불려가 몽둥이질을 당했으나, 누가 처음 그런 말을 발설했는지는 밝혀지지 않았다. 권중천은 아낙네들까지 잡아다가 무자비하게 족쳐, 다시는 그런 말이 나오지 못하도록 잡도리를 했다.

그러나 발 없는 말이 천리 간다는 말이 있듯 그런 소문은 막는다고 막아지는 것이 아니었다. 얼마 안 가서 현령 이안용의 귀에까지 그 소문이 들어가게 되었다.

이안용은 옳다구나! 하고 곧 권중천을 현청으로 불러들였다. 그는 동헌 앞에 형틀을 차려 놓고, 권중천이 들어오자 대뜸 형틀에 묶어놓고, 말했다.

"이놈, 네 죄를 네가 알렸다?!"

"…사또, 그 무슨 말씀이시우?"

"저 늙은 놈이 의뭉하긴! 이놈아! 아무리 계집에 굶주렸기로서니 과부 며느리와 붙어먹는 놈이 어디 있느냐?"

"…그 무슨 당치 않은 말씀을! 억울하오! 터무니없는 무고이외다."

"저놈이 영악하여 좋은 말로 하면 안 되겠다! 온 고을이 다 아는 일을 시치미를 떼다니! 명색이 고을의 어른으로서 풍속을 교화해야 할 책무가 있는 자가 차마 입에 담기도 어려운 패륜을 저질러 놓고도 뭉때리려 하다니! 바른 말이 나올 때까지 매우 쳐라!"

사또의 말에 군노들이 곤장으로 권중천의 볼기를 치기 시작하였다. 늙은 권중천은 곤장 몇 대에 바로 정신을 잃고 머리를 떨어뜨렸다.

"저놈을 옥에 떨어뜨려라. 내 다음에 다시 치죄하리라!"

권중천이 잡혀갔다는 얘기를 들은 그의 사촌 권중달과 권중광이 나서서 권중천을 구명해 보려 현청엘 갔다. 그들은 비단 5필과 은병 5개를 선물로 준비하고 현청엘 갔으나 사또를 만나지도 못했다. 담당 아전 이점리가 그들에게 말했다.

"권중천은 시아비가 며느리를 범한 치명적인 강상죄(綱常罪)를 지은 중죄인이우! 곧 공주로 이송될 것이우. 이송되면 중형에 처해질 게 뻔하우다."

"중형이라니? 그게 무슨 뜻이오?"

"아니, 그걸 몰라서 묻소?"

"이걸 선물로 가져왔는데, 무슨 방법이 없겠소?"

"그깟 선물은 말도 꺼내지 마시우. 관내에 소문이 짜하게 난 강상죄에 무슨 방도가 있겠수?"

권중달과 권중광은 아연실색했다. 며칠을 권중천의 옥바라지를 하면서 이점리를 만나 구명할 방도를 알려달라고 매달렸다.

"만금이면 역적죄루 죽을 구멍에 떨어진 자식두 구해낸다는 말이 있긴 있더이다만…."

이점리는 말을 흐렸다.

"그럼 얼마면 우리 형님이 방면되겠소?"

"이번 일은 막아야 할 입이 얼마나 많겠소? 위로는 공주의 감무로부터 우리 현의 서리들까지 입이 한둘이 아닌데 감당이 되겠수?"

"우선 액수라도 알아야 할 게 아니오?"

이점리는 뜸을 들이다가 말했다.

"권중천의 재산 절반을 내놓는다면, 내가 나서서 한번 일을 해 보리다."

옥중에서 사촌 형제의 말을 전해들은 권중천은 처음에는 어림없는 일이라고 펄쩍 뛰었다.

"…뭣이라?! 그게 어떤 재산인데! 조상 대대로 내려온 전답에, 내가 평생 안 먹고 안 입고 모은 재산인데, 그걸 절반씩이나 날로 처먹으려 들다니! 순 날강도 같은 눔들! 내가 죽으면 죽었지, 어림두 없다!"

"사람이 살고 나서 전답이고 재산이지, 사람이 죽으면 천만금이 무슨 소용이우? 재산은 또 모으면 되지 않겠수?"

중달 형제가 여러 번 권하자 결국 권중천은 그의 전답 절반의 문서를 바치고 나서야 방면되었다.

그날도 유성현 감무 이안용은 관내 호족들의 호적들을 샅샅이 점계(點計)하다가, 탄동 마을 이치량과 이언량의 호적에서 눈을 멈추었다. 막대한 전답을 소유한 형제가 죽은 지 몇 년 안 되고, 아직 나이 어린 자식들이 호주로 되어 있었기 때문이었다.

그는 즉시 탄동 마을을 담당하는 아전 박성순을 불렀다.

"아, 그 사건은 하두 유명한 사건이라 저두 잘 기억하구 있는뎁쇼. 형 김치량이란 자가 아우 김언량의 재산과 그의 아름다운 부인을 빼앗고자 아우를 죽이구, 호변(虎變)을 당한 것처럼 꾸몄다가 발각되어, 사형을 당한 사건입니다유."

"그게 어떻게 발각되었단 말이냐?"

"김치량이 아우 김언량을 죽이구, 하인에게 호랭이 가죽을 쓰게 하여 김언량의 부인을 위협하다가, 망소라는 젊은이한테 붙잡혔습지유!"

호랑이 가죽을 둘러쓰다니! 이안용은 부쩍 호기심이 동했다.

"망소라니? 그놈은 또 어떤 놈이냐?"

"명학소에 사는 소(所)놈인데, 그의 형과 함께 형제 장사라구 소문이 났습니다유."

형제 장사라니!

"그놈이 어찌 그 집에 갔더란 말이냐?"

"…그게… 농기구를 팔러 그 동네에 갔었다 합니다유. 그 집안 뒤란에 호랭이가 나온다는 이야기를 듣구, 잠복해 있다가 호랭이가죽을 둘러쓴 놈을 잡았다지유, 아마!"

"…잠복해 있다가…?!"

이안용은 뭔가 마음에 짚이는 게 있었다. 청상과부가 사는 집에 총각놈이 잠복해 있었다니!

"알았다!"

이안용은 박성순을 내보내고 오래 생각에 잠겼다.

그리고 이튿날 군노들을 시켜 김언량 부인의 몸종 가년이와 그 집에서 수노(首奴) 노릇을 하는 행랑아범 수범을 잡아오게 했다.

"네 이놈! 바른 대로 고하지 않으면 살아남지 못하리라!"

이안용은 우선 수범과 가년이를 따로 떼어놓고, 수범에게 엄포부터 놓았다.

"……?"

"네 이놈, 망소란 놈을 알렷다? 그놈이 김치량과 그 노복놈들을 붙잡은 게 사실이더냐?"

"…그러하옵니다만…."

"그놈이 김치량이 죽은 뒤에도 네 주인 집을 드나들었겠다?!"

"…그거야…."

수범은 왜 사또가 그런 것을 묻는지 몰라 대답을 못했다.

"이놈, 바른 대로 고하지 못할까?"

사또가 호통을 쳤다.

"어쩌다 농기구를 판다고 들른 적이 있습니다만…."

"뭬라? 이놈, 두 연놈이 정분이 나서 붙어먹었다는 소문이 파다한데, 바른 대로 고하지 못할까?"

"…쇤네는 그런 것은 몰르옵니다유."

"이놈이 지금 현령인 나를 우롱하는구나! 여봐라! 저놈을 형틀에 묶고 매우 쳐라!"

사또의 명이 떨어지자 관노들이 형틀을 가져와, 행랑아범 수범을 묶었다.

"할 말이 없느냐?"

형틀에 묶인 수범에게 사또가 다시 물었다.

"…아는 게 읎습니다유."

사또가 목소리를 높였다.

"저놈을 사정 두지 말고 매우 쳐라!"

관노들이 곤장으로 수범의 엉덩짝을 내리쳤다. 하나! 둘! 셋! 넷! … 열다섯!

수범은 차마 견디기 어려운 아픔을 악착같이 견디며 끝내 입을 열지 않았다. 그는 곤장을 맞으면서 망소이와 아씨를 생각했다. 망소이가 처음 그의 집에 왔을 때 그는 망소이의 웅장한 걸때에 속으로 크게 감탄했다. 보통 사람과 다른 장사가 따로 있다더니! 여러 날을 함께 지내보니 커다란 곰을 때려잡았다는 소문처럼 망소이는 엄청난 힘과 담력을 지녔을 뿐 아니라 지혜 또한 남달랐다. 그는 망소이가 김치량과 그의 하인놈들의 계교를 파헤치고 그들을 꼼짝 못하게 사로잡자 크게 감탄하였다. 아직 약년(弱年)의 나이에 이런 청년이 있다니!

수범은 처음부터 망소이가 주인 소려 아씨를 은애함도 알고 있었다. 소려 아씨를 바라보는 망소이의 눈이 모든 것을 말해주고 있었다. 처음에는 수범도 그 일을 용납할 수 없는 일이라고 생각했다. 천하디 천한 소(所)놈이 감히 그런 생각을 품다니?! 혹 하늘과 땅이 뒤바뀌는 일이나 일어난다면 모를까! 있을 수 없는 일이었다. 망소이가 아무리 남다른 장사라 해도 그 일만은 안 되는 일이라 생각했다. 그러나 그의 집을 드나드는 망소이를 보면서 그는 주인아씨 같은 어린 청상(靑孀)에게 망소이 같은 장사가 나타났다는 것을 하늘의 뜻으로 생각했다. 그도 두 사람을 가로막고 있는 신분의 벽을 너무나 잘 알고 있었다. 평생을 노비로 천대받으면서 살아온 그가 어찌 그걸 모르겠는가. 그러나 망소이 같은 젊은이라면 세상의 그러한 벽을 뛰어넘을 수도 있지 않을까 하는 생각이 들었다. 또 한 사람쯤 그런 사람이 있어야 뒤따라 다른 사람들도 그런 벽을 뛰어넘을 용기가 생기지 않겠는가. 사람의 마음이란 귀천과 관계없이 다 똑같은 게 아닌가. 그리고 그는 외롭고 가여운 주인아씨가 망소이의 그러한 마음을 받아들인 것을 고맙게 생각했다. 아씨 또한 망소이 못지않은 용기를 지닌 분이라는 게 그의 생각이었다.

수범은 정신을 잃으면서도 끝내 아무 말도 하지 않았다.

"그놈, 독한 놈이군! 그놈을 옥에 처넣어라!"

사또 이안용은 다시 몸종 가년이를 대령시켰다.

"네 이년, 너는 망소이란 놈이 네 주인아씨와 붙어먹는 것을 알고 있으렷다?"

"……."

"망소이란 놈이 가끔 그 집에 와서 자고 간다는 걸 행랑아범이 다 불었다."

"쇤네는 잘 모르는 일이옵니다."

"잘 모른다?!"

"비복(婢僕)이란 눈두 읎구 귀도 읎구 입두 읎는 사람이란 말씀두 못 들으셨습니까유?"

"얼라?! 저게 맹랑하기 짝이 없는 년이구나!"

"이년! 발뺌할 일이 따로 있지, 천하가 다 아는 사실을 네년이 말 안 한다고 가려질 것 같으냐?! 둘이 붙어먹은 게 틀림없으렷다?"

"…지체 높으신 사또 어르신두 그런 쌍스러운 말을 입에 올리십니까유?"

"뭐라구?! 허허허! 이년 조동이 놀리는 것 봐라?"

이안용이 어처구니가 없어서 헛웃음을 터뜨렸다.

"네가 정히 말을 않는다면 내 말을 인정한 것으로 하겠다!"

"…설령 두 분이 정분이 났다 하더라두 …그분은 총각이구 우리 아씨는 과부이신디, 그것이 무슨 잘못이 됩니까유?"

"뭐, 뭐라?! …저, 저년이 지금 뭐라 지껄이는 것이냐?"

이안용은 너무 기가 막혀서 말문이 막혔다.

"남녀의 인연은 하늘이 정한다구 들었습니다유."

"뭬라? 아니, 저 천한 것이 돌았나?!"

"…천것두 입이 있으니까유."

"어허? 방금은 입이 없다지 않았더냐?"

"입도 입 나름 아니겠습니까유?"

허허허! 허허허! 이안용은 자기도 모르게 너털웃음을 터뜨렸다. 내로라하는 고을 호족들도 그의 앞에서는 고양이 앞의 쥐인데, 요 조그만 계집이 당돌하기는! 허허허허!

"너, 사또인 내가 무섭지 않느냐?"

"본래 여자는 남자를 안 무서워하는 법입니다유!"

"뭐?! 뭐라구?! 허허허! …이거, 도대체 상종 못할 종자들이구나! 저 것도 옥에 떨어뜨려라!"

이집 하인 연놈들은 다들 어떻게 돼 먹은 것들이냐? 사또인 나를 조금도 무서워하지 않다니! 맹랑한 것들 같으니라구! 뭐, 천것도 입이 있다? 이것들이 다 그 주인을 닮아서 간덩이들이 부었나? 허허허! 허허허허! 그의 입에서 계속 너털웃음이 터져 나왔다. 그는 근래에 그렇게 웃어본 적이 없었다. 그러면서도 왠지 가슴이 서늘했다.

다음날, 현의 군졸 여덟 명이 명학소에 와서 다짜고짜 망소이에게 오라를 지워 현청으로 끌고 갔다.

"이게 무슨 짓이유?"

망소이가 묻자

"이눔아, 하늘이 무섭지 않더냐? 어디 건드릴 여자가 없어서 감히 하늘 같은 호족의 귀한 아씨를 범하냐?"

"이눔이 힘이 좀 있다구, 간이 배 밖으루 튀어나왔어!"

"탄동 아씨두 잡혀온 거유?"

"가 보면 알 게 아니냐? 이눔, 힘 좀 쓴다구 허튼 짓을 했다가는 목숨을 부지 못하리라."

군졸들은 망소이의 두 팔을 뒷짐지게 하여 포승줄로 꽁꽁 묶어서 현청으로 데려갔다.

이안용은 망소이를 잡아왔다는 말을 듣자마자 한 걸음에 현청 밖 마당으로 뛰쳐나갔다. 다들 망소이와 그의 형이란 놈이 천하장사라는데, 어떻게 생긴 놈인지 너무 궁금했다. 과연 천하장사란 말을 들을 만하구나! 망소이의 풍채와 얼굴을 본 이안용은 자기도 모르게 주눅이 들었다.

"네놈이 명학소 망소이란 놈이냐?"

"그렇습니다유!"

"네 죄를 네가 알렷다?"

"무슨 말씀인지 몰르겠습니다유."

"네가 탄동 김언량의 처와 통정한 것이 사실이렷다?"

"……!"

"그것이 강상죄가 된다는 걸 모르느냐? 천하디 천한 소(所)놈이 귀한 아씨를 후려내다니, 그러고도 네가 무사하길 바랐더냐? 여봐라! 저놈을 옥사에 처넣어라!"

옥사로 끌려가는 망소이를 보면서 이안용은 다시 군졸들에게 명했다.

"탄동 마을에 가서 그 요망한 계집도 잡아오도록 해라!"

쾌재! 쾌재라! 그는 김언량의 막대한 재산을 검터먹을 생각에 자기도 모르게 쾌재를 불렀다. 게다가 그 부인이 그렇게 아름다운 여인이라면…. 흠흠! 잘 하면 꿩 먹고 알도 먹게 되는 게 아닌가!

사또 이안용의 명을 받은 아전과 군졸들이 득달같이 탄동 마을로 달려가, 탄동 아씨를 잡아다 옥에 떨어뜨렸다.

유성 현청 동헌에 고을의 호족들이 모여, 이안용 사또가 나타나길 기다리고 있었다.

"허덕수 호장네가 탈탈 털렸다는 말이 있던데, 그게 사실이오?"

호족 권상로가 소리를 낮춰 옆에 앉은 임상준에게 물었다.

"…글쎄요! 그런 말을 들은 것도 같소만."

임상준이 건너편에 앉아있는 허덕수의 얼굴을 살펴며 말했다.

"성호봉 부호장은 마나님이 겁탈을 당했다는 말이 있던데요."

임상준의 옆에 앉은 조중응이 끼어들었다.

"그런 말을 함부로 입에 담다니! 성 부호장 귀에 들어가면 칼부림당하기 십상이오!"

조중응 옆자리에 앉아 있던 양재익이 말했다. 평소 그는 성호봉 부호장과 가깝게 지내는 사이였다.

"그나저나 화적패가 이렇게 날뛰니, 언제 우리도 당할지 모르잖소?

입빠른 말은 삼가는 게 좋겠소.”

좌중에서 제일 나이가 많은 염중모가 점잖게 말했다.

그때 아전 이훈전이 동헌으로 들어오며,

“사또 이안용 나으리 납시오!”

하고 말했다. 좌중은 모두 일어나 이안용에게 허리를 굽혀 인사를 했다.

“사또, 그간 평안하시었소?”

“사또, 오랜만에 뵙소이다!”

“아, 다들 반갑소이다! 반갑소이다! 자, 자리에들 앉으시지요!”

이안용이 얼굴 가득 환한 웃음을 띠며 드레있게 말했다.

한참 인사말과 덕담이 오간 뒤 이안용이 용건을 꺼냈다.

“여러분도 이 근래에 우리 고을 곳곳에 화적패들이 출몰하여, 그 피해가 자심하다는 말은 들었을 것이오. 이 자리에도 그 피해를 직접 당한 분이 계시고, 또 아직까지는 피해를 안 당한 분들도 언제 그놈들에게 피해를 당할지 모르는 상황이외다. 듣자하니 그 화적패놈들이 무지막지하여 재물은 물론 사람까지 상하게 하고, 심지어 부녀자를 겁탈까지 하였다 하니, 나는 이 고을의 수장으로서 그런 놈들이 활개를 치게 놓아둔 책임을 통감하고 있소이다. 마땅히 그놈들을 하루 빨리 토멸하여, 치안을 확보하고 여러분들이 편안히 잠들 수 있도록 하는 게 내 의무이며 직분일 것이오.”

이안용이 잠깐 말을 멈추었다. 동헌이 무거운 침묵으로 가라앉았다.

“그러나 병장기까지 갖춘 그놈들이 어디 숨어 있는지도 모르고, 또 지금 현청의 군졸로선 부끄럽지만 현청 하나도 지키기에 부족한 실정이외다. 사실 막막합니다. …결국 대대적으로 토벌군을 일으키려면 막대한 자금이 있어야 하는데, 지금 현청의 창고가 텅텅 비었습니다. …그런데 솔직히 말하자면 이놈들의 목표가 바로 이 고을에서 부귀영화를 누리는 호족 여러분밖에 더 있겠습니까? 여러분도 다들 알다시

피 일반 백성들이야 아무리 탈탈 털어봐야 겉보리 한 됫박 나올 것도 없는 처지들이니…. 그러니 여기 왕림하신 여러분이 앞장서서 이놈들을 토벌해야 하지 않겠습니까? …무슨 구체적인 방도가 없겠소이까?"

이안용이 말을 마치고 좌중을 바라보았다.

"……!"

"……!"

아무도 입을 열지 않았다.

한참 후 아전 이훈전이 자리에서 일어나 말했다.

"지금 여기 계신 호족 여러분께서 각자 10여 명씩의 노비나 전호(佃戶)를 이끌고 함께 모여 토벌군으로 나아가면 어떻겠습니까요?"

"그건 해결책이라 보기 어렵겠소. 상대는 병장기를 휘두르는 흉악한 놈들인데, 무지렁이 노비나 전호들을 데리고 무얼 하겠소? 게다가 우리가 어떻게 직접 지휘를 하겠소?"

호족 권상로가 말했다.

"어림없는 일이오!"

"그건 아닌 것 같소이다."

호족들이 모두들 반대하였다.

"그럼 힘 있고 병장기를 다룰 만한 젊은 장정들을 모집하여 의용병을 조직하여, 현청 군사들과 함께 토벌하게 하면 어떻겠습니까? 의용병을 모집하면 거기에 응할 젊은이들이 있습니다."

이훈전이 다시 안을 내었다.

"그 의견이 비교적 그럴 듯합니다."

"앞의 의견보다는 현실성이 있소!"

"그렇게 하는 게 좋겠소!"

좌중이 모두 찬성했다.

"그런데 문제는 자금입니다. 목숨을 걸어야 할 일에 누가 선뜻 나서겠습니까. 결국 의용병들에게 적지 않은 대가를 지급해야 사람들이 나설 터이고, 군사를 움직이는 일이 하나부터 열까지 모두 자금으로 되는 일인데, 지금 그 자금을 부담할 사람이 누가 있습니까?"

"…지난번에도 서경 반란을 토벌하는 데 필요한 군자금이라며 막대한 자금을 바쳤는데, 또다시 돈을 내란 말이오?"

권상로가 심히 못마땅한 얼굴로 말했다.

"그건 조정에 바친 것이고, 이건 여러분 호족들의 발등에 떨어진 불 아니오? 그럼 그놈들을 그냥 놔 두자는 말이오?!"

이안용이 노골적으로 불쾌한 표정을 지었다.

"…그게 아니라…."

"나는 나가 보겠소! 여러분들끼리 결정하시오!"

이안용은 자리를 박차고 일어나, 현청을 나갔다.

그날 호족들은 각자 사정에 따라 토벌 자금을 내기로 하고 회의를 마쳤다.

"사또란 놈이 아주 우리 호족들의 옷까지 벗겨 처먹을 속셈이구먼!"

"염라대왕은 저런 놈 안 잡아가고 누굴 잡아가나!"

호족들은 벌레 씹은 얼굴이 되어 현청을 나섰다. 그들은 이안용의 처사가 괘씸하기 짝이 없었으나, 그렇다고 눈앞에 닥친 화적패들의 출몰을 나 몰라라 할 수는 없었다.

다음날부터 며칠간 고을의 호족들 집에서 현청으로 여러 대의 우마차가 오갔다. 화적패 토벌 자금으로 곡식을 바친 사람도 있고, 은병이나 엽전을 바친 사람도 있었다.

"네 계교가 제법 그럴싸했다! 그 말 많던 호족들을 꼼짝없이 얽어맸으니! 이게 네 몫이다! 은병이 다섯 개야!"

이안용이 짱똘이 앞에 은병 다섯 개를 내놓았다.

"사또 나으리! 고맙습니다유!"

"너는 그 흉악한 화적패놈들이 숨어 있는 곳을 안다고 했었지? 이제 말을 해 보아라!"

"…그게…."

짱똘이는 일부러 말을 흐렸다.

"나도 세상 물정깨나 아는 사람이다! 확실한 정보라면 물론 그 대가는 충분히 치르겠다!"

"물론 계산이 확실한 분이시니 그러시겠지유! 그놈들이 호족에게서 털어 간 막대한 재물을 감추구 있다믄 횡재 중에 그런 횡재가 어디 있겠습니까유? 그야말루 꿩 먹구 알 먹기입쥬! 클클클!"

짱똘이가 여유있게 유들거렸다.

"제가 호장 허덕수 어른의 집에 화적패가 들었다는 말을 듣구서, 곧바루 아랫것들 두엇을 데리구 고석 마을 허 호장 댁을 탐색했습니다유!"

"네가 무슨 까닭으로…?"

"그 며칠 전에 정체 모를 화적패놈들과 싸움이 붙었는데, 아마도 마을 사정을 정탐 나왔던 놈들 같습니다. …부끄러운 말이지만 이 짱똘이가 그놈들한테 창피를 좀 당했습쥬! 혹시 그놈들이 아닌가 하여 달려가 봤지유! 이 짱똘이는 남한테 지구는 못 사는 놈입니다유!"

"……!"

"그날 낮에 마침 비가 와서 길에 발자국이 나 있구, 결정적인 것은 쌀이 몇 알씩 길에 떨어져 있었습니다유! 그놈들이 짊어지구 간 쌀가마니에서 떨어진 쌀이 분명합지유!"

"그럴싸하구먼! 그래 그놈들이 어디로 갔느냐? 어디 먼 데로 가 버렸다면 다 허사가 아니냐?"

"그렇다믄 제가 지금 사또 나으리 앞에 이르케 있겠습니까유? 클클클클!"

"그래, 그놈들이 숨어 있는 데를 알아냈느냐?"

이안용이 짱똘이의 말에 맞장구를 쳤다.

"그놈들이 계룡산에 숨어 있는 화적패놈들이었습니다유!"

"…계룡산이라면, …그 크고 깊은 산 어디에 그놈들이 숨어 있는지 어찌 알겠느냐?"

"숲속에 떨어진 바늘 찾기입쥬! 그러나 이 짱똘이가 그르케 만만헌 놈이 아닙니다유! 그놈들한테 복수를 하기 위해 며칠 동안을 제 아랫 것들이 계룡산 골짝 골짝을 이 잡듯이 샅샅이 뒤져서 마침내 그놈들 산채를 찾아내구야 말었습니다유! 제 아랫것들이 제법 몸을 쓰는 놈들입쥬!"

짱똘이가 의기양양하게 말했다.

"흐흠! 정말 대단한 공을 세웠군! 그래, 그곳이 어디냐?"

"어디라구 말씀드린들 아시겠습니까유? 현청의 군사들과 제 아랫 것들이 함께 들이친다믄 저희가 향도(嚮導)가 되어 앞장을 서겠습니다유. 그리 하믄 토벌 자금을 댄 호족들에게 의용병들 급료를 지급했다는 명분두 서구…."

"결국 네 아랫것들을 부리고, 그 값을 내라는 말이 아니냐?"

"눈치 한번 빨라 말씀드리기가 쉽네유! 아시다시피 세상에 공짜가 어디 있습니까유?! 클클클클!"

이안용은 새삼 짱똘이가 예삿놈이 아니란 생각이 들었다.

"이왕 말이 나왔으니 말인데, 그놈들을 소탕하면 얼마를 받고 싶느냐?"

"제 부하들이 20여 명이 넘는디, 호족들이 내놓은 재물의 절반은 받어야 하지 않겠습니까유?"

"절반이나?!"

"그뿐만 아니라 화적패들한테 빼앗은 재물두 절반은 주셔얍쥬! 목숨을 건 일인디유."

"으음! 네가 배짱은 두둑하구나!"

"아무러믄 이만한 배포 읇이 이 유성 저잣거리에서 우두머리 노릇하믄서 살겄습니까유! 클클클!"

짱똘이가 이제 노골적으로 클클거리며 말했다. 그는 이안용이 그의 제의를 거절하지 못하리란 걸 미리 알고 있었다.

"알겠다! 내 생각해 보고 연통을 넣겠다!"

이안용이 떨떠름한 얼굴로 말했다. 그는 처음부터 짱똘이가 보통내 기가 아닐 것이라 생각했지만, 그의 생각보다 더 무서운 놈이 아닐까 하는 꺼림칙한 느낌에 흠칫 몸을 떨었다.

7. 계룡산 산신령

서녘 하늘엔 청상과부의 눈썹 같은 달이 비껴 있고, 웅장하고 거대 한 산은 깊은 침묵에 잠겨 있었다.

꾸룩!

꾸꾸룩!

검고 커다란 새가 눈썹달을 비껴가며 비명 같이 날카로운 울음을 토해냈다. 그러나 그 새의 울음소리는 산의 적막을 깨기는커녕 오히 려 그 적막을 더욱 깊어지게 했다. 산의 적막을 깨는 것은 새 소리가 아니라 조심스럽게 낙엽을 밟는 여러 사람들의 발자국 소리였다. 아 무리 조심을 해도 바싹 마른 낙엽이 바스러지는 소리를 막을 수는 없 었다.

고요한 밤을 기해 나들이를 나온 산신령은 아까부터 그 발소리에 신경이 쓰였다. 한 사람의 발소리가 아니라 60여 명이나 되는 많은 사 람이, 그것도 거의 뛰다시피하는 빠른 걸음으로 산을 올라오고 있지 않은가.

산신령은 가벼운 바람을 타고 발소리가 나는 곳으로 내려갔다. 울컥 참기 어려운 여염 냄새와 살기(殺氣)를 품은 왈짜패 20여 명이 앞장을 서고, 그 뒤에 군졸 40여 명이 피비린내 풍기는 병장기들을 지니고 산을 올라오고 있었다. 오호라! 저놈들이 오늘은 또 무슨 짓을 저지르러 저리 살벌한 자세로 행군을 해오나?! 산신령은 길가에 뻗어 있는 칡넝쿨로 맨 앞에서 걷고 있는 놈의 발목을 슬쩍 걸었다.

"아이쿠! 이게 뭐여?"

왈짜패는 사정없이 앞으로 넘어지며 소리를 질렀다.

"이놈! 소리 내지 말랬잖어!"

대장인 듯 싶은 놈이 넘어진 놈의 옆구리를 걷어찼다.

"아이쿠! 짱똘이 대형님, 너무 하십니다유! 넘어진 것두 아퍼 죽겄는디, 발길질까지 하시다니!"

하하하! 그 참 잘코사니로고! 산신령은 홍소를 터뜨렸다. 하하하하! 산신령은 못된 냄새가 진동하는 왈짜패놈들을 골려 먹는 데 재미가 났다. 저놈이 짱똘이란 놈이구나! 그는 역한 냄새가 가장 독하게 나는 짱똘이의 얼굴을 향해 가는(細) 나뭇가지 하나를 살짝 잡아당겼다가 놓았다. 나뭇가지가 찰싹 짱똘이의 얼굴을 때렸다.

"어이쿠!"

짱똘이가 얼굴을 싸쥐며 비명을 질렀다. 이놈, 회초리 맛이 어떠냐? 하하하하! 산신령의 웃음소리가 골짜기 골짜기로 퍼져 나갔다. 그의 호쾌한 웃음소리에 골짜기에 엎드려 있던 산안개가 슬그머니 고개를 들고, 깊은 잠에 빠져 있던 뭇 나무와 풀 들이 곤한 잠에서 깨어났다. 나무와 풀 들의 잠을 깨우지 않으려고 소리를 죽여 흐르던 골짜기의 물도 도란도란 소리를 높였다. 무슨 일로 산신령님이 저렇게 홍소를 터뜨리시나. 참 별일일세!

오늘은 이놈들을 따라가서 무슨 짓을 하나 구경이나 할까. 산신령은 수상쩍은 무리들을 따라갔다. 그들 무리는 말없이 산등성이를 넘고, 골짜기를 지나고, 또 산등성이를 넘고 골짜기를 넘어, 드디어 부탕골에 이르렀다.

아하! 이놈들이 부탕골에 숨어 사는 녹림당을 해치러 왔구나! 산신령은 그제서야 놈들의 속셈을 눈치챘다. 부탕골에는 오래 전부터 녹림당들이 숨어 살고 있었다. 처음에는 몇 명 안 되었는데, 차츰 숫자가 늘어서, 지금은 20여 명이 넘었다. 산신령은 그의 관할인 이 산 속으로 역한 여염 냄새를 풍기는 인간들이 들어온 것이 마땅치 않았다. 그러나 속세에서의 삶이 오죽했으면 그의 품 속으로 도망쳐 왔겠나 하고 눈감아 주고 있었다. 짐승을 잡아 생계를 유지하는 사냥꾼도 제 품으로 뛰어든 놈은 잡지 않는다는데, 하물며 이 산의 모든 것을 주관하는 산신령인 내가 그쯤도 포용 못한대서야 어디 신령이라 하겠는가! 뭇 중생을 어머니의 눈으로 바라보는 것이 바로 신령 아니던가.

무리들은 미리 탐색을 해 둔 듯 산채를 빙 둘러 포위를 하였다. 이놈들이 내가 잠들어 있던 낮에 이곳을 정탐했나? 산신령은 인간의 일에 간여하지 못하게 되어 있는 그들의 금기(禁忌)를 잊고, 산채의 녹림당을 깨우기 위해 그의 옷자락을 슬쩍 흔들었다. 그러자 세찬 바람이 일어나 산채를 뒤흔들었다. 갑작스런 세찬 바람에 녹림당 몇이 깨어났다. 그러나 도망치기엔 이미 늦어 있었다.

"한 놈두 도망치지 못하게 모조리 잡아라!"

짱똘이가 큰 소리로 외치자 무리들이 일시에 산채를 덮쳤다. 녹림당은 잠에 빠져 있다가 변변한 저항도 못 해 보고 모두 산채 앞 공터로 끌려 나왔다. 몇 명은 도망치다가 군졸이 휘두르는 검에 깊숙이 베였다. 칼날이 치명적인 곳을 파고들려는 것을 산신령은 슬쩍 칼날을 옆으로 밀어 죽음을 면케 해 주었다. 그 또한 금기였으나 산신령은 그의 눈앞에서 생명이 끊어지는 것을 차마 볼 수 없었다.

"어느 놈이 두목이냐?"

짱똘이가 무릎을 꿇고 있는 녹림당에게 물었다.

"내가 이곳 두령이다!"

한 사내가 앞으로 나섰다.

"오라! 바로 네놈이구나?"

짱똘이가 그를 알아보고 말했다.

"네가 누구인데, 그런 말을 하느냐?"

녹림당 두령이란 자가 물었다.

"이놈 벌써 이 짱똘이 어르신을 잊었느냐? 한 달쯤 전에 읍내 초입에서 네놈한테 체면을 구긴 어르신이다! 나는 빚지구는 못 사는 사람이다!"

"유성 읍내 왈짜패 우두머리로구나!"

"이제야 이 어르신을 알아보겠냐? 그때 보니 제법 몸을 쓰던데, 네놈 이름이나 알자."

"나는 감미탄 사람 웅태다! 내 오늘은 너의 그물에 떨어졌으나, 내일은 또 다를 것이다!"

"금방 죽을 놈이 그래두 두령이라구 기는 죽지 않았구나! 이놈아, 네놈은 이제 목이 잘려서 현청 삼문 밖에 내걸릴 일밖에 안 남았다!"

"그게 무슨 말이냐?"

웅태가 어리둥절하여 물었다.

"근래에 유성의 내로라하는 호족들 집에 연이어 화적패들이 들었다. 네놈들은 재물을 약탈했을 뿐 아니라, 호족의 마나님을 욕보이는 패덕까지 저질렀다. 어찌 살기를 바라겠느냐?"

"……?! 그건 우리가 한 일이 아니다!"

"사또 앞에 가서 잘 발명해 봐라! 화적패의 말을 누가 믿어 주겠냐? 클클클클! 이 짱똘이가 얼마나 무서운 사람인지 이제 깨달았을 게다! 클클클클!"

"이놈들이 약탈해간 재물을 찾아라!"

장교 서상윤이 군졸들에게 명했다.

짱똘이의 부하들과 현청 군졸들은 산채는 물론 그 주변을 샅샅이 뒤졌다. 그러나 창고에 먹을 식량이 약간 있었을 뿐 별다른 재물은 나오지 않았다.

"이놈들이 우리 고을의 호족들 집을 약탈했다면 그 재물이 숨겨져 있을 텐데, 이상한 일이군!"

서상윤은 응당 있어야 할 재물이 없자 당황했다. 사또 이안용은 그에게 짱똘이 패거리에 앞서 그 재물을 찾아오라고 엄한 명령을 내렸던 것이다.

"그럴 리가 없다. 좀 먼 데까지 다시 한 번 잘 찾아 보아라!"

군졸들은 다시 산채 주변을 꼼꼼히 톺아나가며 땅 속 어디에 재물을 숨기지 않았나 뒤져 보았다. 그러나 끝내 특별한 재물은 나오지 않았다.

"매에는 장사가 없다! 이 두 놈을 바른 말을 불 때까지 매우 쳐라! 만약 그 재물을 못 찾으면 우리가 사또한테 몽둥이질을 당할 것이다!"

군졸 몇 명이 장교가 지적한 두 사람에게 매질을 시작했다. 몸이 제일 허약해 보이는 칠보와 한둥이였다.

"어이쿠! 우리는 몰르는 일이우!"

"어억! 우리가 아니우! 살려 주시우!"

칠보와 한둥이가 비명을 질렀다.

"그만 하시오! 우리는 가까운 관내에서 도둑질을 하지 않소! 현청 군대가 번연히 토벌하러 올 것을 알면서 그런 어리석은 짓을 저지르 겠소? 호족들을 턴 것은 우리가 아니오!"

웅태가 큰 소리로 다급하게 외쳤다.

그러나 군졸들은 칠보와 한둥이가 의식을 잃고 늘어질 때까지 무자비한 몽둥이질을 했다. 그러나 서상윤은 끝내 원하는 답을 얻어내지 못했다. 이럴 리가 없는데! 뭐가 잘못됐나? 서상윤은 몹시 당황하였다. 두령이라는 웅태도 그렇고, 아랫것들의 태도를 보아도 재물을 숨겨두고 시치미를 떼는 것 같지는 않았다.

짱똘이도 당황하기는 마찬가지였다. 읍내 호족들한테서 빼앗은 재물은 아니더라도 화적패들이 20여 명이 넘으면 상당한 재물을 쌓아 놓았으리라고 생각했었는데, 너무 재물이 없었다.

"이거 헛짚은 거 아니요?"

서상윤이 짱똘이를 보고 말했다.

"그렇다구 빈손으루 산을 내려갈 수는 없지 않겠수? 저놈들을 읍내 호족들을 턴 화적패루 몰아야지유"

서상윤은 어쩐지 마음이 내키지 않았으나, 짱똘이의 말대로 빈손으로 내려갈 수도 없었다.

"이놈들을 끌고 가자!"

웅태의 녹림당은 굴비 엮이듯 밧줄에 묶여서, 계룡산을 내려갔다. 녹초가 된 칠보와 한둥이는 군졸 몇이 교대로 업고 산을 내려갔다.

"제미랄! 괜스리 우리만 죽어나누먼!"

"그러게 말여! 재물이 전혀 읎던디, 엉뚱한 놈들을 잡어가는 것 아녀?"

"이놈은 왜 이르케 똥집이 무거워?"

두 사람을 업고 내려가는 군졸들이 울화를 터뜨렸다.

산신령은 밧줄에 묶여 끌려가는 녹림당들의 어깨를 토닥여 주었다. 그는 녹림당의 귀에 대고,

"너무 걱정 마라! 이런 일이 어디 한두 번이냐!"

하고 속삭였다. 그는 몽둥이 찜질을 당한 칠보와 한둥이의 코에 따뜻한 숨을 불어넣어 주었다.

"이러면 죽진 않을 게야!"

"아니, 영감! 무슨 짓을 하고 있소? 우리들에게도 큰 해가 되는 인간이란 종자들에게 무얼 그리 애착을 갖소? 오늘 신령 세계의 금기를 크게 어긴 걸 아시오?"

언제 다가왔는지 산신녀가 그의 옆에 와서 꾸짖듯 말했다.

"그래도 저들이 우리 품에서 지낸 지가 얼마인데? 그간 알게 모르게 정이 든 모양이오! 이놈들은 산에서 산 지가 오래 되어서 그런지 냄새가 별로 나지 않소! 허허허허!"

산신령이 겸연쩍은 얼굴로 웃었다.

"실은 나도 그런 마음으로 아까부터 저들을 지켜보고 있었소!"

산신녀의 목소리도 안타까움에 젖어 있었다.

"하여간 저 인간이란 것들은 무엇 때문에 같은 종자들끼리 저렇게 싸우고 죽이고 하는지 알다가도 모를 일이오!"

"본래 생기기를 그렇게 생겨 먹었나? 참 희한한 종자들이지요!"

두 신령은 사람들의 발자국 소리가 완전히 사라질 때까지 산 아래를 내려다보았다.

"벌써 새벽이 오는 모양이우. 이제 그만 갑시다."

"그럽시다."

산신령과 산신녀는 한 줄기 바람을 타고 계룡산 상상봉을 향해 날아올랐다.

8. 뛰는 놈 위에 나는 놈

계룡산 산적패들을 소탕해 왔다는 말에 내아(內衙)에 있던 사또 이안용이 단 걸음에 현청 마당으로 달려 나왔다.

"이놈들이 그 흉악한 화적패들이렷다?"

"그렇습니다."

군졸들을 영솔하였던 장교 서상윤이 머리를 조아리고 아뢰었다.

"그래? 이놈들이 약탈해간 재물은 찾아 왔느냐?"

"…그것이… 아무리 찾아봐도 먹을 것이 조금 있었을 뿐, …재물다운 재물은 없었습니다."

"뭐라?! 제대로 찾아 봤느냐?"

사또 이안용의 눈꼬리가 사납게 치켜 올라갔다.

"산채는 물론 그 주위를 꼼꼼히 뒤지고 땅 속에 묻어두었나 하고 면밀히 살펴봤지만 재물다운 재물은 찾지 못했습니다!"

"…그럴 리가?!"

"이놈들이 아닌지도 모릅니다. 어쩐지 그런 생각이 들었습니다."

"…그럴 리가?! …그럴 리가…?"

"송구합니다!"

이안용은 군졸을 시켜 사옥사(司獄史)를 불렀다.

"…사옥사는 이놈들을 엄히 문초하여 보고하여라!"

이안용은 무언가 잔뜩 미심쩍은 얼굴로 내아로 들어갔다.

사옥사란 지방 관청의 옥사(獄事)에 관한 일을 담당하는 관리였다.

유성현 사옥사 이경직은 우선 계룡산에서 잡아온 산적들을 모두 옥방에 떨어뜨리고, 한 명씩 불러내서 신문하였다. 이경직은 속으로 은근히 짜증이 났다. 화적패놈들이 스물댓이나 되니, 처리해야 할 일거리도 적지 않으려니와, 그 가족이나 친척도 있을 리 없으니, 뒷돈도 생기지 않을 것이었다. 더욱 신경질이 나는 것은 옥바라지할 사람들이 없는 놈들이니, 그가 그들의 끼니 같은 것도 챙겨주어야만 한다는 사실이었다.

제일 먼저 웅태가 현청의 앞에 마련되어 있는 사옥사의 업무실로 불려갔다. 사옥사의 업무실은 댓 평쯤 되는 마루방이었는데, 사무용 탁자 둘이 놓여 있고, 탁자 뒤쪽에 의자가, 벽쪽엔 장부나 서류를 비치하는 목함 몇 개가 놓여 있었다. 사옥사 이경직은 탁자 뒤 의자에 앉아 있고, 그 옆 탁자 뒤에는 죄인이 진술하는 내용을 기록하는 도필리(刀筆吏) 서양구가 장부를 놓고 앉아 있었다.

"죄인, 이름이 무엇이냐?"

이경직이 짐짓 엄한 얼굴로 물었다.

"웅태라 하오."

"성은 무엇이냐?"

"성이 없수다!"

도필리 서양구가 붓으로 장부에 들은 내용을 기록했다.

"원래 고향이 어디냐?"

"수원부 감미탄 마을이우."

"나이는 몇이냐?"

"서른이오."

"왜 산 속으로 들어오게 되었느냐?"

"못된 놈을 혼쭐내 주고 도망을 쳤수!"

"그놈이 무슨 짓을 했느냐?"

"우리 자형(姉兄)을 죽이고 누이를 욕보였수다!"

"…자초지종을 말해 보아라."

웅태는 사건의 전말(顚末)을 간략하게 말했다.

"언제 계룡산에 들어오게 되었느냐?"

"한 육칠 년 된 듯싶소."

"그간 화적질을 했겠지?"

"…벼나 보리가 익을 땐 멀리 나가서 좀 베어 오기도 하고, 산짐승도 잡고, 산에 있는 열매나 나물도 캐며 근근히 목숨을 이어 왔소."

"근래에 이 유성 고을 여러 호족들이 화적패들에게 약탈을 당했는데, 너희들이 한 짓이렷다?"

"우리들이 아니오! 여기서 계룡산이 지척인데, 우리가 그런 짓을 저질렀다는 금방 토벌군이 뜰 것 아니오? 그런 어리석은 짓을 왜 우리가 하겠소?"

이경직이 보기에 웅태란 놈이 제법 틀거지가 있고, 언행이 진중하고 신실한 데가 있어서, 잔꾀를 부리거나 거짓말을 하는 것 같진 않았다. 비록 녹림당일지언정 두령다운 데가 있어 보였다. 계룡산으로 출병을 나갔던 장교 서상윤도 이놈들이 호족을 턴 놈들이 아닌 것 같다는 말을 하지 않았던가. 서상윤은 가장 중요한 증거가 될 재물도, 검은 복면도 발견되지 않았다고 했다. 이경직은 왠지 웅태에게 심하게 하고 싶지가 않았다.

"들어가서 기다려라!"

사옥사 이경직은 웅태를 옥사(獄舍)로 들여보내고 다음 사람을 불렀다. 강쇠가 옥졸들에게 끌려왔다. 강쇠 다음엔, 길두, 길두 다음엔 길복이, ……

사옥사 이경직이 계룡산 녹림당을 모두 조사하여 조서를 만드는 데는 꼬박 이틀이 걸렸다.

조사를 마친 이경직은 장부를 가지고 동헌으로 사또를 뵈러 갔다.

"여기, 계룡산에서 잡아온 놈들을 신문한 장부를 가져 왔습니다."

"내가 그걸 언제 다 읽겠느냐? 그놈들이 죄를 자복했느냐?"

"자복한 놈이 한 놈도 없습니다."

"아니라니? 철저하게 조사해 봤나?"

"스물다섯 명 모두 아무 냄새도 나지 않았습니다."

"…냄새가 안 난다?"

"제가 죄인들을 다스린 지 20년이 넘었습니다. 죄 지은 놈들은 금방 냄새가 나고, 얼굴만 봐도 즉시 감(感)이 옵니다!"

"자네, 지금 화적패들을 편들고 있나? 죄 없는 놈들이 산에 들어갔겠나? 가혹한 고신을 가해서라도 여죄(餘罪)를 밝혀내야 할 것 아닌가?!"

"……!"

"에이! 그만 나가보게!"

이안용이 버럭 울화를 터뜨렸다.

사옥사 이경직이 동헌에서 물러가자 이안용은 이번 일을 처음부터 곰곰이 생각해 봤다. 이놈들이 아니라면 대체 어떤 놈들이란 말인가. 그때 문득 그의 머릿속을 짱똘이의 얼굴이 스쳐 지나갔다. 혹시 짱똘이가 호족들을 털고, 그 죄를 이놈들에게 뒤집어씌운 게 아닐까?! 어쩐지 짱똘이에게 한 수 당한 것 같았다. 클클거리던 짱똘이의 음흉한 웃음이 생각났다. 그놈이 계룡산 화적놈들한테 창피를 당했다는 말이 떠올랐다. 이놈이 나를 이용해서 차도살인(借刀殺人)을?! 그러나 짱똘이를 잡아들일 결정적인 증거가 없었다.

다음날, 저잣거리를 관리하는 아전 이춘강이 저자 입구에 있는 목로주점에 나타났다.
"자네들 여기 있었구만! 내 그럴 줄 알았지!"
"아전 나으리가 우리한테 무슨 볼 일이 있슈?"
목로에는 짱똘이의 아랫것 황개와 치한이가 탁배기 잔을 놓고 노닥거리고 있다가, 이춘강을 보고 경계하는 얼굴로 말했다. 황개와 치한이는 여느 날과 마찬가지로 그곳에서 죽치고 있다가 외지인이나 시골 장꾼이 저자로 들어오면 이른바 통행세를 뜯고 있었다.
"내 큰 횡재를 할 일이 생겼는데, 자네들의 도움이 필요하이! 어떤가? 나와 함께 일을 해 보지 않겠나? 내 크게 한 몫씩 떼어 주겠네!"
"……?"
"횡재유?"
두 사람은 의아한 얼굴로 이춘강에게 물었다.
"쉿! 크게 말하지 말게! 누가 들으면 낭팰세!"
"그게 뭐유?"
"아, 이 사람들아! 이런 데서 함부로 입 밖에 낼 일이 아닐세! 하겠나?"
"……."

"……."

"하기 싫으면 관두게! 자네들 말고도 할 사람은 줄을 섰네!!"

두 사람이 망설이는 기색을 보이자 이춘강이 목로에서 일어나, 밖으로 나갔다.

"아, 아니유! 나으리, 잠깐 기다리슈. 웬 성미가 그리 급하슈?"

황개와 치한이 이춘강을 붙잡았다.

"오늘 날이 어두워지면 아무도 모르게 현청 서쪽 후문으로 오게! 거기서 내가 기다리고 있겠네!"

이춘강은 그 말만 던지고, 곧바로 목로를 나갔다.

밤이 되기를 기다려 황개와 치한은 현청 후문으로 갔다. 후문은 평소엔 굳게 닫혀 있고, 현청 옥사에서 죄인이 죽거나 할 때 시체를 내가는 문이었다.

두 사람이 문을 두드리자 기다리고 있었다는 듯 금방 문이 열렸다.

"날 따라오게!"

이춘강이 앞장서며 말했다. 그는 두 사람을 동헌 북쪽에 있는 창고 끝동(棟)으로 데려갔다.

"이 안에 들어가 있게!"

두 사람이 창고 안으로 들어가자 이춘강이 밖에서 빗장을 걸었다.

황개와 치한은 그제서야 무언가 잘못 돌아가고 있다는 걸 알았다.

"아전 나으리! 아전 나으리!"

황개와 치한이 큰 소리로 외쳤으나, 밖은 잠잠했다.

잠시 후 이춘강이 횃불을 들고, 한 사람을 모셔왔다.

"아니, 사또 나으리!"

두 사람은 이춘강이 모셔온 사람을 보고 깜짝 놀랐다.

"짱똘이가 호족들의 집에서 훔친 재물은 지금 어디 있느냐?"

사또 이안용이 불쑥 물었다.

"…그게 무슨 말씀이시유?"

"······!"

"이놈들 어느 안전이라고 시치미를 떼려들어?! 여기서 쥐도 새도 모르게 죽어 나가고 싶지 않으면 이실직고하렷다!"

아전 이춘강이 엄포를 놓았다.

"······!"

"······."

"네놈들이 복면을 쓰고 호족들 집을 털고, 계룡산 산적놈들에게 누명을 씌운 것을 내 다 안다. 그 재물이 지금 어디 있느냐? 지금 이 자리에서 순순히 불면 내 너희 두 놈에겐 특별히 죄를 묻지 않으려니와, 그렇지 않으면 모두 화적죄로 삼문 앞에 목을 매달 것이다!"

이안용이 말했다.

"이놈들아! 빨리 고하지 못할까? 지금 사또 나으리께서 네놈들에게 살 기회를 주시는 걸 모르겠느냐? 엉덩짝이 걸레가 되게 맞고 나서야 입을 열겠느냐?"

다시 이춘강이 엄포를 놓았다.

황개와 치한은 서로의 얼굴을 바라보며 잠깐 망설였다. 그러나 두 사람은 이제 별 수가 없다는 것을 알았다.

"그 재물은··· 짱똘이 대형님이 비밀 곳집에 감춰 두었수다. 대형님이 지금 당장 재물을 나누어 쓰믄 사람들의 눈에 띄기 쉽다믄서, 좀 시간이 지난 뒤에 나눠준다구 했습니다유."

"···이놈들은 여기 가둬 두어라!"

사또가 밖으로 나가자 이춘강이 다시 빗장을 걸었다.

"역시 내 생각이 맞았다! 짱똘이놈이 나를 만만히 보았다가 내 그물에 떨어졌구나!"

흐흐흐흐! 이안용이 흐뭇한 얼굴로 너털웃음을 웃었다. 이런 걸 두고 호박이 넝쿨째 굴러들어 왔다고 하는 것 아니냐.

"짱똘이, 네놈은 이 이안용을 너무 우습게 봤다!"

사또 이안용이 짱똘이를 싸늘한 눈으로 내려다보며 말했다.

"…사또 나으리, 무슨 말씀이시우?"

이안용의 뜻밖의 말에 짱똘이는 잠깐 우두망찰하였다. 그는 방금 아전 이춘강이 사또께서 긴히 의논할 일이 있다고 해서 기대감에 부풀어 현청에 들어온 것이다.

"이놈, 능갈맞게 잔머리를 굴리다니! 공자 앞에서 문자 쓰고 부처 앞에서 경문 읽기지! 내 이래 봬도 한때 개경 저잣거리를 쥐락펴락한 사람이다. 그깟 허튼 수로 나를 우롱하다니? 그러고도 네가 살기를 바라느냐?"

"무슨 말씀이신지…?"

"또다시 잔머리를 굴려 나를 속이려 하면 내 당장 네놈의 목을 베겠다!"

"……?!"

"호족들의 집에서 털어낸 재물들을 창고에 감춰 두었다고?!"

"……!"

"네 아랫것 두 놈이 다 불었다."

"……!"

"이놈, 뛰는 놈 위에 나는 놈 있다는 걸 알아야지! 그 재물을 어찌할지 네 입으로 말해 보아라!"

아차! 짱똘이는 그가 앉아 있는 땅바닥이 쑥 꺼지는 듯한 충격을 받아 입이 떨어지지 않았다. 천려일실(千慮一失)! 그는 계룡산 산적들의 산채에 그렇게 재물이 없으리란 생각은 하지 못했었다.

한참 고개를 숙이고 있던 짱똘이가 이윽고 입을 열었다.

"그 재물을 모두 사또께 바치것습니다유!"

"그건 원래 네 물건이 아니지 않았더냐? 네 목숨 값은?"

"……?!"

짱똘이는 이안용을 너무 쉽게 보았다는 걸 깨달았다. 이놈이 이렇게 교활하고 치밀한 놈이었다니, 꼼짝없이 죽을 구멍에 떨어졌구나! 그는 등골에 식은 땀이 흘렀다.

"…제 땅 문서두 모두 바치겠습니다유!"

"…그래도 네놈이 흥정은 할 줄 아는구나!"

그날 짱똘이의 아랫것들이 끄는 소달구지가 여러 번 현청을 드나들었다.

"흐흐흐! 일석이조란 말이 있는데, 이것은 일석삼조, 일석사조로군! 흐흐흐흐!"

짱똘이가 바친 재물들과 전답 문서를 들여다보며 이안용의 입에서 흐뭇한 웃음이 끊이지 않았다.

다음날, 이안용이 사옥사 이경직을 불렀다.

"계룡산 화적패놈들을 어찌 처리하면 좋겠느냐?"

"그놈들이 우리 고을 호족들을 턴 화적패들이 아닌 것 같으니, 곤장이나 몇 대씩 쳐서 방면함이 어떨는지요?"

"그게 무슨 소리냐? 화적패들을 방면하다니?"

"그놈들이 화적패란 증거도 없고…."

"사옥사는 지금 무슨 말을 하는 게냐? 그놈들이 전답도 없는 산 속에서 그럼 화적질을 하지 않고서 무얼 먹고 살았단 말이냐?"

"……."

"그놈들이 우리 고을 호족들을 털고 아녀자를 욕보인 계룡산 화적패가 틀림없다! 세세히 적어서 공주 지주사께 장계를 올려라!"

"? ……!"

이안용은 계룡산 화적패들을 소탕한 공로로 어떤 상이 내려올지를 생각하며 혼자 웃었다.

9. 지렁이도 밟으면 꿈틀한다

"벌써 벼를 벨 때가 다 되었소."

"그러게요. 엊그제 모내기를 한 것 같은데, 벌써 그리 되었습니다."

방갓을 쓴 계암 스님과 망이가 갈밭골로 들어서며 말했다. 길 양쪽 들판에는 고개를 숙인 벼가 황금빛으로 익어가고, 저만치 물러앉아 있는 산들도 울긋불긋 단풍으로 옷을 갈아입고 있었다.

"스님, 오늘 본 초록골 노인은 어떻겠습니까?"

망이가 계암 스님에게 물었다.

"노환(老患)이라 …어렵지 않겠소?"

"사람들 얘기가, 산삼이나 녹용을 쓰면 죽을 사람도 살아난다는데, ……."

"봄 여름 가을 겨울이 때가 되면 어김없이 왔다가듯, 사람들도 시절 인연에 의해 오고, 시절인연이 다하면 가는 것이지요."

"다시 일어나기가 어렵겠다는 말씀이군요."

"진인사대천명이라는 말이 있지 않소이까. 사람은 최선을 다하고, 그 뒤는 하늘에 맡겨야지요."

그날 오후 한 젊은이가 여민암으로 계암 스님을 찾아왔었다.

"시님, 저는 초록골 사는 소맹이라 합지요. 시님께서 아픈 사람들을 위해 약도 지어주시고, 염불도 해 주신다는 말을 들었습네다. 제 아바이가 자리에 누우신 지 오래 되었는데, 일어나지를 못하십네다."

소맹이는 거의 울상이었다.

"약제는 써 보았소?"

"근처에 의원도 없고, …아무 것도 없는 살림에 어디서 약제를 구하 겠시오? 쇠약한 사람에게 잉어가 좋다 하여 잉어를 몇 마리 구해다 고 아드렸시오. 노틀(노인)이라 그런지 차도가 없습네다."

"잠깐 기다리시오! 내 약제를 좀 준비할 테니!"

계암은 곁딸림채로 가서 약초들을 몇 가지 망태기에 담고 망이와 함께 소댕이를 따라 초록골로 향했다. 초록골은 논이 거의 없는 산골이었는데, 굴왕신같은 집집마다 빈한한 티가 역력했다.

"여기가 제 코막사리(오막살이)오. 누추합네다."

소댕이의 집 마당엔 두어 살 터울의 아이들 여섯 명이 마당에서 놀고 있었다. 제일 큰놈은 막내를 업고 있었다.

계암과 망이는 소댕이를 따라 어두컴컴하고 역한 냄새가 진동하는 방으로 들어갔다. 피골상접한 노인이 방에 누워 있다가, 퀭한 눈으로 두 사람을 쳐다보며 소댕이에게 말했다.

"…뉘시냐?"

"병자를 보아주시는 영험한 스님을 뫼셔 왔시오."

"…고맙시오."

계암 스님은 노인의 맥을 짚어보고, 가져 온 약제를 소댕이에게 끓이도록 했다. 그리고 계암은 독송을 시작했다.

마하반야바라밀다심경. 관자재보살 행심반야바라밀다시 조견오온개공도 일체고액. 사리자 색불이공 공불이색 색즉시공 공즉시색 수상행식 역부여시. 사리자 시제법공상 불생불멸 불구부정 부증불감. 시고 공중무색 무수상행식 무안이비설신의 무색성향미촉법. (중략) 고설 반야바라밀다주 즉설즉왈. 아제아제 바라아제 바라승아제 모지사바하. 아제아제 바라아제 바라승아제 모지사비하. 아제아제 바라아제 바라승아제 모지사바하.

독송을 하는 동안 노인은 편안한 얼굴로 잠이 들었다.

계암과 망이가 집을 나서려 하자 소댕이가 잡곡이 두어 됫박 든 삼베 자루를 들고 나와, 말했다.

"부끄럽지만 부처님께 공양하고자 합네다."

"마음으로 이미 공양이 되었소."

계암이 사양하고 받지 않았다.

계암과 망이가 여민암에 이르자 위민을 안은 정첨이 달려나와, 인사를 했다.

"우리 위민이, 이리 오렴!"

계암 스님이 정첨에게서 위민을 넘겨받아 안았다.

"어따! 우리 위민이 이제 제법 무거워졌구나! 위민아! 혜민이는 어디 있노?"

계암 스님이 위민에게 물었다. 혜민은 망이와 정첨이 연전에 낳은 딸이었다.

"동생은 자."

"그래? 그럼 위민이는 오늘 뭐 하고 놀았나?"

"황구하고, 강아지들하고 놀았어."

"그래 재미 있었어?"

"근데 황구는 말을 못해!"

황구는 여민암에서 기르는 개인데, 두 달 전에 새끼 다섯 마리를 낳았다.

"황구는 눈으로 말을 한단다."

"눈으로 말을 해?"

"그래! 우리 위민이가 좀 더 크면 황구의 말을 알아들을 거야!"

그날 밤, 여민암 식구들이 저녁을 마치고, 계암과 망이가 마당에 있는 평상에서 잠깐 쉬고 있을 때였다.

이정(里正) 채동이 허겁지겁 여민암으로 달려왔다.

"스님! 명학 장사! 큰일났시오!"

이정은 무엇에 쫓기기라도 한 듯 당황한 얼굴로 말했다.

"우선 이리 좀 앉으시고, 찬찬히 말씀하시오."

망이가 한쪽으로 비켜앉으며 말했다.

"날벼락이 떨어졌습네다! 아까 고을 아전이 군졸 몇 놈을 데리고 와서 하는 말이, 올해부터 쫑뫼 땅에 소작료를 매기어 받아가겠다는 것이라요."

"대체 그게 무슨 말이오?"

"고을 수령이 쫑뫼 땅 전체를 제놈 이름으로 현청 토지대장에 등록을 했다는 얘기라요! 우리가 그간 피땀 흘려 개간한 쫑뫼 땅을 한입에 덜렁 집어삼키겠다는 심보 아니라요?! 날강도 도적놈이 따로 없시다!"

그간 나라에서는 백성들의 생산을 증대하고 전토를 넓히기 위해서 마을 주변에 있는 산기슭이나 늪지대, 황무지를 개간하는 것을 장려해 왔다. 이를 위해 조정에서는 개간한 땅은 신분과 관계없이 개간한 사람의 소유로 인정해 주고, 3년간은 조세도 면제해 주었다. 그리고 3년이 지난 뒤에는 나라 법에 의해 생산량의 1할을 조세로 바치게 하였다. 그러나 대부분의 농민이나 천민들은 빈 땅을 개간하여 농사를 지으면서도 그것을 관청의 토지 대장에 등재하지 않았다. 땅이란 게 누가 훔쳐갈 수 있는 물건도 아니고, 또 관청에 등재를 하면 그때부터 조세 1할만이 아니라 온갖 명목으로 관아의 착취 대상이 되었기 때문이었다.

갈밭골 사람들은 의초 스님이 처음 마을에 왔을 때부터 꾸준하게 마을 여기저기 빈 땅을 개간해 왔고, 이제 그 넓이가 수만 평이 넘었다. 현령은 그러한 갈밭골의 개간지가 현의 토지 대장에 등록되어 있지 않은 걸 알고서, 그 땅을 자기 이름으로 등재하고, 수취(收取)를 하려고 아전과 군졸들을 마을에 보낸 것이었다.

"마을 사람들은 뭐라고들 하고 있습니까?"

계암 스님이 물었다.

"다들 현령이 날강도라고, 당장 관아로 쳐들어가서 모두 깨부수자고 입에 거품을 물고 있시오만, ……."

"…자칫 잘못하다간 마을 사람들만 크게 다치고, 결국 땅을 빼앗기게 됩니다."

계암 스님이 말했다.

"그래서 제가 이렇게 스님께 달려온 것이라요. 무슨 뾰쪽한 수가 없갔시오?"

"생각해 봐야지요."

다음날, 계암 스님과 망이, 채동이 현청으로 현령 조태석을 만나러 갔다. 삼문을 지키고 있던 군졸들이 그들의 발길을 막았다.

"우리는 갈밭골에서 온 사람들이오. 사또를 뵈러 왔소이다."

"사또를요? …무슨 일로 사또를 뵈러 왔소? 우리 사또가 아무나 만나줄 만큼 한가한 분이 아니오."

군졸이 계암 일행의 위아래를 훑어보며 물었다.

"그것은 사또를 만나서 직접 말해야 할 일이오."

"우리한테 용무를 미리 말하시우. 그러면 우리가 안으로 들어가서 아전에게 아뢰고, 아전이 다시 사또께 여쭙고 허락을 받아야 안으로 들어갈 수 있소. 아무나 들여보내면 우리 엉덩짝이 곤장을 맞아 걸레쪽이 될 것이우."

계암 스님은 어쩔 수 없이 군졸에게 용무를 말했다. 그러자 군졸들이 모두 어처구니가 없다는 듯이 흐흐흐! 웃어댔다.

"스님, 나이를 어디로 잡수셨수? 세상 물정 알 만한 분이 그런 일로 사또를 만나러 왔다니! 예끼! 곤장 맞아 죽기 전에 후딱 가시오! 오늘 우리가 수직을 섰기에 망정이지, 다른 사람이었다면 벌써 몽둥이부터 날아갔을 게유."

"아니, 그게 무슨 말이오?"

"주인 없는 땅을 고을 호족이나 관리들이 자기들 명의(名義)로 등재하여, 권리를 행사한 것이 어디 어제 오늘 일이우? 길에 떨어져 있는 금덩이를 먼저 주운 사람이 임자 아니오? 공연히 봉변당하지 말고 빨리 가시오! 내 스님을 위해 드리는 말씀이오.”

갈밭골 사람들은 현령을 만나보지도 못하고 발길을 돌렸다. 그렇다고 포기할 수는 없었다. 계암 스님은 이정 채동과 의논하여, 청원서를 만들었다.

《갈밭골 주민들은 오래 전부터 마을의 빈 땅을 개간하여 적잖이 생계에 도움을 받아왔으나, 그간 잘 알지 못하여 현청의 토지대장에 등재하지 못하였다. 이에 개간에 참여하여 그 땅에 권리가 있는 자들의 이름을 함께 올리니, 이들의 명의(名義)로 토지 대장에 등재해 주시길 청원한다.》

청원서 밑에는 마을 주민 70여 명의 이름을 일일이 적고, 그들의 수결을 받았다.

계암과 망이, 채동은 마을 대표 10명과 함께 청원서를 가지고 현청에 가서 아전을 만났다. 아전은 갈밭골 사람들이 청원서를 가져왔다는 말에 적잖이 놀랐다. 시골 무지렁이들이 어떻게 그런 생각을 했으며, 또 누가 글자를 알아서 이런 문서를 작성했단 말인가.

“아니, 청원서를 가져 왔단 말이오? 누가 이런 생각을 했소?”

“우리가 그 땅을 어떻게 개간했는데, 고을의 어버이라는 수령이 그 땅을 자기 이름으로 올리고, 소작료를 걷어간단 말이오?”

“내 사또께 청원서를 올려보긴 하겠소. 마을로 돌아가서 기다리시오.”

마을 사람들의 등등한 기세에 기가 죽은 아전이 말했다. 그러나 그뿐, 한 달이 지나도록 현청에서는 아무런 연락이 없었다.

“현청에선 그냥 아무 일도 없었던 것처럼 뭉개버릴 작정인 모양인데, 그럼 어떻게 해야겠시오?”

이정 채동이 다시 계암을 찾아와 물었다.

"그렇잖아도 나도 그걸 골똘히 생각하고 있었소이다. 우선 어떻게 된 일인지 다시 현청에 가서 따져 봅시다!"

계암과 망이, 채동은 젊은이 10명을 데리고 현청으로 갔다.

"사또께 우리들의 청원서를 올린 것은 확실하오?"

이정 채동의 말에 문지기 관졸이 눈을 부라리며 말했다.

"아니, 우리 말을 안 믿는 거요?!"

"그럼 왜 답변이 없오?"

"그걸 우리가 어찌 알겠소? 우리가 사또께 쫓아가서 어찌 된 일이냐고 따져 물을 수도 없지 않소?"

"그럼 우리가 직접 사또께 물어봐야겠소!"

갈밭골 사람들이 현청 안으로 들어가려 하자 수직을 서는 관졸들이 급히 막아섰다.

"우리가 들어가서 아뢸 테니 잠깐 기다리시오."

관졸 두 명이 안으로 들어갔다. 그런데 한참 후에 20여 명의 관졸들이 모두 몽둥이를 들고 달려나왔다.

"이놈들, 시골 무지렁이 놈들이 어디 와서 감히 행패질이냐? 이놈들을 몽둥이로 쓰다듬어 주어라!"

장교의 말에 관졸들이 갈밭골 사람에게 달려들었다. 망이는 몽둥이를 휘두르며 앞장서 덤벼드는 관졸의 다리를 슬쩍 걸었다. 관졸은 제풀에 땅바닥에 얼굴을 박았다. 연이어 여러 명이 망이에게 달려들었으나, 덤벼드는 족족 나가떨어졌다. 계암 스님도 관졸 몇을 지팡이로 쳐서 쓰러뜨렸다.

"이놈들이 보통놈들이 아니다! 관졸들을 다 데려와라!"

망이와 계암의 몸놀림을 보고 깜짝 놀란 장교가 뒤로 물러서며 말했다. 관졸 두 명이 삼문 안으로 달려가며 외쳤다.

"다들 무기를 들고 나와라! 시골 놈들이 쳐들어왔다! 다들 모여라!"

계암 스님이 난처한 얼굴로 망이와 채동에게 말했다.

"일단 물러나는 게 좋겠소! 지금 저놈들과 정면으로 맞붙어서 좋을 게 없겠소!"

갈밭골 사람들은 관졸들이 몰려나오기 전에 그곳을 떴다.

보름 후 갈밭골 사람들은 남녀노소 없이 350여 명이 한꺼번에 현청으로 몰려갔다. 젖먹이 어린애는 물론 걸음을 걷지 못하는 노인들까지 지게에 지고 갔다. 집에서 기르는 개들도 주인을 따라왔다.

그들은 현청 삼문 앞에 이르러, 소리를 맞춰 외쳤다.

사또, 나오시오!
사또 나오시오!
우리 땅 돌려주시오!
사또, 나오시오!

갑작스러운 소란에 관아의 군졸, 사령, 관노 들은 물론, 관비와 기생들까지 모두 삼문 밖으로 몰려나왔다.

사또, 나와라!
우리 땅 내놓아라!

거센 함성이 관아를 흔들었다. 크게 놀란 사또 조태석이 급히 아전들을 불러모았다.

"이, 이게 어찌 된 일이냐? 시, 시골 무지렁이들이 떼거지로 몰려오다니?!"

조태석은 당황하여 말까지 더듬었다.

아전들도 아무 말을 못했다.

"당장 모두 잡아 처넣고, 곤장을 쳐야 하지 않겠느냐?"

"……."

"……!"

"왜 대답들이 없느냐?"

"…저들을 다 잡아넣을 옥이 없습니다요."

"숫자가 너무 많습니다. 자칫 잘못하다가는 민란이 터질 기세입니다."

"민란이라니?! …민란이 터져?!"

사또 조태석의 얼굴이 하얗게 질렸다.

"근래에 여러 곳에서 민란이 터졌다는 소문이 있었는데, 저놈들도 그 소문을 듣고 저리 몰려온 게 아닐까요? …이럴 때는 그저 한 걸음 물러서는 것이 상책입니다요."

수리(首吏) 정순고가 말했다.

"물러서다니?! 그게 무슨 말이냐?"

"…송구한 말씀이오나 저들의 청원을 들어주어야지요."

"무어라?! 우리 관졸들은 어디에 쓰는 것이냐?"

조태석의 상통이 울화로 험하게 일그러졌다.

"지난 번에 저놈들의 앞장을 선 두 놈에게 순식간에 관졸 10여 명이 당했습니다. 그냥 무지렁이들이 아닙니다!"

사또 조태석도 그 말은 들었었다. 관졸 10여 명이 웬 중놈과 덩저리가 집채만한 젊은 놈한테 순식간에 당했다는 얘기였다. 내 저런 촌놈들한테 이런 수모를 당하다니! 그는 치솟는 분기 때문에 한참 동안 말을 못했다.

"…정녕 딴 방도가 없단 말이냐?"

"저놈들이 집단으로 청원서를 내고 다시 모두 몰려온 걸 보니, 얕보았다가는 큰 봉변을 당할 수 있습니다요."

"촌 무지렁이들이 한번 들고일어나면 물불을 안 가리고 덤벼듭니다요."

조태석은 할 말이 없었다. 들고일어나다니?! 그럼 민란?! 그건 상상도 할 수 없는 일이었다.

한참 후에 그가 말했다.

"…땅을 돌려준다고 말해라!"

아전들의 수리(首吏) 정순고가 삼문 밖으로 달려나와

"여러분! 사또께서 여러분의 청을 들어주신답니다! 쫑뫼 땅을 여러분 이름으로 토지문서에 올려 주신다니, 다들 돌아가시오! 이제 집으로 돌아가시오!"

하고 크게 외쳤다.

"아니, 그 말을 어찌 믿겠소? 사또가 직접 나와서 약속을 하고, 그 약속을 문서로 작성하여 주시오!"

망이가 말했다.

"옳소! 사또가 나오시오!"

"사또가 나오시오!"

마을 사람들이 망이의 말을 따라 외쳤다.

"아, 땅을 돌려준다고 하지 않았소? 사또가 빈말을 하겠소? 그만 물러가시오!"

"우리는 사또의 말을 직접 들어야겠소! 만약 사또가 안 나오면 우리가 밀고 들어가겠소!"

망이가 강경하게 말했다.

"…잠깐 기다리시오!"

정순고가 다시 동헌으로 달려들어갔다.

"저놈들이 사또를 직접 뵙겠다며 물러가질 않습니다요!"

"그게 무슨 말이냐?"

"황송하옵게도 사또께서 직접 납셔서 약속을 하고, 그걸 문서로 써 주셔야 물러가겠다는 얘깁니다요."

"뭐라고?! 이놈들을 그냥!"

조태석의 턱이 분노로 덜덜 떨렸다.

조태석이 나와라!

조태석이 나와라!

갈밭골 사람들의 함성이 동헌에까지 들렸다.

"송구하오나 사또께서 직접 나가지 않으시면 무슨 일이 일어날 기셉니다."

"…으음! 이 죽일 놈들!"

한참 후에 조태석이 삼문 밖으로 나갔다.

"다들 조용히 하시오! 조태석 사또께서 납시셨소!"

수리(首吏) 정순고가 큰소리로 외쳤다. 소란스럽게 떠들던 사람들이 일시에 조용해졌다. 조태석은 갈밭골 사람들의 사나운 시선이 화살처럼 그의 몸에 꽂히는 듯한 느낌에 등골이 써늘해졌다.

"내 이번에 우리 고을의 토지대장을 새로 정리하게 했는데, 아전들이 임자 없는 땅을 자세히 알아보지 않고 무심히 내 이름으로 올린 모양이오! 내 즉시 여러분의 이름으로 토지대장을 고쳐 놓겠소! 여기 여러분이 요구한 약속 문서도 가져왔소!"

정순고가 이정 채동에게 종이 한 장을 가져다주었다. 계암 스님이 문서를 보고 고개를 끄덕였다.

"사또께서 우리의 청을 들어 주셨소! 이제 돌아갑시다!"

채동이 마을 사람들에게 크게 외쳤다.

며칠 후 아전 정순고가 관졸 몇을 거느리고 갈밭골엘 왔다. 그는 이정 채동에게 개간지의 명의가 갈밭골 사람들로 바뀐 땅문서를 전하고, 수취(收取)도 하지 않을 것임을 통지하였다.

아전 정순고가 갈밭골을 다녀온 다음날, 조태석이 정순고를 불렀다.

"내 그놈들의 기세를 가라앉히려 일시적으로 물러섰지만 생각할수록 괘씸하다! 그놈들의 앞장을 선 중놈과, 그 중놈 옆에 사천왕처럼 붙어 서 있던 놈은 대체 어떤 놈이냐? 그놈들이 무지렁이 촌놈들을 선동한 게 틀림없다!"

"저희도 그리 생각하고 있습니다요. 그 전부터 갈밭골에 의초라는 중이 살았는데, 그가 설두(設頭)하여 개간을 했다 합니다."

"그 의초란 놈은 지금 어디 있느냐?"

"오래 전 역병이 돌 때 환자들을 돌보다가 죽었다는 말을 들었습니다."

"환자를 돌보다가 죽어?"

"그렇습니다! 지금 중이 그 의초의 제자인데, 이 중도 그의 뒤를 이어 농사도 짓고, 개간도 하고, 그곳 사람들의 의원 노릇도 하고 있는 모양입니다."

"…으음, …농사도 짓고, …개간도 하고, …의원 노릇까지 한다?"

"마을 사람들의 정신적 지주(支柱)라 할까요."

"그놈들이 무서운 놈들이다! 뱀을 잡으려면 그 대가리를 먼저 쳐내야 한다! 이 두 놈을 꼼짝 못하게 잡을 방도를 강구해라."

다음날, 삼경이 다 되어서였다. 늘 조용하던 마을 쪽에서 개 짖는 소리가 들려왔다. 그리고 점점 더 여러 마리의 개가 함께 짖어댔다. 계암은 참선에 들어 있다가 문득 이상한 생각이 들었다. 그는 즉시 자리에서 일어나, 곁딸림채로 가서 망이를 불렀다.

"망이 장사! 망이 장사!"

곧 망이와 정첨이 밖으로 나왔다.

"저 소리가 들리오? 아무래도 외지인이 들어온 모양이오!"

"이리 오고 있는 것 같습니다!"

정첨이 말했다.

계암이 늘 가지고 다니는 지팡이를 집어들었다. 그 속에 검이 들어 있는 지팡이였다. 망이는 보통사람은 들기도 어려운 큰 통나무를 골라 들었고, 정첨도 검을 들었다. 황구와 강아지들이 사납게 짖고, 곧 군졸들이 우루루 마당으로 들이닥쳤다.

"우리는 현청에서 나온 사람들이다! 조사할 것이 있으니, 현청으로 가자!"

군졸들을 거느리고 온 장교가 큰 소리로 외쳤다.

"조사할 일이 있으면 밝은 대낮에 오지 않고, 이 밤중에 도둑괭이처럼 사람들의 눈을 피해 온 까닭이 무엇이오?"

계암이 침착하게 물었다.

"그걸 몰라서 묻느냐? 낮에 오면 마을놈들이 개떼처럼 덤벼들 게 뻔하지 않느냐?"

"정당한 일이라면 마을 사람들을 겁낼 게 없지 않소?"

"이놈 말이 많다! 사또의 명이다! 저놈들을 잡아라!"

장교의 명에 관졸들이 세 사람을 둘러쌌다.

"제깟놈이 덩저리는 제법 그럴싸하나, 중과부적이지! 쳐라!"

장교의 명에 군졸들이 창과 칼, 육모방망이를 휘두르며 세 사람에게 덤벼들었다. 망이는 한 길이 넘는 굵은 나무몽둥이를 바람개비 돌리듯 휘둘렀고, 그의 몽둥이에 맞은 군졸들은 낙엽처럼 나가떨어졌다. 계암 스님도 지팡이에서 검을 빼들었다.

악!

이크!

어이쿠!

순식간에 예닐곱 명의 군졸들이 땅바닥에 나뒹굴자 장교도 관졸들도 너무 놀라 더는 덤비지 못했다.

"이놈들! 죽고 싶지 않으면 빨리 물러나라!"

망이가 불쑥 앞으로 내달으며 장교의 멱살을 거머쥐자 관졸들이 후다닥 앞다투어 도망을 쳤다.

"이놈! 사또가 우리를 몰라보고 이 따위 허수아비 같은 관졸 몇 놈을 보낸 모양인데, 가서 사또에게 전해라! 만약 또다시 이 따위 허튼 수작을 부리면, 우리가 현청으로 쳐들어가서 사또는 물론 그 가족까지 모조리 베어 버리고, 관청 건물도 모조리 불태워 버린다고! 우리 뒤에는 너희들이 모르는 동지들이 있으니, 자중하라고 일러라!"

망이가 장교에게 말했다.

"아이구! 장사님, 이 손 좀 놓아줍시우! 알았습니다! 알았습니다요!"

망이가 장교를 놓아주자, 장교는 종짓굽아 날 살려라 하고 부리나케 마당을 빠져나갔다.

"에잇! 못난 것들, 물러가라!"

장교에게 사건 전말을 들은 조태석은 분기탱천하였다. 당장 관내의 모든 군졸들을 소집하여 갈밭골을 쓸어버리고 싶은 생각이 간절했다. 그러나 자칫 잘못하여 일이 커지면 자기가 갈밭골 땅을 거저 삼키려 했던 것이 들통나고, 혹여 마을 사람들이 많이 죽거나 다치게 되면, 조정에서 조사를 나올 것이 분명했다. 게다가 그들의 뒤에 동지들이 많이 있다는 말이 너무 께름칙했다. 이놈들이 도대체 어떤 놈들이기에 뒤에 사람이 있단 말인가. 헛소리를 지껄이는 것이 아니라면 분명 외부의 어떤 조직과 연계가 있다는 말이 아닌가! 조태석은 문득 온몸에 소름이 쪽 끼쳤다.

사람이 나아갈 때와 물러설 때를 알아야지! 똥이 더러워서 피하지 무서워서 피하나! 왕년에 한(漢)나라 대장군 한신(韓信)은 젊었을 때 한 주먹거리도 안 되는 소악패들의 가랑이 밑으로 기어나가는 수모도 참았다지 않던가!

조태석은 갈밭골 일은 당분간 잊어 버리기로 다짐했다. 대장부가 그만한 것도 못 참아서야!

문득 큰 산 골골에 짐승처럼 엎드려 있다는 화적패들이 생각났다.

망이는 뭔가 소리가 나는 것 같아서 퍼뜩 잠에서 깼다. 방문을 열어 보니 황구가 반가운 소리로 컹컹거리며 사립 밖으로 달려나가고 있었다. 희미한 달빛에 저만치 누군가 오고 있었다. 망이는 그가 계암스님임을 한눈에 알아보고 마중을 나갔다. 만행을 나갔던 스님이 웬일로 벌써 돌아오시나!

"스님, 어찌 이리 빨리 오십니까?"

"아직까지 안 잤소이까?"

"황구 짖는 소리에 깼습니다."

"일이 났소이다!"

"일이라니요?"

"들어가서 이야기합시다."

두 사람은 법당으로 들어갔다. 망이가 부시를 쳐서 관솔에 불을 붙이자 법당 안이 환하게 밝아졌다.

"망이 장사의 아우 망소이가 유성현 옥사에 갇혀 있소이다!"

"그게 무슨 말씀입니까?"

망이가 너무 놀라 큰 소리로 물었다.

"내 이번에 명학소에 들렀다가 망이 장사의 모친께 이야기를 들었는데, 망소이가 탄동 아씨와 함께 옥(獄)에 떨어졌다 하더이다."

"아니, 왜…?"

"강상죄를 범했다나?"

"…강상죄라니요?"

"신분 낮은 망소이가 신분 높은 탄동 아씨와 관계를 맺어서 풍기를 문란시켰다는 것이지요!"

"……!"

기어이 그리 되었나?! 망이는 2년 전 계암과 명학소에 은밀히 들렀다가, 어머니 솔이한테 망소이와 탄동 아씨의 얘기를 들었었다. 망소이가 호족의 미망인과 관계를 맺다니! 그 이야기를 듣는 순간 망이는 두 사람의 앞날이 순탄치 않을 것 같은 예감 때문에 마음이 무거웠다.

"게다가 웅태 장사의 계룡산 사람들도 모두 옥에 갇혔다는 얘기를 들었소이다!"

"예?!"

"유성 관내 호족 집들을 여럿 약탈했다가 관병에게 토벌되었다 하더이다!"

"…웅태 두령이 유성 호족들을 털다니, 뜻밖입니다! 그는 생각이 깊은 사람이라 유성 호족들을 건드릴 사람이 아닌데요. 유성 호족들을 건드렸다가는 금방 토벌군이 뜬다는 걸 알 텐데…."

"나도 그걸 이상하게 생각했소. 지난번에도 웅태 두령이 우리한테 그런 말을 하지 않았소이까?"

"뭔가 잘못된 것 같습니다."

"유성 현령이 수단과 방법을 가리지 않고 지나치게 가렴주구를 하여, 그곳 민심이 아주 흉흉했소이다. 누군가 불을 붙이면 금방이라도 활활 타오를 기세였소!"

망이는 깊은 생각에 잠겼다. 계암도 말이 없었다.

관솔불만이 타닥! 타타닥! 깊은 밤의 침묵을 깨뜨리며 타고 있었다.

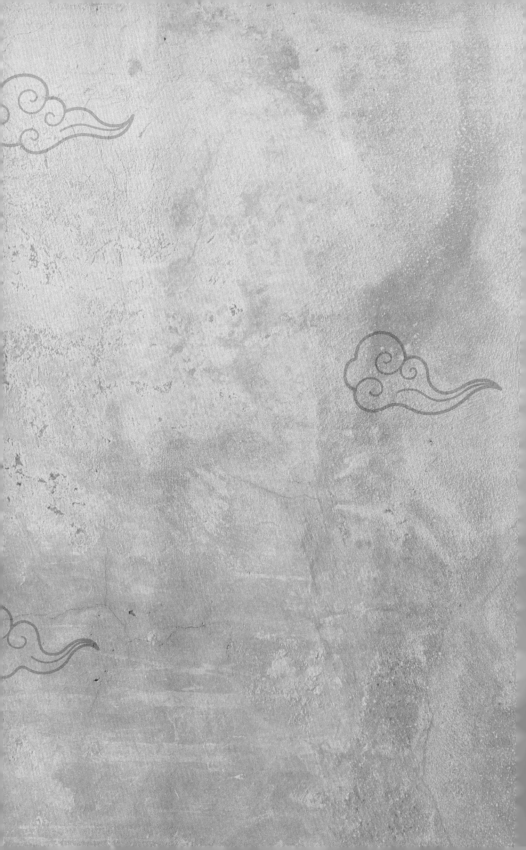

제2장

타오르는 횃불

1. 야습(夜襲)

　명종(明宗) 6년(1176년) 정월 초사흘 밤이었다. 가녀리지만 날카로운 칼날 같은 초승달이 동쪽 하늘에 떠올랐다가 금방 스러졌다. 그 때문에 초승달은 바지런한 며느리나 보는 달이라 했던가. 달이 지자 산과 들을 휩쓸고 나서 기세좋게 고을을 들이치는 바람이 더욱 거세지고, 시간이 지날수록 추위도 맹위를 떨쳤다.

　어둠 속에서 시커먼 100여 명의 장정들이 소리 없이 유성 현청의 높은 담을 뛰어넘어 안으로 들어갔다. 명학군이었다. 명학군은 망이가 지휘하는 명학소 사람들, 계암 스님이 데려온 이광과 왕방산 산사람들, 정첨이 데려온 차현(車峴) 산사람들로 이루어져 있었다. 그들은 고양이처럼 발소리를 죽이고 신속하게 움직였다. 사전에 약속한 대로 명학소 사람들은 현령 이안용과 그의 가족이 거처하는 내아(內衙)로 향하고, 차현과 왕방산 사람들은 군졸들과 관노, 관비들이 거처하는 아전(衙前)의 별동(別棟) 건물로 다가갔다.

　쳐라!

　때려잡아라!

　망이와 이광의 명령이 떨어지자 명학군은 건물 문을 박차고 들어가, 닥치는 대로 몽둥이질을 하며 사람들을 붙잡아 밧줄로 묶었다. 사또 이안용과 그의 처자들, 노비들이 잡히고, 아전에서 잠을 자던 군졸과 관노, 사령 들도 모조리 잡혀서 동헌 마당으로 끌려왔다. 삼문과 옥사에서 수직을 서던 군졸이나 관노 중 몇 명이 도망치기도 했으나, 그 대부분이 체포되었고, 반항을 하다가 칼이나 창, 몽둥이에 부상을 당한 사람도 적지 않았다.

유성현을 완전히 점령한 명학군은 옥사로 몰려가, 옥문을 열어젖혔다. 망소이와 탄동 아씨, 계룡산 녹림당과 웅태, 그 밖에 조세나 공물(供物)을 바치지 못해 잡혀왔던 고을 사람들이 우루루 쏟아져 나왔다.

만세! 만만세!

명학군 만세!

명학군 만세!

망이 장군 만세!

명학군이 외치는 함성이 유성 현청을 우레처럼 울렸다.

잠시 후 현청을 완전히 점령한 명학군들이 횃불을 들고 현청 마당으로 모여들었다. 망이와 계암 스님, 이광, 웅태, 망소이, 정첨 등이 앞으로 나왔다.

유성 현청 사람들이 모조리 동헌 앞 넓은 마당으로 끌려 나오자 망이가 입을 열었다.

"나는 명학소 사람 망이다! 유성 현령 이안용! 너는 백성을 어버이처럼 보살펴야 할 목민관으로서 그 의무를 다하기는커녕 백성들을 혹독하게 쥐어짜서, 그 원성이 하늘에 닿았다! 그러나 한낱 시골 현령에 불과한 너만을 징치하기 위해 우리가 일어선 것은 아니다. 이미 이 나라는 수명이 다했다. 그간 나라의 임금이란 자가 백성들은 보살피지 않고 간신배들에 둘러싸여 사치와 향락에만 빠져 있다가 결국 임금 자리에서 쫓겨났다! 한 나라의 임금이란 자가 무도한 일개 무장에게 허리를 꺾여 비참하게 죽임을 당했다. 임금이 이 모양이니 조정의 대신들이란 것들은 어떠하겠는가? 백성의 고통은 아랑곳없이 자기들의 부귀영화만 추구하다가 하찮은 무반들에게 모조리 참살을 당했다! 또한 새로이 권력을 쥔 무반이란 것들은 권력을 쥐자마자 서로 더 큰 권력을 쥐려고 진흙밭의 개처럼 추악한 싸움을 계속하고 있다! 게다가 지방에 내려온 감무들은 백성들을 착취하기 위해 미치광이처럼 날뛰고 있으니, 세상은 이미 썩을 대로 썩었다! 더 이상 사람이 살 수 없는 말법 세상이 되어 버렸다!

우리는 이미 못 쓰게 되어 버린 이 낡은 세상을 타도하고, 새 세상을 열기 위해 일어섰다! 우리가 새로 만들려는 세상은 귀한 자, 천한 자가 따로 없고, 부자와 가난한 자가 따로 없고, 착취하는 자와 착취 당하는 자가 따로 없는 대동 세상! 용화 세상이다!"

이안용은 아까부터 제 정신이 아니었다. 아닌 밤중에 도깨비도 아니고, 이놈들은 대체 어디서 불쑥 튀어나와, 지금 무슨 말을 지껄이고 있는 것인가?! 느닷없이 말법 세상이니 대동 세상이니 하는 게 도대체 무슨 말인가! 그는 너무 뜻밖의 일에 어안이 벙벙하여 무슨 일이 일어났는지 알 수가 없었다.

그도 명학소의 망이라는 놈에 대한 이야기는 들은 적이 있었다. 지금 감옥에 갇혀 있는 망소이란 놈의 형으로서 몇 년 전 살변을 저지르고 도망쳤다는 놈이 아닌가. 그런데 이놈이 어디 숨어 있다가 낮도깨비처럼 불쑥 튀어나와 대동 세상이 어떻고 용화 세상이 저떻고 하며 떠들어 댄단 말인가?!

"시골 무지렁이들이 감히 관청을 침노하다니! 후환이 두렵지 않느냐?"

이안용이 말했다. 그러자 누군가가 불쑥 튀어나와, 이안용의 옆구리를 사정없이 걷어차며 말했다.

"이놈, 죽고 싶지 않으면 아가리 닥쳐라! 아직도 네놈들 세상인 줄 아느냐? 이제 세상이 뒤집어졌다!"

계룡산 녹림당 부두령 강쇠였다. 방금까지 비좁고 더러운 옥방에 갇혀 있었던 그는 이안용의 말에 새삼 울화가 치밀었다.

다시 망이가 말했다.

"그간 네놈들은 대대로 우리들을 천민이라 하여 마소만도 못한 짐승처럼 취급하고, 온갖 착취와 폭압을 다하였다! 우리는 진작부터 이런 세상에 대해 원한이 깊을 대로 깊었다! 우리는 더 이상 참을 수 없어서 죽음을 각오하고 일어났다! 그러나 우리의 뜻은 그간의 원한을 푸는 데 있는 게 아니라 새로운 세상을 여는 데에 있다! 한 줌도 안 되는 귀족이나 호족들에 대한 복수가 아니라, 모든 사람이 자유와 평등을 누리는 대동 세상을 이루려 함이다! 우리는 앞으로 공주를 점령하고, 양광도를 평정하고, 나아가 전국을 제압하여 새 나라를 열 것이다! 이러한 우리의 뜻에 동조하는 자는 누구든지 우리의 동지로 받아들이겠다."

망이가 말을 마치고, 뒤를 돌아보며 말했다.

"우선 이자들을 옥에 가두시오! 특별히 사또와 그의 가솔들은 따로 가두고, 엄히 감시하시오."

졸지에 옥에 떨어진 이안용은 아무리 생각해도 자기가 처한 상황을 이해할 수가 없었다. 고을을 다스리는 자기가 한 순간에 오라를 지고 현청 옥에 갇혔다는 게 실감되지 않았다. 그는 망이의 말을 이해할 수가 없었다. 대동 세상, 평등 세상을 새로 세우다니, 그게 대체 무슨 말인가? 그게 한낱 소(所)놈이 할 말인가?! 그럼에도 망이란 놈의 말은 마치 천군만마를 호령하는 장군처럼 당당했고, 함부로 거역할 수 없는 위엄이 넘쳤다.

"이놈들, 이리 오너라! 내가 누구인 줄 알고 이런 행패냐? 이놈들!"

이안용은 고래고래 고함을 질렀다.

"이놈이 지금 누구한테 호령을 하는 거여?! 아직두 제놈이 사또인 줄 아는감?!"

"한 번만 더 떠들믄 바루 작살을 낼 거여!"

옥사 밖에서 수직을 서는 사람들이 이안용에게 말했다.

잠시 후 이안용이 목소리를 낮춰 소곤거리듯 말했다.

"이보시오! 이리 좀 가까이 와 보시오!"

"……?"

"나에게 천만금이 있소! 나를 꺼내주면 내 재산을 다 주겠소!"

"허허허! 이놈이 이제 실성을 했남? 지금 뭐라구 지껄이는 거여?"

"뒈질 때가 되니까 저절루 헛소리가 나오는게벼! 미친 놈한테는 그저 몽둥이가 약이여!"

수직을 서던 사람들이 옥사 안으로 들어가 이안용을 마구 밟아댔다.

"그간 우리 같은 사람들을 벌레만두 못하게 밟아댔지!"

"이놈! 너두 한번 당해 봐야 햐!"

이안용은 사정없이 떨어지는 발길질에 숨을 제대로 쉴 수가 없었다. 공포와 경악에 희번득이는 그의 망막 위에 검은 장막 같은 절망이 내려덮였다.

2. 새로운 세상, 명학

어느 정도 질서가 회복된 다음 망이와 계암 스님, 정첨, 망소이, 이광, 웅태 등 명학군 지휘부 사람들이 동헌에 모였다.

"우선 우리 군(軍)의 이름과 우리가 이루려는 세상의 이름을 정해야 하지 않겠습니까?"

망이가 회의를 주재했다.

"일찌기 계룡산은 새로운 미륵 세상의 도읍이 된다는 참설(讖說)이 있어 왔거니와, 학은 천 년이 넘게 산다는 상서로운 동물이외다. 명학이란 학이 울음을 운다는 뜻이니, 새로운 세상이 왔음을 알리는 신호로서 참으로 적합한 이름이 아니겠소? 이는 우리가 알지 못하는 오래전에 이미 예비된 이름이니, 참으로 신비로운 일이라 할 것이오! 우리가 이루고자 하는 새 세상을 명학 세상, 우리의 군대를 명학군이라고 부르는 것이 어떻소이까?"

계암 스님이 말했다.

"스님의 말씀을 듣고 보니, 참으로 적합한 이름 같습니다."

"그 참 신비한 일이우!"

그들은 그들의 군대를 명학군으로, 새로 올 세상을 명학 세상으로 부르기로 했다.

다시 망이가 말했다.

"이미 우리가 혁명의 횃불을 높이 올려 유성현을 점령하고 명학 세상을 선포했으니, 어중이떠중이로 우왕좌왕할 수는 없습니다. 우선적으로 해야 할 일이 지도 체계를 세우는 것이오!"

"……."

"……."

"…저는 계암 스님이 총대장이 되셔야 한다고 생각합니다! 세상을 보는 경륜이나 지혜가 우리들의 대장으로 부족함이 없습니다. 그 동안 우리들의 어두운 눈을 띄워 준 것도 계암 스님 아니십니까?"

망이가 다시 말했다.

"나를 그렇게 높이 봐 주시니 고맙소! 그러나 나는 세속을 떠난 중이오! 여러 가지로 생각해 볼 때 총대장은 망이 장사가 맡는 것이 어떻소? 망이 장사는 이미 천하장사로 그 이름이 지역에 널리 알려졌고, 또한 우리의 주력군인 명학소 사람이니, 망이 장사가 총대장이 되는 게 좋다고 생각하외다!"

계암 스님이 망이를 추대했다.

"저도 계암 스님과 뜻을 같이 합니다!"

이광이 말했다.

"저도 찬성이오!"

옹태도 흔쾌한 얼굴로 말했다.

"그럼 모든 사람의 뜻으로 망이 장사가 우리들의 총(總)장군으로 추대되었습니다. 그럼 다음으로 지휘부를 구성해야 합니다."

계암 스님이 다시 말했다.

그들은 의논 끝에, 좌(左)장군에 이광을, 우(右)장군에 웅태를, 전(前)장군에 망소이를 추대하였다. 그리고 정첨은 군사(軍師)를 맡고, 계암 스님은 직책 없이 고문(顧問)을 맡기로 하였다.

명학군은 유성 동헌을 지휘 본부로 삼고, 주위의 여러 마을들에 명학군이 유성을 점령하고, 새 세상을 열었음을 널리 알렸다. 그리고 뜻을 함께 할 젊은이들을 모집했다.

빈부귀천이 따로 없는 새 세상이 선다!
모든 사람이 자유롭고 평등한 대동 세상이 열렸다!
다 함께 새로운 대동 세상을 만들자!

명학군이 봉기하여 유성현을 함락했다는 소문은 화살보다 빠르게 사방으로 날아갔고, 그간 호족과 관리의 탐학에 짓눌릴 대로 짓눌려 울분에 차 있던 노비나 천민, 자기 전답 한 평 없는 소작인들이 구름처럼 몰려들었다. 청류부곡, 양화부곡, 완부부곡, 이인부곡, 미화부곡, 귀지부곡, 금단소, 갑촌소, 촌개소, 복수소, 박산소, 금생소 등에서 몰려온 젊은이들이 순식간에 5백 명이 넘었다.

명학군 지휘부는 지원자들을 분류하여, 30명씩을 한 소대로 묶어, 소대장을 임명했다. 가능하면 한 마을 사람들은 같은 소대에 속하도록 하고, 그들 가운데 용력이 있는 자를 소대장으로 임명했다.

군량은 유성현 창고에 쟁여져 있던 관곡을 사용했고, 군비 또한 현령 이안용이 그간 호족들에게 착복한 재물과 짱똘이한테 빼앗은 재물을 압수하여 사용했다.

문제는 무기였다. 유성현에 있던 무기고의 무기를 꺼내어 무장을 했으나, 무기가 턱없이 부족했다. 명학군은 명학소의 인력을 모두 동원해서 무기를 만들도록 독려했다. 원래 명학소는 무기와 농기구 등 철물을 만드는 철소(鐵所)였기 때문에 무기를 만드는 데 큰 도움이 되었다.

며칠 뒤 명학군의 수뇌부가 한 자리에 모였다.

"우리의 세력을 확대할 좋은 계책이 있을까요?"

기다렸다는 듯 망소이가 먼저 말을 꺼냈다.

"예산에 사는 손청이라는 사람이 있수. 그는 예산 지방에서 큰 세력을 지닌 호족이긴 하나 일찍부터 지금 세상에 불만을 품고 새 세상을 세울 큰 뜻을 지닌 사람이우!"

"노비를 부리며 온갖 부귀를 누리는 호족이 세상에 불만을 품는다는 게 잘 이해되지 않소."

이광이 말했다.

"그가 호족이긴 하나 서자로 태어나, 가정불화로 어린 나이에 쫓겨나다시피 집을 떠나 전라도 옥과현에 있는 관음사 정혜암이라는 곳으로 보내졌는데, 그곳에서 세상에서 버림받은 고아들과 함께 자랐다 하오!"

망소이의 말에, 계암 스님이 뒤를 이었다.

"옥과 관음사의 정혜암에 우리와 같은 생각을 가진 율행이라는 중이 있소! 그 중이 의지가지 없는 고아들을 거두어 기르고 있지요. 몇 년 전 큰 가뭄이 났을 때 나와 이광 대장의 보살도(菩薩道)가 그 정혜암에 가서 보살행(菩薩行)을 한 적이 있는데, 그때 그 손청이라는 젊은이를 본 적이 있소이다. 그 젊은이에 대한 율행 스님의 기대가 커서, 기억하고 있소이다."

"그런데 보살행이 무엇입니까?"

웅태가 물었다.

"호족이나 탐관오리의 재물과 곡식을 빼앗아, 먹을 것이 없어서 굶어 죽어가는 사람들한테 나눠 주는 것이지요!"

이광이 말했다.

"말하자면 의적 활동 같은 것이군요?"

"그렇습니다."

"그 손청이 지금 그의 고향 예산에 와 있는데, 고향에 돌아올 때 그의 동학(同學) 20여 명도 함께 왔다고 합니다. 그들이 손청 집안이 대단나로 있는 덕산의 수덕사에 몸을 감추고 있다는 말을 들었수. 손청은 많은 노비와 소작인을 동원할 수 있을 뿐 아니라, 그곳 가야산에 숨어사는 녹림당과도 교유가 있는 것 같습니다."

망소이가 다시 말하자,

"예전에 망소이 장사와 손청 장사가 함께 계룡산을 찾아온 적이 있었지요. 그때도 그가 새 세상에 대해 말한 적이 있습니다!"

웅태도 한마디 덧붙였다.

"그런 사람이라면 내일이라도 망소이, 네가 가서 우리가 봉기했다는 말을 전하고, 우리와 함께 할 뜻이 없나 타진해 보아라!"

망이가 망소이에게 명했다.

유성에서 남쪽으로 20리 가량 떨어진 현산 마을에 호족 박호술이라는 사람이 살고 있었다. 박호술 일가는 대대로 근방에서 세력을 떨친 부호로서, 현산 마을과 그 이웃 마을들인 장산리, 전풍리, 덕풍리, 세교리 등의 땅이 모두 박호술 집안의 것이었다. 박씨 집안이 그렇게 근방의 전답을 모두 소유하게 된 것은 누대에 걸친 박씨들의 집요한 노력 덕분이었다.

농자천하지대본(農者天下之大本)이라. 백성들의 삶은 오로지 농사에 달려 있는데, 그 농사의 흉풍(凶豊)은 그해의 천기(天氣)에 좌우되었다. 순풍우조(順風雨調)해야만 풍년이 드는 것인데, 반갑지 않은 빚쟁이처

럼 때때로 들이닥치는 것이 가뭄이고 홍수였다. 메마른 땅에 어렵게
씨앗을 뿌려 놓으면 가뭄으로 싹이 트지 않거나, 싹이 터도 긴 장마를
견디지 못하고 잎이나 뿌리가 녹아 버리곤 했다. 가까스로 열매를 맺
어 곡식이 익어갈 때면 심술궂은 태풍이 불어 농작물을 쓸어가기도
했다.

이렇게 되면 먹을 것이 없게 된 백성들은 할 수 없이 마을의 부자인
호족 집안에 전답문서를 맡기고 곡식을 빌어 구차하게 목숨을 이어간
다. 그러나 이듬해에 다행히 큰 풍년이 들면 모르거니와, 그렇지 않으
면 높은 이자로 빌린 곡식을 갚을 길이 없고, 결국 전답의 주인이 바
뀌게 된다. 흉년이 계속되면 겨우 몇 말 몇 되의 곡식을 얻기 위해 조
상 대대로 지켜오던 전답문서를 내놓기도 한다.

박씨 집안은 그런 방법으로 현산리와 근방 여러 마을의 전답을 야
금야금 차지하였고, 원래 자기 땅에 농사를 짓던 농민들은 다들 박호
술의 전답을 소작하는 전호(佃戶)로 전락하고 말았다. 박씨 집안은 전
호들에게 소작료를 가혹하게 징수하고, 그 소자료로 또다시 전답을
사들이곤 해서 드디어 엄청난 토지를 지닌 대지주로 군림하게 되었
다. 박씨 집안에 진 빚을 끝내 갚지 못하고 그의 노비가 된 마을 사람
들도 여럿이었고, 빚을 감당 못하고 도망쳐서 유민(流民)이 된 사람들
도 많았다.

현산리와 그 근방 사람들은 거의 박호술의 전답을 부쳐먹으며 생계
를 유지하는 전호들이거나, 그의 농사를 짓는 외거노비들이었다. 그
들은 겉으로는 박호술의 말 한마디에 죽은 시늉까지 했으나, 속으로
는 그의 탐학과 압제에 원한이 쌓일 대로 쌓였다.

유성 현청이 명학군에 떨어졌다는 소식을 접한 박호술은 즉시 근처
에서 농사를 짓고 사는 외거노비들을 불러들여, 집안에 있던 솔거노
비들과 함께 집 안팎을 지키도록 했다. 70여 명의 노비들은 번을 나누
어 창검으로 무장을 한 채 한겨울의 매서운 추위에 떨며 번갈아 번을

섰고, 나머지 노비들은 행랑채 여러 방에서 잠을 자며 번을 기다렸다.

"춥구 배두 고픈디, 입 좀 다실 것 읎을까?"

장산리 사람 길춘이가 번을 서고 들어오며 말했다.

"이럴 때 뜨끈뜨끈한 국물이나 탁배기 한 잔이라두 줘야 하는 거 아녀?!"

"이 집 창고엔 술이야, 고기야, 떡이야, 먹을 것이 지천일 텐디!"

"그런 말 말어! 그걸 손댔다간 맞어 죽어!"

"아니, 유성 읍내는 우리 같은 사람들이 들구일어나 난리가 났다는 디, 지금 우리는 그 사람들이 쳐들어올까 봐 이러구 있는 거 아녀?"

"여기저기 천민들과 노비들이 명학군에 들어갔다는 소문이 파다하 대유!"

"앞으루 세상이 어찌될지 몰르는디, 함부루 나설 일은 아녀!"

"그건 좀 지켜볼 일이구, 배 고픈디 우선 무엇 좀 가져다 요기나 하 는 게 어떻겠수?!!"

"그거 좋은 말이우!"

젊은이들이 우루루 일어나, 음식을 저장해 두는 부엌 옆의 창고로 갔다. 그들은 창고의 자물쇠를 부수고, 술과 떡, 삶아놓은 고기와 곶 감, 밤, 대추 등을 꺼내어, 행랑채로 갔다. 소식을 들은 이웃 방 사람들 도 다들 창고로 몰려가 있는 것 없는 것 모두 꺼내와, 밤중에 잔치판 을 벌였다.

뒤늦게 행랑채가 소란스러운 것을 안 박호술의 아들 존희가 밖으로 나왔다가, 그 모습을 보았다.

"이눔들이!"

그는 대뜸 지게 작대기를 들고 행랑채 안으로 뛰어들어, 닥치는 대 로 음식을 먹고 있는 사람들을 후려쳤다. 그러자 작대기로 얻어맞은 노비 중 한 명이

"이 싸가지 읎는 자식! 건툭하믄 사람을 개 패듯 조져 대!"

하고, 주먹으로 그의 뒷머리를 사정없이 갈겼다. 존희는 영문도 모른 채 둔중하게 거꾸러졌다.

"이놈이 아직두 세상 바뀐 걸 모르나 벼! 어디서 몽둥이질이여?"

"이 집안 놈들은 눈두 귀두 읎는 모냥이여! 우리가 그간 이 거머리 같은 놈들한테 얼마나 피땀을 빨렸나?! 이참에 이놈들을 다 때려잡구, 우리두 명학군에 들어가세!"

그들은 우꾼하게 일어나, 안채와 사랑채, 별채로 쳐들어갔다.

새 세상이 왔다!

호족놈들과 귀족놈들의 씨를 말려라!

그간 우리를 마소처럼 부린 놈들을 모두 죽이자!

흥분한 사람들은 박호술의 식구들을 무자비하게 참살하고, 닥치는 대로 약탈을 시작했다. 사달이 난 것을 안 마을 소작인들도 너나없이 달려나왔다. 그들은 박씨 집안이 누대에 걸쳐 모아놓은 재물과 여러 동(棟)의 곳집에 차곡차곡 쟁여져 있던 곡식들을 꺼내어, 지게에 지거나 소달구지로 실어갔다. 나중에는 세간살이까지 깡그리 들어냈다. 그리고 텅 빈 건물들에 누군가가 불을 질렀다. 불길은 무서운 기세로 박호술의 집을 흔적도 없이 삼켜버렸다.

호족 박호술의 집안이 노비들에 의해 폐가가 되어 버렸다는 소문은 일파만파로 사방으로 퍼져나갔고, 그간 행세깨나 하던 호족들은 어찌할 줄을 몰라, 전전긍긍하였다.

현산 마을 박호술의 얘기를 들은 명학군 수뇌부는 곧바로 회의를 열었다.

"…다들 현산 마을에서 일어난 일에 대해 들었지요?"

사람들이 다 모이자 망이가 얘기를 꺼냈다.

"…무슨 일이 있었소?"

이광이 물었다.

"현산 마을에 박호술이라는 못된 토호가 있었다 하오. 이번에 우리가 봉기하자 박호술이 외거노비들까지 불러다가 집에 있는 노비들과 함께 집을 지키게 한 모양인데, 그들이 박호술과 그의 가족들을 몰살하고 재물도 모조리 약탈했다 하오. 뒤늦게 마을 소작인들도 약탈에 가담했다 합니다."

"인명까지 살상했단 말이오?"

"그렇습니다. 이는 보통 일이 아닙니다. 우리의 봉기 때문에 관청이 무너졌는데, 관청의 세력이 미치지 않는다 하여 이런 약탈과 살생이 마구잡이로 일어난다면, 우리의 봉기가 암흑 세상을 불러올 수도 있습니다. 시급히 무슨 대책을 세워야 할 것 같습니다."

"내가 평소에 그에 대해 생각해 둔 것이 있소이다."

계암이 기다렸다는 듯 말했다. 그의 말은 다음과 같았다.

첫째, 모든 사람은 귀천의 구별이 없이 평등하고, 자유롭다.

둘째, 모든 소작인과 외거노비가 지금 짓고 있는 전답은 그들의 소유를 원칙으로 한다.

셋째, 호족들은 그의 가족들이 손수 경작할 수 있을 만큼의 토지만 소유한다.

넷째, 일체의 약탈과 살생을 금하며, 이를 어긴 자는 중벌에 처한다.

다섯째, 호족들은 명학군의 보호를 받는 대신 명학군이 요구하는 재물과 식량을 군비와 군량미로 내놓는다.

명학군 수뇌부는 계암 스님의 의견에 전폭적으로 찬성하고 곧바로 시행하기로 했다.

다음날, 명학군은 유성 관내의 모든 마을로 소대를 파송하여, 호족과 지주 들, 마을의 이정(里正), 주민 들을 모두 모아 놓고, 기존의 모든 행정 조직이 폐지되고, 명학군이 유성을 다스리게 되었음을 선포하였다. 그리고 명학군이 정한 다섯 가지 조항을 널리 알려, 지키도록 했다.

계암 스님은 다음날 짬을 내어 송곡사를 찾아갔다. 송곡사엔 여전히 늙은 혜관 스님과 그의 제자 법광, 이제 열네 살이 된 법릉이 낡은 절을 지키고 있었다.

"소승 계암이라 합니다."

계암이 혜관과 법광, 법릉에게 공손하게 합장 배례하였다.

"나는 혜관이라는 늙은이인데, 무슨 일로 이 누추한 절을 찾았소?"

혜관 스님이 물었다.

"명학소 망이 장사를 아시지요? 망이 장사가 군을 일으켰습니다."

"나도 그 소식은 들었소이다."

혜관이 말했다.

"소승이 지난 몇 년간 망이 장사 내외와 함께 있었습니다."

"그래요? 허어!"

혜관의 입에서 탄식인지 감탄인지 구분이 안 되는 소리가 새어나왔다.

계암은 그간 있었던 일들을 간명하게 얘기했다.

"내 그 망이가 어렸을 때부터 특별한 아이라는 걸 알았으나…."

혜관 스님의 얼굴에 착잡한 빛이 어렸다.

"드디어 망이가 이 말법(末法) 세상을 뒤집어엎으려 봉기를 한 것입니다. 큰스님!"

법광 스님이 감격어린 얼굴로 말했다.

"그리 좋아할 일만은 아니다!"

"……?"

"계암 스님이라 했지요? 스님이 망이를 그리 가르쳤소이까?"

"…제가 가르쳤다기보다 영특한 젊은이라 스스로 자기 갈 길을 찾은 것이지요."

"그래, 망이가 보내서 여길 왔소이까?"

"아닙니다. 망이에게 이 송곡사 스님들의 얘기를 여러 번 들었습니다. 망이는 지금 여러 가지 일 때문에 몸을 빼기 어렵고, 아무래도 이곳 스님들껜 말씀드려야 할 것 같아서 제가 온 것입니다."

혜관 스님은 한 동안 생각에 잠겨 있다가,

"…내가 할 말은 없소. 차나 한 잔 하고 가시지요."

하고 몸을 일으켰다.

그때 법광이 혜관 스님에게 말했다.

"큰스님, 저도 계암 스님과 함께 산을 내려갔으면 합니다."

"…그게 무슨 말이냐? 불자(佛子)가 아수라장으로 뛰어들겠다는 말이냐?"

"지금 같은 말법 세상을 바꿀 수 있다면 무슨 일인들 못 하겠습니까?"

"…그럼 전쟁터에 나가서 살육도 할 수 있단 말이냐?"

"큰스님, 살육 말고도 할 일이 있지 않겠습니까? 저는 죽이는 일이 아니라 살리는 일을 하고자 합니다."

"그게 무엇이냐?"

"전투엔 크고 작은 사상자가 나올 것입니다. 소승이 그들을 조금이라도 보살펴 줄까 합니다."

"…네 마음이 그렇다면 다녀오너라."

혜관은 말은 그렇게 했으나, 법광이 장한 결정을 했다고 생각했다. 그런데 그때 법릉이 말했다.

"큰스님, 저두 법광 스님을 따라가겠습니다유."

"아직 어린 네가 무얼 하겠다고 나선단 말이냐?"

"망이, 망소이 엉아도 보구, 법광 스님두 도와드리지유."

"…그리 가고 싶으냐?"

"예! 큰스님!"

혜관이 크게 고개를 끄덕였다. 혜관은 문득 머릿속에 망이와 망소이의 아비 미륵뫼를 떠올렸다. 이 모든 것이 인연에 의한 것이리라! 나무관세음보살.

"산을 내려갈 때 우리 절에 있는 약재들을 다 가져가거라!"

혜관 스님이 말했다.

계암과 법광, 법릉은 혜관에게 작별을 고하고, 송곡사를 내려왔다.

송곡사를 다녀온 계암 스님이 지휘부 회의에서 말했다.

"이번 전투에선 우리의 실체를 숨기고 적을 기습해서, 성과는 크고 인명의 살상이 거의 나지 않았소! 그러나 이미 우리의 실체가 만천하에 드러났으니, 앞으로의 전투는 다를 것이오. 관군도 대비가 있을 터이니, 결코 만만하지 않을 것이오! 전투가 격렬해지면 사상자와 부상자 들도 많아질 터이니, 이에 대비해서 의무(醫務)부대를 설치하는 게 어떻겠소이까?"

"참 좋은 생각입니다. 다행히도 의술을 깊이 아시는 계암 스님이 계시고, 법광 스님과 법릉 스님, 그리고 진일규 의원과 그 따님이 와 계시니, 의무부대를 운영해 나가는 데에 큰 어려움은 없을 것입니다."

정첨이 말했다.

"그리고 의무부대는 적군과 아군의 구별 없이 모든 부상병을 치료하는 게 어떨까요?"

법광 스님이 의견을 냈다.

"마땅히 그리 해야지요!"

계암 스님이 법광 스님의 말에 맞장구를 쳤다.

"좋소!"

"그렇게 합시다!"

좌중이 모두 의무부대 창설에 찬성했다.

명학군이 유성현을 점령한 지 이틀째 되는 밤이었다.

"저 이안용이란 놈이 사또 자리에 앉아 떵떵거릴 때는 우리 같은 놈들은 감히 얼굴두 쳐다보기 어렵더니, 저르케 옥방에 처박혀 있으니 영락없는 죄인이구먼!"

"죄인도 큰 죄인이지! 저놈이 그르케 악착같이 걸태질을 하며 우리를 못 살게 굴더니, 하늘이 무심치 않아 이제 그 죄값을 받게 된 게지! 그나저나 그 걸태질한 재물은 다 어디 있나?"

"어디 있긴! 고스란히 우리 명학군의 군자금이 되었겠지!"

"그 전에 저놈이 개경 제 본가루 많이 빼돌렸을 거여! 보통 영악한 놈이 아니잖남!"

유성 현령 이안용이 갇혀 있는 옥사 앞에서 수직을 서는 명학군 두 명이 두런두런 이야기를 늘어놓고 있었다.

"망이 장사는 저놈을 어찌 하려나?"

"망이 장사가 뭐여? 망이 장군이지! 저놈 목을 베어서 삼문 앞에 걸어 놓아야지!"

"망이 장군이 용력(勇力)은 천하장사지만 마음 씀씀이가 너그러워서 그르케 할라나?"

그때 저만치 옥사 마당에 한 사내가 소쿠리와 술병을 들고 나타나더니,

"어이, 수고들 많네! 출출할 테니 새참이나 들게!"

하고 다가왔다.

"새참이라니?"

"오늘 특별히 망이 장군이 보내셨네! 밤이 길구 추운디 고생들이 많다구! 장군들두 지금 한 잔씩 하다가 자네들 생각이 난 모냥이여!"

"이런 고마울 디가 있남? 그래, 뭘 가져 왔남?"

"탁배기와 돼지괴기를 좀 가져 왔으이!"

"괴기를? 그렇잖어두 출출하던 차에 이런 고마울 데가 있나!"

세 사람은 옥사 앞에 쭈그려 앉아 밤참을 먹기 시작했다.

"그런디 이녁은 낯선 얼굴인디, 어느 마을에서 왔남?"

"잉, 나는 미화부곡에서 온 사람이여! 망이 장군이 새 세상을 연다는디, 우리 같은 천민이 함께 떨쳐나서야 하지 않겠나?!"

"그건 그렇지! 우리는 계룡산 사람이여!"

그들은 신바람이 나서 떠지껄하게 밤참을 먹었다.

"그런디 사또 이안용이란 놈은 아직두 여기에 갇혀 있남?"

한참 밤참을 먹다가 미화부곡에서 왔다는 사내가 물었다.

"여기에 있지! 그런 건 왜 묻남?"

"내 그놈한테 포한이 있어서 그러이!"

"포한이라니?"

"전에 공물을 다 못 바쳤다구 잡혀와서, 그놈한테 엉덩이가 걸레짝이 되두룩 곤장을 맞지 않었남! 내 아직두 살아있는 게 천운이여! 그때를 생각하믄 지금두 몸서리가 나네! 그놈이 어디 있나?"

"저쪽 제일 끝 옥방에 있네."

"잠깐 열쇠 좀 빌려주믄 안 되겠남? 내 이참에 저놈 옆구리라두 몇대 차 줘야겠네."

"…저놈이 그래두 전임 사또인디, 괜찮을까?"

"내 아직두 분이 안 풀려서 그려! 표시 안 나게 몇 대 쥐어박구 나올테니 걱정 말어!"

"너무 심하겐 하지 말어!"

"걱정 말게나!"

새참을 가지고 온 한 사내가 수직 군졸에게 열쇠를 받아, 옥문을 열고 들어갔다. 그는 쇠고랑을 차고 있는 이안용에게 가까이 가더니, 속삭이듯 말했다.

"사또, 나 짱똘이우! 이 짱똘이가 빚지구는 못 산다구 한 말 기억하시우?"

"…짱똘이라구? …자네, 날 구해주러 왔나?"

"뭐라구?! 이놈이 며칠 사이에 머리가 아주 회까닥 돌았나? 내 네놈 숨통을 끊어주러 오셨다!"

그는 품에서 비수를 꺼내서 이안용의 목을 사정없이 그었다.

윽!

짱똘이는 비명이 터져나오려는 이안용의 입을 틀어막았다. 이안용은 비명도 제대로 지르지 못하고 숨이 끊어졌다. 이놈, 내 재물을 손가락 하나 까딱 않고 처먹어?! 클클클! 이 짱똘이를 어떻게 보고! 어림없지!

짱똘이는 태연하게 옥사 밖으로 나갔다.

"내 한 주먹 올려줬더니, 찍소리두 못하구 나가떨어지는군! 저르케 허약한 놈이 그르케 거센 체하며 포악을 떨다니!"

짱똘이는 다시 술자리에 앉아, 술과 고기가 다 떨어질 때까지 군졸들과 노닥이다가 돌아갔다.

"이안용이 죽었다!"

다음날 아침 교대를 한 군졸이 옥사 안을 들여다보다가 흥건한 피속에 엎어져 있는 이안용을 보고서 크게 놀라 외쳤다. 곧 망소이와 웅태가 달려왔다.

"이 어찌 된 일이요?"

망소이는 어젯밤 번(番)을 섰던 사람들을 모두 불러 들였다. 그 중에 두 명이 이실직고했다.

"어떤 사람이 망이 장군이 보낸 밤참이라면서 술과 고기를 가져 왔지유! 그 자가 사또한테 포한(抱恨)이 있어서 옆구리를 몇 번 차주겠다고 하면서 들어갔지유! 설마 죽이기까지 할 줄은 생각두 못했구먼유."

군졸은 얼굴을 못 들고 직수굿이 말했다.

"그놈의 얼굴을 기억하겠수?"

"깜깜한 밤이라서 잘 기억이 안 납니다유! 미화부곡에서 왔다던데!"

"그건 그놈이 꾸민 거짓이유!"

현청 지휘부에 명학군의 장군들이 모두 모였다.

망이가 좌중에게 물었다.

"대체 어느 놈이 그런 대담한 짓을 했단 말이오?"

"이안용한테 크게 원한을 가진 놈이 분명한데…."

웅태가 말했다.

"…물정 모르는 사람들은 우리가 사또를 죽였다고 생각할 테니, 이는 작은 일이 아닙니다. 잘못하면 우리 명학군을 사람 목숨 마구 해치는 무지막지한 사람으로 볼 것 아닙니까?"

"평소에 이안용에게 원한이 큰 놈일 텐데, 그와 가장 가까운 수하 사람을 불러다가 물어보는 게 어떻겠소?"

정첨의 말이었다.

그들은 곧바로 옥사에 갇혀 있는 아전들의 수리(首吏)인 이춘강을 불러냈다. 이춘강은 동헌에 둘러앉아 있는 사람들을 보고 한눈에 그들이 명학군의 장군들이란 걸 알고 지레 주눅이 들었다.

"이안용 사또가 옥사 안에서 어떤 놈에게 칼을 맞아 죽었소. 이는 사또에게 큰 원한이 있는 놈이 분명한데, 짐작 가는 게 없소?"

망소이가 물었다.

"솔직히 말해 그간 사또가 너무 지나치게 가혹하여 그에게 원한을 가진 사람이야 많겠지유."

"원한이 있더라도 아무나 그런 모진 행동을 할 수 있겠소? 그런 일을 할 만한 사람이 있소?"

이춘강은 짱똘이가 호족들에게서 재물을 약탈하고, 그 죄를 계룡산 녹림당에게 뒤집어씌운 것과, 그 음모가 들통 나서 호족들에게서 빼앗은 재물은 물론 자기의 모든 전답까지 이안용에게 빼앗겼다는 것을 세세하게 말했다. 이춘강은 이제 세상이 바뀐 이상 전에는 소(所)놈이라고 깔봤던 명학소놈들에게 어떻게든 잘 보여야 목숨이라도 건질 수 있다는 생각에, 그가 알고 있는 것들을 모두 털어 놓았다.

"짱똘이놈은 능히 그런 일을 하구두 남을 놈이우. 그놈은 평소에두 자기를 건드린 놈은 어떻게든 가만두지 않는다는 말을 공공연하게 하구 다니는 독종놈인데, 사또에게 그런 일을 당했으니!"

이춘강이 덧붙인 말이었다.

명학군은 즉시 짱똘이를 잡기 위해 저잣거리를 샅샅이 뒤졌다. 그러나 짱똘이는 베잠방이에 풋방귀 새듯 어딘가로 몸을 감춰 버렸다.

3. 웅치(雄稚)

명학군이 봉기한 지 사흘 후였다.

"방금 우리 명학군 10여 명이 읍내 호족의 집을 지나가다가 봉변을 당하고 쫓겨왔다 합니다."

웅태가 지휘부가 있는 현청으로 달려와 말했다.

"아니, 어느 놈들이 감히 우리 군대를 건드렸단 말이오?"

망이가 물었다.

"이곳 읍내 강한성이라는 호족이라 하오."

망이는 속으로 크게 놀랐다. 강한성이라니!

"좀 자세하게 말해 보시오."

"우리 부대원 10여 명이 순찰을 돌다가 강한성의 저택 앞을 지나게 된 모양이우! 그 저택이 너무 웅장하여 구경을 하고 있는데, 병장기를 든 그 집 노비들이 몰려나와 시비가 붙은 것 같습니다. 그런데 그들의 숫자가 40여 명이 넘고, 그 기세가 매우 흉흉하여 우리 애들이 꼼짝 못하고 쫓겨온 것 같소!"

웅태의 말을 들은 망이가 어찌해야 할지 몰라 망설이는데,

"이 읍내에 우리와 맞서려는 호족이 있다면, 이는 용납할 수 없는 일이외다. 우리의 조치에 불복하여 한 명의 호족이 나서면 그 다음 또 다른 호족들이 그 뒤를 따를 가능성이 높소이다. 그들의 처지에서 보면 그간 누려왔던 모든 것을 빼앗기는 셈이니, 그럴 만도 하외다. 이 일은 다른 호족들이 엄두를 못 내도록 처음부터 확실하게 처리해야 하오!"

이광이 강경하게 말했다.

"이광 장군의 말이 맞소! 내 아래 있는 부대원들이 망신을 당했으니, 내가 가서 이놈들을 깡그리 베어 버리겠소!"

웅태가 분개하여 말했다. 그는 여러 장군들 앞에서 그의 부대가 창피를 당한 것 같아서 마음이 편치 않았다.

"…이런 공적(公的)인 자리에서 말할 만한 일은 아니나, 망이 장군이 그 집과 사연이 좀 있소."

망소이가 말했다.

"사연이라니? 그게 무슨 말이오?"

웅태가 물었다. 다들 궁금한 얼굴로 망이를 바라봤으나, 망이는 쉽게 입을 열지 못했다.

"……"

"…망이 장군이 말하기 어려운 사정이 있는 모양이구려! 그럼 이 일은 망이 장군이 처리하도록 맡기는 게 어떻겠소?"

정첨이 재빠르게 말했다. 그녀는 난명의 아버지가 강한성이라는 것을 알고 있었다.

"그럼 그렇게 합시다."

지휘부의 사람들이 모두 찬성했다.

그날 망이는 혼자서 강한성의 집을 찾아갔다. 예상했던 대로 강한성의 저택 대문 앞엔 네 명의 건장한 문지기가 창검을 들고 삼엄하게 서 있었다.

"강한성 어르신을 뵈러 왔소!"

"젊은이가 누군데, 우리 주인을 뵙겠다는 거유?"

"나는 명학소의 망이라 하우!"

"…뭐라?! 명학소의 망이?! …아니 그럼 지금 유성읍을 뒤집어엎은 명학소 사람이란 말이우?"

문지기가 놀란 얼굴로 물었다.

"이 집 어르신께 드릴 말씀이 있어 왔소이다!"

"잠깐만 기다리시우! 주인 어르신께 말씀 올리리다!"

문지기 한 명이 안으로 달려 들어갔다가 한참 후에 다시 나왔다.

"들어 오랍시는 말씀이우!"

망이는 문지기가 안내하는 대로 강한성의 사랑채로 갔다. 사랑채 마루엔 강한성과 그의 아들 강철명이 나와 있었다.

"…어쨌든 손님이니 안으로 드시게!"

강한성이 망이를 내려다보면서 말했다.

"고맙습니다!"

망이가 방으로 들어가, 강한성에게 큰절을 올렸다.

"이 무슨 짓인가?"

"이 절은 난명 아씨 아버님께 올리는 절입니다!"

"……!"

강한성은 그간 망이가 괘씸하기 그지없었다. 한 번도 망이를 본 적은 없었으나 한갓 천한 소(所)놈 주제에 금쪽같은 그의 딸과 정분이 났다는 게 견딜 수 없었다. 망이와 난명 때문에 그가 읍내 왈짜패 짱돌이한테 우롱을 당한 것도 그의 마음속 깊이 씻기지 않는 원한으로 남아 있었다. 그러나 막상 망이를 보자 그 우람한 풍채와 의젓한 얼굴, 아무도 저항할 수 없을 것 같은 당당한 기품에 저절로 마음이 조금 풀렸다. 그는 찬찬히 망이를 뜯어보았다. 가히 드물게 보는 대장부였다. 그의 딸 난명이 어떻게 그렇게 천한 소(所)놈에게 마음을 빼앗겼는지도 조금 이해가 되었다.

"명학소 사람이 반란군의 수괴가 되어 우리 집엔 웬일이오?"

철명이 불쑥 나섰다.

"오랜만에 뵙습니다."

망이가 철명에게도 가볍게 고개를 숙여 인사를 했다.

"우리가 이렇게 다시 보다니, 뜻밖이오."

철명도 예전처럼 망이에게 함부로 하대(下待)를 할 수는 없었다. 지금 망이는 예전 그가 죽이고 싶었던 명학소 떠꺼머리 총각이 아니라, 엄연한 명학군 장군이었고, 또 그에 못지않게 당당한 위엄을 갖추고 있었다. 게다가 그의 누이 난명이 경신년 무신난 때 대장군 이고에게 봉변을 당할 것을 구해준 것도 망이 아니었던가. 그는 누이에게 그때의 일을 듣고, 은원(恩怨)이 뒤얽히는 착잡한 심정이었었다.

"제가 두 분께 저희들의 봉기(蜂起)에 대해 긴 말씀은 드리지 않겠습니다. 다만 두 분의 처지가 명학소 사람들과 뒤바뀌었다면 두 분도 가만히 계시지는 못하셨을 것입니다. 사람이 짐승만도 못한 취급을 받고도 그냥 참고 있다면 그게 어디 사람입니까? ……. 지금 저희들은 거세게 타오르는 불길입니다. 누구든 저희들에게 맞서려다간 다 타 죽습니다. 이건 공연히 드리는 말씀이 아닙니다. 대대로 짓밟히며 살아온 사람들의 원한이 타오르고, 새 세상을 열려는 뜨거운 열망이 타오르고 있습니다. 지금은 그 누구도 우리를 막을 수 없습니다."

"…그대들이 세우려는 세상은 대체 어떤 세상인가?"

"모든 사람이 자유롭고 평등한 대동 세상입니다! 빈부귀천이 따로 없고, 주인과 노비, 지주와 소작인이 따로 없는 새 세상입니다!"

"……! 말은 참으로 좋은 말이지만 그런 세상이 있겠나? 그런 세상이 있다면 우리가 사는 세상도 진작 그런 세상이 되었을 것일세. 사람마다 타고 난 분복이 다르지 않겠나?"

"그럼 천한 자들은 대대로 지금같이 살고, 부귀영화를 누리는 자들은 대대로 지금같이 살아야 한단 말씀입니까? 그런 법을 누가 만들었습니까? 잘못된 법이라면 바로 잡아야 하지 않겠습니까?"

망이의 눈이 형형하게 빛났다.

"……!"

역시 이놈은 보통놈이 아니로구나! 뾰쪽한 송곳은 결국 주머니를 뚫고 나온다더니!

"모난 돌이 정 맞는다는 말이 있잖은가?"

"저는 시작이 반이라는 말이 좋습니다. 누군가는 시작해야 할 일이지요."

"……."

"……."

강한성도 망이도 잠깐 침묵했다. 그 침묵을 깨뜨리며 철명이 물었다.

"그래, 우리 집에 온 까닭이 무엇이오? 설마 난명이 때문은 아닐 테고."

"우리 명학군 몇 명이 병장기를 든 이 집 하인들과 시비가 붙어 쫓겨왔다는 말을 들었습니다! 어르신! 지금은 세상이 바뀌었습니다. 지금 명학군에 대항하려다가는 누구도 살아남지 못합니다. 저는 어르신의 집안이 자칫 잘못하여 크게 낭패당하는 일이 있을까 저어하여, 이 말씀을 드리러 왔습니다."

"…무슨 말인지는 알겠네!"

강한성이 망이의 말을 알아들었다는 뜻으로 고개를 끄덕였다.

"그럼 저는 이만 물러가겠습니다."

망이가 다시 큰절을 올리고 자리에서 일어섰다.

망이가 간 뒤 두 사람은 한참 동안 말없이 앉아 있었다. 강한성은 예전에 상놈의 집에서 비범한 아이가 태어나면 그 부모가 멸문지화(滅門之禍)를 당할까 봐 애 발뒤꿈치를 베어 버렸다는 얘기를 떠올렸다.

"아버님, 어찌해야 할까요?"

철명이 먼저 입을 열었다.

"과연 그놈을 보니, 예사로운 놈은 아니구나! 그놈 말이 그른 것은 없다! 어쨌든 그놈이 군대가 몰려오려는 것을 막고, 혼자 온 것은 고마운 일이다. 천것만 아니라면 대장부 중의 대장부가 되었을 만한 인물이다."

"인물이 그만 하니 민란도 일으키는 것이겠지요! 전에 제가 저놈과 씨름을 붙어 본 적이 있는데, 힘이 가히 천하장사라 할 만했습니다!"

"나도 그 얘기는 들었다. 바람이 셀 때는 머리를 숙이는 게 지혜로운 법이다. 괜히 거센 체하다가는 허리 부러지기 십상이다. 노비들의 무장을 해제하고, 일절 명학군에 대항하지 말아라! 그만 나가 보아라!"

강한성은 아들을 내보내고 곰곰이 생각에 잠겼다. 그가 비록 많은 노비와 소작농을 거느리고 온갖 부귀를 누리고 있긴 하지만 이런 세상이 공평하지 못하다는 걸 모르지는 않았다. 이런 세상이 계속되면 부귀영화를 누리는 자는 대대로 더욱 부귀영화를 누리게 되고, 가난하고 비천한 자는 더욱 비참한 처지로 굴러떨어지게 될 게 명약관화했다. 그러면 그 끝이 어떻게 되겠는가! 어찌 보면 언젠가는 올 것이 드디어 온 것인지도 모른다. 우리 집안의 앞날은 어찌 될 것인가? 그는 두려움에 흠칫 몸을 떨었다.

강철명은 사랑채에서 나와, 누이 난명이 거처하는 별채로 갔다.

흠! 흠!

그의 기침 소리에 난명과 어금이가 문을 열고 나왔다.

"오라버니, 오셨습니까?"

난명이 철명에게 나붓이 고개를 숙였다. 난명은 얼굴이 그늘지고 많이 야위었으나, 오히려 그 때문에 더 성숙하고 사려 깊어 보였다. 저것이 아직도 저렇게 새파랗게 젊고 고운데, 어쩌다가 그놈을 만나 평생 상사(相思)의 괴로움에 젖어 살게 되었나! 그는 누이의 고적한 처지에 새삼 가슴이 쓰렸다.

"날이 찬데 안으로 들어가셔요!"

철명이 방으로 들어가자 난명이 따라 들어왔다. 철명이 자리에 앉아 이윽히 누이를 바라보다, 입을 열었다.

"그래, 인규가 뭐라고 하던?"

"……!"

장인규는 동평 마을에서 대대로 세력을 떨치고 있는 호족 장씨 집안의 맏아들이었다. 강철명이 향교엘 다닐 때에 친하게 된 학우 중의 한 명이었다. 그 장인규가 강철명의 집을 드나든 것은 철명과 가까이 지냈기 때문이기도 했지만, 장인규가 열여덟 살이 지나서부터는 난명을 보기 위함이 더 컸다. 그간 무심하게 봐 왔던 난명이 어느 날 장인규의 눈에 아리땁기 그지없는 처자로 보인 것이다. 그는 난명을 보기 위해 더 자주 철명의 집엘 드나들었다. 난명은 해가 갈수록 더욱 그의 마음을 사로잡았고, 애가 탄 그는 철명에게 그러한 자기 마음을 내보였다. 그런데 철명의 말이, 정준수 또한 난명을 마음에 두고 있다잖은가! 정준수는 향교에서 동문수학하는 학우들 중 공부도 제일 잘하고, 인물 또한 빼어난 친구였다. 그는 속으로 애가 탔다. 준수 또한 그와 친한 친우 아닌가! 그런데 준수가 개경으로 유학을 가서 과거에 급제하자 난명의 아버지 강한성은 난명을 준수와 혼인시키고, 난명은 정준수를 따라 개경으로 가 버렸다. 장인규는 닭 쫓던 개 지붕 쳐다보는 신세가 되어, 실의의 나날을 기루(妓樓)를 드나들며 아무렇게나 살았다.

"이놈아! 사내 대장부가 그깟 처자 하나 때문에 중심을 못 잡고 그게 무슨 꼴이냐? 못난 놈!"

장인규의 부친은 그의 결혼을 서둘렀다. 그는 그의 부친이 시키는 대로 이웃 마을 호족 집안의 규수와 혼인을 했다. 그의 부인은 제법 색덕을 겸비한 나무랄 데 없는 여자였으나, 장인규는 그녀에게 마음이 가지 않았다. 이래서는 안 되지! 이제 혼인도 했으니 명색이 가장인데, 가장답게 책임을 져야지! 그는 스스로의 마음을 다잡아 보려 애썼으나, 생각대로 안 되는 것이 사람 마음이었다. 난명을 상사하는 마음을 쉽게 접을 수가 없었다. 그런데 엎친 데 덮친다고 그의 아내가 이름도 모를 병에 걸려 시난고난하다 결국 세상을 떴다. 장인규는 자기가 그녀에게 마음을 주지 않은 것이 그녀 죽음의 원인이 되었다고 생각하고, 더욱더 낙망하여 몇 년을 실의에 빠져 살았다.

　그즈음 어느 날 철명과 술을 마시다가 난명이 돌아왔다는 얘기를 들었다. 장인규는 정신이 버쩍 났다. 난명이 정준수와 파탄이 나고 돌아오다니! 그의 가슴속 깊이 가라앉아 있던 마음, 난명을 은애하던 마음이 긴 겨울잠에서 깨어난 새싹처럼 다시 솟아났다. 그는 다시 철명의 집을 드나들었다. 인규의 마음을 짐작한 철명 또한 누이 난명이 새로운 인연을 맺기를 바랐다. 철명은 인규가 그의 집엘 올 때마다 자연스럽게 난명을 불러, 두 사람을 한 자리에 있게 했다.

　"별 말씀이 없었는데요."

　"아무 말도 안 했어?"

　"겨울이 깊으면 감나무에 매달아놓은 어리에서 홍시를 꺼내다 먹는 맛이 일품이라는 말씀을 하셨어요."

　"뭐라?! 허허허허! 이 사람이, 답답하기는! 하기야 좋아하는 사람 앞에서는 다들 공연히 쩔쩔매는 법이지."

　"……."

　"…난명이 너도 그런 인규 마음을 모르지는 않겠지?"

　"…인규 오라버니의 마음은 헤아릴 수 있습니다. …그러나 제 마음이 가지 않습니다."

"…너도 명학소 사람들이 난을 일으켰다는 말은 들었지?"

"알고 있습니다."

난명이 바짝 긴장한 얼굴로 말했다.

"…방금 그 명학소 젊은이가 다녀갔다."

"예?!"

난명은 크게 놀랐다. 망이, 그 사람이 우리 집엘 오다니!

"너도 그가 명학군의 대장이라는 말은 들었겠지?"

"…그걸 모르는 사람이 있겠습니까?"

"그렇겠지!"

"…그 사람이 무슨 까닭으로 우리 집엘 들렀습니까?"

"어제 명학군과 우리 집을 지키는 하인들 사이에 마찰이 있었던 모양이다. 나쁜 뜻으로 온 건 아니었다."

"……."

"…그래, 넌 무얼 하고 있었느냐?"

"심심파적으로 시경(詩經)을 보고 있었습니다."

"시경을? 오늘 읽은 데가 어디냐?"

"국풍편(國風編)의 '웅치(雄稚)'라는 시입니다."

"그래? …그럼 계속 읽어라! 나는 나가보마."

철명은 별채를 나왔으나 마음이 편치 않았다. 하필 국풍편 '웅치'라니!

오라버니 철명이 나간 뒤 난명은 계속 글을 읽으려 하였으나 마음이 착잡했다. 망이 장사가 그녀의 집을 찾아오다니!

난명은 다시 시경을 펴들었다.

웅치 (雄稚)

웅치우비 (雄稚于飛) 설설기우 (泄泄其羽)
아지회의 (我之懷矣) 자이이조 (自眙伊阻)
웅치우비 (雄稚于飛) 하상기음 (下上其音)
전의군자 (展矣君子) 실로아심 (實勞我心)
첨피일월 (瞻彼日月) 유유아사 (悠悠我思)
도지운원 (道之云遠) 갈운능래 (曷云能來)

장끼

장끼가 날아올라, 푸드득푸드득 날개치네.
그리운 임이여, 내 마음에 괴로움만 남았네.
장끼가 날아올라, 그 소리 오르락 내리락.
진실로 내 임이여, 이 괴로움 어이 할까.
저 해와 달을 바라보니, 아득해지는 내 생각
길은 멀다 하는데, 어찌 님 오실 수 있으리.

난명은 다시 '웅치'를 찬찬히 음미했다. 멀리 전쟁터에 나간 임을 그리는 정이 남의 일 같지 않았다. 그녀의 눈에서 눈물이 책 위로 뚝뚝 떨어졌다.

망이가 다녀간 뒤 강한성은 외거노비들을 모두 장원으로 돌려보내고, 하인들의 무장도 해제시켰다. 그리고 다음날 그는 명학군이 요구하는 대로 창고에 있는 곡식 수백 가마니를 순순히 내주었다. 이상하게도 아깝다는 생각은 들지 않았다.

4. 공주(公州), 떨어지다

공주는 옛 백제의 웅천(熊川)으로서, 문주왕이 북한산성에서 이곳으로 천도(遷都)하여, 성왕이 남부여로 옮겨갈 때까지 백제의 국도(國都)였다. 고려 태조 23년에 지금의 이름으로 고쳐서, 12목(牧) 중의 하나가 되었을 만큼 양광도(楊廣道)의 주요 거점 도시였고, 현종 때 지주사(知州事)로 강격(降格)되긴 했으나 여전히 중부 지역의 뿌리 깊은 중심 도시였다. 그만큼 양광도의 중심 도시였기 때문에 공주의 근방에 있는 유성현(儒城縣), 임천군, 한산군, 전의현, 정산현, 은진현, 회덕현, 진잠현, 연산현, 이산현, 부여현, 석성현, 연기현 등이 모두 공주의 속현(屬縣)으로, 공주 지주사의 치하에 있었다.

공주의 지주사 박상부는 명학소 천민들의 반란에 유성현이 떨어졌다는 소식을 듣고 소스라치게 놀랐다. 이게 도대체 무슨 날벼락인가! 내 치하에 있는 유성 명학소에서 민란이 일어나다니! 그까짓 무지렁이 소(所)놈들한테 유성현이 점령되었다는 게 믿어지지 않았다. 현령 이안용이 무얼 어떻게 했기에 민란까지 났단 말인가.

"아니, 그게 대체 무슨 말이냐?"

아전이 아뢰었다.

"아직 상세한 것은 모르오나, 유성 현령 이안용이 지나치게 탐학하여 참다 못한 백성들이 들고일어났다 하옵니다."

"이안용이 그놈, 마구 처먹다간 체한다는 것도 모르는 미련한 놈 아니냐?! 아무리 그래도 그렇지, 그깟 소놈들한테 관군이 그리 쉽게 당했단 말이냐?"

"아마 아무런 방비가 없는 상태에서 갑자기 기습을 당한 모양입니다."

"그래, 그곳 수령 이안용은 어찌 되었다더냐?"

박상부는 조카 이안용이 어찌 되었는지 궁금했다.

"명학소 놈들에게 잡혀 옥에 떨어졌다는데, 자세한 것은 아직 모르옵니다. …누군가에게 밤에 칼에 찔려 죽었다는 소문도 있고…."

"밤에 칼에 찔려 죽어?"

"누군가 원한을 가진 놈이 그런 짓을 했다는 소문이 있사옵니다."

아전이 박상부의 눈치를 살피며 조심스럽게 말했다. 그는 이안용이 박상부의 사촌 아우라는 것을 알고 있었다.

"뭬라! 이런 쳐죽일 눔들! 내 당장 유성의 명학소놈들을 진압할 것이다. 군사를 점고하고, 출정 준비를 하도록 해라!"

걷잡기 어렵게 울화가 치민 박상부가 벌떡 일어나, 큰 소리로 외쳤다. 그는 지끈지끈 머리가 아팠다. 조정에 민란이 일어났다는 장계를 올려야 할 텐데, 그 후에 어떤 징계 조치가 떨어질지도 모르고, 또 그의 고모를 볼 면목이 없었다. 아무리 이안용이 자업자득으로 죽었다 하나, 그의 고모에겐 하나밖에 없는 아들이 아닌가!

당시 공주엔 보승군(保勝軍) 290여 명, 정용군(精勇軍) 450여 명, 일품군(一品軍) 420여 명으로, 모두 1160여 명의 군인이 군적(軍籍)에 올라 있었다. 그러나 노동부대라고 생각되는 일품군을 제하면 순수한 군인은 740여 명에 불과했다. 그런데 박상부의 명을 받고 진압에 나선 군인은 300여 명밖에 되지 않았다. 군적(軍籍)에는 있었으나 이런 핑계 저런 핑계로 뇌물을 바치고 빠져나가고, 실제로 동원할 수 있는 군인이 그뿐이었다.

명종 6년(1176년) 정월 초7일 공주의 판관(判官) 방해숙이 관군 300여 명을 지휘하여 유성으로 출정하였다. 방해숙은 한 번도 유성현에 가본 적이 없는 개경 사람이었고, 게다가 무관이 아니라 문관이었다. 그는 그 전까지 병서(兵書) 한 권 읽어본 적이 없었고, 군대를 통솔해본 적도 없었다.

방해숙은 유성현이 공주의 동쪽 54리에 있는 고을이라는 말만 듣고, 장교들을 거느리고 군대를 몰아 나갔다. 관군이 40리쯤 나아가, 계룡산 동계사 계곡에 이르렀다. 협소한 계곡 양 쪽에 나무가 무성하고 바위와 돌, 잡초와 칡덩굴 들이 길을 막아, 관군의 대열이 길게 늘어지고, 진군이 매우 더디었다.

그때 갑자기 요란한 징과 꽹과리 소리에 이어, 산기슭 양쪽에서 화살과 함께 불붙은 억새 다발이 쏟아지고, 이어 사방에서 사람들이 우루루 짓쳐내려왔다.

와아!

와아!

쳐라!

죽여라!

칼 든 사람, 창 든 사람, 활 든 사람, 죽창 든 사람, 농기구를 든 사람들이 우레 같은 함성을 올리며 관군을 향해 돌진했다.

판관 방해숙은 그를 향해 무섭게 돌진해 오는 10여 명의 적을 보고 대경실색했다. 땅 속에서 금방 불쑥 솟아오른 듯 거인같이 커다란 놈들이 그를 덮쳐오자 방해숙은 너무 놀라 말에서 굴러 떨어지고, 그의 좌우에 있던 장교들도 싸움은커녕 도망치기에 바빴다. 관군의 선두에 있던 지휘관들이 그 모양이니, 나머지 군졸들이야 더 말할 것이 없었다. 너나없이 살 길을 찾아 이리 뛰고 저리 뛰다가 칼 맞아 죽고, 창에 찔려 죽고, 몽둥이에 맞아 자빠지고…. 너무나 어처구니없는 패배였다.

명학군은 공주에서 진압군이 올 것을 대비해 그날 오전 그곳 동계사 고갯마루에 매복해 있었다. 공주와 유성 사이에서 그곳이 진압군을 공격하기에 가장 좋은 곳이었다. 명학군 수뇌부는 유성을 점령하자마자 발 빠르고 눈치 빠른 여러 명의 세작을 공주로 보냈었고, 전날 그들이 미리 와서 관군의 출동을 알렸다.

그날 공주 지주사 박상부는 쫓겨온 관군을 보고 아연실색했다. 죽거나 탈영한 자가 절반이 넘고, 공주로 돌아온 자들 또한 수십 명이 머리가 터지거나 얼굴이 깨지고, 몸 여기저기에 창과 칼을 맞거나 팔다리가 부러진 놈들이었다. 판관 방해숙 또한 다리에 화살을 맞고 장교들의 부축을 받아 겨우 돌아왔다.

박상부는 자기가 명학군을 너무 가벼이 보고 무작정 출병시킨 것을 후회했다. 경적필패(輕敵必敗)라더니! 명학소 놈들이 도대체 어떤 놈들이기에 관군이 이렇게 참패를 당했단 말인가. 그러고 보니 그가 명학소 놈들에 대해 아는 것이 아무 것도 없었다. 지피지기(知彼知己)면 백전불태(百戰不殆)라. 병가(兵家)에서 흔히 하는 말이 머릿속에 떠올랐다. 그는 급히 다시 군사들을 불러 모으고, 아랫사람들과 대책을 궁구했다. 그러나 이미 관군의 사기는 말이 아니었다. 다시 유성으로 출정할 상태가 아니었다. 그는 우선 유성으로 통하는 큰 길을 봉쇄하고, 공주영의 주변을 철통처럼 지키게 했다.

공주 관군과의 첫 번째 싸움에서 명학군이 대승을 했다는 소문은 금새 사방으로 퍼져 나갔다. 그리고 나날이 명학군의 숫자는 불어나, 명학군은 며칠 지나지 않아 이제 1천여 명을 넘어섰다.

정첨은 다시 공주의 지리를 잘 아는 젊은이 세 명과 여자 두 명을 뽑아, 장사꾼, 거지, 방물장수, 승려로 변장하게 하여, 공주로 들여보냈다. 공주의 관해(官廨)와 민가의 배치, 공주 주변의 크고 작은 산들과 개천, 큰 길과 작은 길, 주둔한 군대와 주민들의 숫자와 위치, 민심의 동향 등을 파악하기 위함이었다.

정탐꾼들이 알아온 내용은 대략 다음과 같았다.

공주 감영: 지주사 박상부. 판관 방해숙.

공주 거주민: 약 5천여 명.

총 병사들 수: 대략 1150여 명.

감영의 동쪽: 5리에 월성산, 5리에 능현, 5리에 금강(적동진 하류), 40리에 계룡산,

감영의 서쪽: 3리에 봉황산, 5리에 정지산, 7리에 곰나루와 그 건너 여미산, 20리에 자을매산, 30리에 무성산,

감영의 남쪽: 5리에 주미산, 15리에 금상진(금강 하류).

감영의 북쪽: 2리에 공산성, 4리에 음암진(금강 하류), 10리에 일신북천, 10리에 무악산, 30리에 유점산,

제민내: 주미산에서 발원하여 남에서 북으로 흐르는 시내,

금강: 공산성 밖을 띠처럼 두르며 서쪽으로 흘러감,

도로: 동남쪽으로 산내, 천내, 유등포로 가는 길, 동쪽으로 동부, 탄동, 명탄, 구칙으로 가는 길, 남쪽으로 남주, 진두, 목동으로 가는 길, 서북으로 사곡, 신상, 신하로 가는 길, 북쪽으로 정안, 율당으로 가는 길,

정첨은 그들이 탐지해온 내용을 바탕으로 지도를 만들고, 명학군은 그 지도를 놓고 면밀한 작전 계획을 수립하고, 만반의 출정 준비를 했다.

명종 6년(1176년) 정월 초9일 명학군은 삼엄한 군세로 공주를 향해 진격했다. 긴 대나무에 〈鳴鶴總將軍 望伊(명학총장군 망이)〉〈山行兵馬使 望伊(산행병마사 망이)〉〈鳴鶴左將軍 李光(명학좌장군 이광)〉〈鳴鶴右將軍 雄泰)(명학우장군 웅태)〉〈鳴鶴前將軍 望小伊(명학전장군 망소이)〉〈替天行道 救濟蒼生(체천행도 구제창생)〉〈打破末世 新開平世(타파말세 신개평세)〉 등 수십 개의 기치를 든 병사들이 앞장서고, 그 뒤에 풍물대가 북과 징, 꽹과리, 자바라, 날라리, 장구 등을 요란하게 울리며 신명을 돋웠다. 풍물대 뒤에 망이와 이광, 웅태, 망소이, 정첨, 계암 스님, 법광

스님, 진일규 의원 등이 높다란 말을 타고, 그 뒤에 기마병 50여 명이 호위하였으며, 1천여 명의 병사가 뒤를 따랐다.

그날 오후 한것이 지날 즈음 명학군은 드디어 공주로 들어가는 초입에 다다랐다.

와아아!

와아아!

와아아!

명학군이 고함을 지르고 요란한 풍물을 울리자, 고을 입구를 지키고 있던 50여 명의 공주 관군들은 싸움은커녕 종짓굽아 날 살려라 하고 삼십육계를 놓았다. 명학군은 아무런 저항도 받지 않고 기세 좋게 공주로 진격하여, 미리 예정했던 대로 공산성에 진을 쳤다. 공산성은 관청의 북쪽에 있는 산으로, 관청을 위에서 내려다보며 감시하기에 유리할 뿐 아니라, 사방에 성벽이 있어 공주군의 공격을 막기에 아주 유리한 곳이었다.

그날 밤 공주 감영의 남쪽에 있는 주미산, 서쪽에 있는 봉황산과 정지산, 동쪽에 있는 월성산, 북쪽의 공산에서 일제히 횃불이 올랐다. 횃불은 수천 수만 개로 공주 고을을 사방으로 둘러싸고 붉게 타올랐고, 횃불과 함께 요란한 풍물소리가 밤새 진동했다. 공주 사람들은 횃불과 풍물 소리에 놀라 잠을 이룰 수가 없었다. 주민들 중에 상당수가 겁을 먹고 어둠 속에서 고을을 빠져 나가고, 병사들 중에서도 두려움에 쫓겨 탈영하는 자들이 많았다.

다음날 새벽 밤새 잠을 못 이룬 공주 사람들이 피로에 쫓겨 막 잠에 떨어진 순간이었다. 채 날이 밝기 전 미명을 기해 감영의 동서남북에서 요란한 풍물소리와 함성이 일어나며 명학군이 일제히 감영을 향해 쳐들어왔다.

와아아! 와아아!

쳐라! 반항하는 놈들은 모조리 죽여라!

성난 파도처럼 짓쳐들어가는 명학군에 관군은 속절없이 무너졌다. 형세가 그른 것을 알아챈 지주사 박상부가 그의 식솔들을 데리고 재빨리 도망치자 감영은 순식간에 아수라장이 되고, 군졸들 대부분이 칼 한번 휘두르지 않고 항복을 했다. 그들은 병장기를 버리고 머리를 땅바닥에 박은 채 엎드려, 비대발괄 목숨을 구걸했다. 평소 주민들에게 거들먹거리며 거드름을 피우던 모습은 어디에서도 찾아볼 수 없었다.

해 뜨면 일어나 일하고 해 지면 들어와 쉬고
밭 갈아 밥을 먹고, 우물 파서 물 마시며
빈부귀천 없는 세상 백세 천세 누려보세.
얼씨구 좋네! 절씨구 좋아! 평등 세상 대동 세상!

늙은 부모 잘 모시고 어린 자식 잘 키우고
동산의 달을 보며 부른 배를 두드리네.
대동 세상 좋은 세상 천세 만세 누려보세.
얼씨구 좋네! 절씨구 좋아! 평등 세상 대동 세상.

공주 감영 넓은 마당에서 큰 잔치가 벌어졌다. 소를 잡고, 돼지를 잡고, 닭을 삶고, 떡을 치고, 술이야 밥이야 먹을 것이 흐드러졌다. 배불리 먹고 마신 명학군이 풍물 소리에 맞춰 덩실덩실 춤을 추고, 목청을 돋워 노래를 불렀다. 그들은 그들 스스로 쟁취한 새 세상에 도취하여, 솟구치는 신명을 억제할 수가 없었다.

다음날, 지주사가 좌정하던 선화당엔 망이를 비롯한 지휘부들이 둘러앉아서 눈앞에 닥친 여러 가지 일들을 의논하여 처결했다. 그들은 다시 한 번 명학군에게 주민을 약탈하거나 강간, 살인을 하지 말도록 엄히 일렀다. 만약 그런 일이 있을 때엔 지위 고하를 막론하고 엄한 벌을 받을 것임을 누누이 강조했다.

명학군은 우선 공주군의 무기들을 모두 압수하여 명학군을 새로이 무장시키고, 관청의 창고를 열어서 그 곡식과 재물을 모두 군비에 충당했다. 또한 주민들에게 한 점의 해코지도 없을 것을 약속하여, 불안한 민심을 진무하였다. 그리고 포로로 잡은 관병들과 관노들을 선별하여 방면하고, 원하는 사람은 명학군으로 받아들였다.

공주까지 명학군의 손에 떨어졌다는 소식에 도처에서 명학군에 들어오겠다는 지원자들이 쇄도하여, 이제 명학군은 군세 3천을 자랑하는 대군이 되었고, 공주 감영을 그 본부로 삼았다.

그런데 예기치 않게 명학 세상이 세워졌다는 소식을 들은 각 지역의 천민이나 농민들이 명학군 진영으로 몰려들었다. 그들의 억울한 처지나 딱한 사정을 진정(陳情)하기 위함이었다.

"우리는 지금 굶어죽어가구 있는디, 우리 마을 호족들의 창고엔 우리 피땀으루 지은 벼가 수백 가마 쌓여 있습니다유."

"우리 아들과 딸 들이 빚 때문에 다 노비가 되었습니다유!"

"당장 우리 마을 사람들이 다 굶어죽게 되었으니, 군대를 출동시켜 살려 주시우!"

명학군은 그들의 마을마다 소대를 출동시켜, 호족과 지주 들의 창고를 열고, 굶주린 사람들에게 곡식을 방출했다. 이미 세상이 바뀌었음을 알고 순순히 명학군의 지시를 따르는 호족들도 있었으나, 반항하다가 명학군과 마을 사람들에게 몰매를 맞고 마을에서 쫓겨난 자들도 많았다.

"기어이 또 운명했군요."

"벌써 열 명째입니다."

진일규 의원이 말했다.

계암 스님과 법광 스님, 법릉 스님이 잠깐 부상병들을 돌보던 일손을 놓고 서로 마주 보았다. 밤새 애써 돌보던 부상병이 죽자 허탈감과 피곤이 한꺼번에 몰려들었다. 그들은 지난 3일간 거의 쉬지 않고 부상병들을 치료하고, 사망자들을 매장했다.

"너무들 상심하지 마십시오. 처음부터 워낙 위중했던 사람이었어요. 여러분은 잠깐 쉬시지요. 뒤처리를 제가 맡겠습니다."

계암 스님이 세 사람을 위로하듯 말했다.

그들 의무부대는 명학군과 함께 공주에 들어왔고, 공주군과 명학군의 전투가 끝나자마자 의무병 20여 명과 함께 부상당한 사람들을 관아 한편에 있는 객사(客舍)로 옮겼다. 그들은 창과 칼에 찔린 사람들의 상처를 우선 소독을 한 다음 약초제를 바르고, 깨끗한 삼베로 감싸고, 유침고를 먹였다. 팔다리가 부러진 곳엔 부목을 대고, 탕약을 처방하고, 병사들로 하여금 탕약을 달여 먹이도록 했다. 부상병은 명학군이 30여 명, 공주군이 50여 명이었으나, 계암과 법광, 법릉, 진일규는 이쪽 저쪽을 가리지 않고 모든 부상병을 차별 없이 치료했다. 그들이 사용하는 약제는 계암 스님이 여민암에서 가져온 것과 법광 스님이 송곡사를 떠나면서 챙겨온 것들이었다. 그리고 더 필요한 것은 유성과 공주의 약점(藥店)에서 징출해 가져왔다.

법광 스님과 진일규 의원이 잠깐 쉬러간 사이 계암 스님과 법릉 스님은 그들을 도와 일을 하는 군졸 6명과 함께 죽은 병사들의 시신을 깨끗한 물로 닦고 저포로 감쌌다.

그들은 시신을 수레에 싣고 공주의 동쪽에 있는 월성산으로 향했다. 월성산에는 이번 전투에서 죽은 사람들을 매장한 곳이 있었다. 양지 바른 남쪽 산기슭이었다. 한겨울이라 땅은 꽝꽝 얼어붙어 있었다. 그들은 곡괭이로 힘들게 흙을 찍어내고 시신을 깊게 매장했다. 한겨울인데도 등에 땀이 배었다. 계암 스님은 새로 생긴 무덤 앞에서 합장하고 불경을 염송했다. 나무관자재보살마하살…. 그의 염송은 매우 간절했다.

전투에서 즉사한 사람과 치명상을 입었다가 오늘까지 죽은 사람이 모두 19명이었고, 이제 그들은 피아(彼我)의 구별 없이 한 군데에 나란히 묻히게 되었다.

차가운 정월 바람이 새로 생긴 봉분들을 휩쓸고, 계암의 얼굴을 사정없이 할퀴면서 산 아래로 치달았다.

"아씨, 공주까지 명학군의 손에 떨어졌다는데유. 사람들이 많이 죽구 다쳤답니다유!"

어금이가 난명의 방으로 들어오며 호들갑스럽게 말했다. 그녀는 난명의 명을 받고 밖의 사정이 어떤지 알아보기 위해 저잣거리엘 다녀온 중이었다.

"너는 명학군이 이기는 게 좋으냐?"

"……."

"네 얼굴을 보니, 좋아 죽겠다는 표정이구나!"

"제가 언제 …?"

"얼굴에 다 써 있다! 우리가 얼마를 함께 살았는데, 내가 너를 모르겠니?"

"…아녜유! 저는 언제까지나 아씨를 뫼시며 살구 싶습니다유!"

"나도 네 마음은 안다! 그러나 너와 나는 처지가 다르니, 생각도 같지 않는 게 당연하지!"

"아씨! 그런 말씀 마세유!"

어금이가 난명에게 다가가, 그녀를 꼭 껴안았다. 난명도 어금이를 안았다.

한참 후에 어금이가 말했다.

"밖에 나가 보믄 다들 새 세상이 왔다구 난리들여유. 우리 집은 어르신께서 아랫것들에게 너그럽게 잘해 주시니 큰 불만이 읎지만, 저희들두 노비는 노비입지유. 아씨께선 망이 장사와 명학군을 어뜨케 생각하셔유?"

"어떻게 생각하긴!"

"아씨니깐 솔직하게 말씀드리는데, 우리 같은 사람들에겐 망이 장사가 하늘에서 내려온 장군 같습니다유!"

"……?!"

"아씨처럼 몸종을 친구같이 스스럼읎이 대해주시는 분은 읎지유! 다른 노비들은…."

"너는 내 몸종이 아니라 친구다! 둘도 없는 내 친구!"

"아씨, 고마워유. 그런데 다른 집 노비들 중엔 짐승 같은 취급을 받는 사람들이 많습니다유. 주인과 노비는 그 구분이 엄연합지유."

"네 말에 그른 것이 없다."

"아씨는 망이 장사가 이기기를 바라셔유? 지기를 바라셔유?"

"……!"

"하기야 이런 걸 묻는 제가 바보지유!"

"…어금아, 명학군에 의무부대가 있다고 했지?"

"…의무부대유?"

"너, 내가 거길 간다면 따라갈래?"

"왜유? 아씨께서 거길 가시게유?"

"그냥 한번 생각해 봤다."

"아씨께서 망이 장사를 찾아가신다면 당연히 이 어금이두 따라가야지유!"

"고맙다."

난명은 명학군이 유성을 점령했다는 말을 처음 들었을 때 매우 놀랐다. 그리고 그 우두머리가 망이란 말을 듣고는 더욱 놀랐다. 망이 장사가?! 빈부귀천이 없는 새 세상을 만든다?! 난명은 그들의 주장이 매우 낯설었다. 대동 세상, 평등 세상이라니, 그런 세상이 있을 수 있나?!

그러고 보니 그녀는 그런 문제를 한 번도 진지하게 생각해 본 적이 없었다. 사람은 태어날 때부터 그냥 그렇게 신분이 다르게 태어나는 것으로 알았다. 그러나 곰곰이 생각해 보니, 명학소 사람들의 주장이 그른 게 없는 것 같았다. 몇 안 되는 귀족이나 호족들은 평생 일도 하지 않으면서 온갖 부귀영화를 다 누리고, 그보다 백 배 천 배 많은 사람들은 평생을 마소같이 일만 하면서 천대를 받고 살아간다는 게 이치에 맞는가. 생각해 보면, 자기와 망이가 서로 은애하면서도 헤어지게 된 것도 바로 그 계급제도 때문이 아니겠는가.

"그런디 험한 싸움터에서 아씨같이 귀하신 분이 어뜨케 지내시려구?"

"명학군에 여자들도 많이 있다고 하지 않았니? 의무부대도 있고."

"아씨께선 그 사람들과 다릅지유. 평생 일이라군 해본 적이 읎는 아씨께서 어뜨케 그런 험한 일을 하시겠어유?"

"하면 하는 거지! 사람은 다 똑같다며?!"

"그렇긴 해두…. 아씨, 망이 장사가 보구 싶은 것입지유?"

"……."

계암 스님이 월성산에서 돌아온 뒤였다.

"스님, 간병인을 하겠다고 두 사람이 찾아왔는데요."

진일규 의원의 딸 수진이 말했다.

"그래? 그렇잖아도 일손이 부족한데 잘 됐다. 이리 모셔오너라!"

계암 스님은 수진을 따라 들어오는 두 사람을 보고 깜짝 놀랐다. 옷차림은 남자였으나 한눈에 남장을 한 젊은 처자들이었다.

"어떻게 처자 분들이 남장을 하고서…?"

"스님, …저희들은 유성에서 왔습니다. 의무부대가 있다기에…. 아무래도 군대에서 일을 하려면 남장을 하는 게 편할 것 같아서요."

처자 중 한 명이 말했다.

"여기는 처자들이 있을 만한 곳이 못 됩니다. 뜻은 갸륵하나 허락할 수 없습니다. 그만 돌아가십시오."

"저 처자도 여기서 일손을 돕고 있지 않습니까? 그 외에도 여러 명의 여자들이 이 의무부대에 있다는 걸 알고 왔습니다."

"저 처자는 아버님이 이곳에 함께 계시고, 의술을 아는 사람입니다."

"저희들이 의술은 몰라도 여러 가지 허드렛일이라도 돕겠습니다."

"저희들도 명학군의 가족으로 생각해 주셔요! 저는 명이라 하고, 얘는 금이라 불러 주셔요!"

계암은 그녀들을 돌려보내려 했으나, 뜻밖에 두 사람은 완강했다.

두 처자는 그날부터 의무부대의 일원이 되었다. 난명과 어금이였다.

5. 어머니와 며느리

망이 어머니 솔이는 문득 잠에서 깨었다. 잠결에 무슨 소리를 들은 것 같았다. 그녀는 옆자리에서 새근새근 자고 있는 망이의 두 아이 위민과 혜민을 돌아보았다. 희미한 여명의 빛에 두 녀석의 환한 얼굴이 동두렷이 떠올라 있었다. 그녀는 가만히 손을 들어 두 아이들의 얼굴을 쓸어 보았다. 금자동이 내 새끼! 은자동이 내 새끼! 문득 망이와 망소이를 키울 때보다 더 간절한 안타까움에 가슴이 소금을 뿌린 듯 쓰라렸다.

그때 부엌에서 무언가 부시럭거리는 소리가 났다. 부엌을 드나드는 쥐새끼 소리는 아닌 것 같았다. 그녀는 자리에서 일어나 부엌으로 갔다. 아궁이에서 붉은 빛이 쏟아져 나오고, 그 불빛에 사내의 얼굴이 붉은 도깨비같이 보였는데, 바로 이웃집 저밤이였다.

"오라버니!"

솔이는 목이 메여 더 말을 잇지 못했다.

"깼나?! 날씨가 매서워서…. 애기들이 춥지 않나 해서, 장작 한 아궁이 넣었어!"

"……!"

솔이는 마음이 느꺼워 말문이 막혔다.

지난 가을 망소이가 현청에 잡혀가자, 솔이는 너무 뜻밖의 사태에 무엇을 어찌해야 할지 가늠을 잡을 수 없었다. 그때 망소이의 옥바라지를 하는 것부터 일일이 챙겨주고, 보살펴준 사람이 바로 이웃집 저밤이였다. 저밤이는 해마다 솔이네의 곡식도 모두 거두어 갈무리해주고, 솔이네 지붕도 새 볏짚으로 이어 주곤 했다. 그뿐만이 아니었다. 저밤이는 솔이네가 겨울을 날 장작과 풀나무를 해다가 집 옆과 뒷 토마루에 처마에 닿게 쌓아 주는 등 미륵뫼가 명학소를 떠난 뒤 지금까지 25년여를 한결같이 그녀를 친누이 이상으로 보살펴 왔다.

솔이는 그런 저밤이에게 고맙다는 말을 한 번도 하지 못했다. 그녀는 저밤이의 마음을 너무나 잘 알고 있었고, 고맙다는 말은 오히려 저밤이의 마음을 다치게 할 것이란 생각을 했다. 그런 말로는 표현할 수 없는 것이 저밤이의 그녀를 향한 마음이었다.

그녀는 저밤이의 옆에 앉았다. 저밤이가 몸을 조금 움직여 그녀가 앉을 자리를 내주었다. 황금색 밝은 장작불이 두 사람을 따뜻하게 비췄다.

"공주 일이 걱정이 되어 잠두 제대루 못 자는겨?"

"명학소 사람들은 다들 그렇겠지유!."

"너무 걱정 말어! 우리가 걱정한다구 될 일이 아니니. 이제는 모든 것이 부처님 신령님 손에 달렸어."

"그래두 어미 된 마음이 어디 그렇남유?"

"그거야 그렇지!"

두 사람은 말없이 불을 바라보았다. 솔이의 눈에 갈쌍 눈물이 맺혔다. 저밤이가 그런 솔이의 손을 꼭 쥐어 주었다. 솔이도 저밤이의 손을 꼭 쥐고, 살며시 그에게 어깨를 기댔다.

"참 따숩네유."

"그렇네."

두 사람은 밤이 밝아올 때까지 그렇게 불을 쬐며 앉아 있었다.

솔이는 아침을 먹은 다음 위민이를 안고 저밤이네 집으로 갔다. 저밤이의 모친 콩밭네에게 위민이를 맡기기 위함이었다.

"어디를 가려구 손자를 맡기남?"

"송곡사엘 가려구유."

"또 부처님께 빌러 가는구먼!"

그때 집 뒤란에서 솔이의 목소리를 들은 저밤이가 앞마당으로 나왔다.

"위민이가 제 할머이를 안 떨어지려구 할 텐디, 내가 위민이를 업구 갈까?"

"그리 해라! 나두 오늘 따루 할 일이 있다. 너두 부처님께 소원을 빌구 와라!"

저밤이는 위민이를 업고 솔이는 혜민이를 업고 두 사람은 길을 나섰다. 며칠간 매섭던 추위가 조금 풀려, 겨울 날씨치고는 안온한 날이었다.

송곡사엔 혜관 스님과 공양주 할머니밖에 없었다. 솔이와 저밤이는 혜관 스님께 합장배례하고, 공양주 할머니에게도 인사를 올렸다.

"이놈들이 망이의 아이들인고?"

혜관 스님이 위민과 혜민의 머리를 쓸어보며 말했다. 아이들을 만지는 혜관의 얼굴에 감회가 넘쳤다.

"그렇습니다유."

"엊그제 망이와 망소이가 이 아이들 같았는데…. 어느새 망이의 아이들이 이렇게 자랐나? …참으로 덧없는 세월이로고!"

솔이와 저밤이는 법당에 들어가, 아이들을 내려놓고 백팔 배를 올렸다. 두 사람이 절을 올리는 동안 혜관 스님은 옆에 앉아서 목탁을 울리면서 염송을 했다. 솔이는 마음을 하나로 모아 빌고 또 빌었다. 모든 것을 주관하시는 부처님, 빌구 또 비옵니다유. 이 어리석은 중생의 소원을 잘 아실 테니, 너그러이 살펴 주시옵소서.

솔이는 마음속으로 같은 말을 되풀이했다.

저밤이도 같은 말을 되풀이했다. 부처님, 부디 솔이의 소원을 가엾이 여겨 살펴 주시옵소서. 가엾은 솔이에게 가피를 내려주시옵소서.

절을 마친 저밤이가 혜관 스님에게 말했다.

"명학 사람들이 공주를 점령했다 합니다유."

"나도 들었다. 어제 사람이 다녀갔다."

"큰스님, 앞으루 어뜨케 될 것 같습니까유?"

저밤이가 물었다.

"…당분간이야 별 일 있겠느냐?"

"새 세상이 오긴 오겠남유?"

"오긴 오겠지! 모든 사람이 원하는 염력에 어찌 부처님의 응답이 없겠느냐? 다만 그때가 언제인가는 부처님만이 아시겠지!"

"……."

솔이와 저밤이는 송곡사에서 점심 공양을 하고, 산을 내려왔다.

솔이가 송곡사에서 돌아오니, 솔이네 집에 손님이 와 있었다. 명학소에선 보기 어려운 귀한 대갓집 아씨와 그녀의 몸종인 듯싶은 여자, 늙수그레한 행랑아범이 마루에 앉아 있다가, 솔이를 보고 몸을 일으켰다.

"아니, 탄동 아씨가! 추운데 얼른 방으로 드시지요."

솔이가 방으로 들어가자, 아씨가 그녀를 따라들어와, 솔이에게 큰절을 올렸다. 솔이도 엉겁결에 맞절을 했다.

"지난 번 현청 감옥에서 뵐 때는 제대로 인사도 못 드렸습니다. 탄동에 사는 소려입니다."

탄동 아씨가 몸을 일으키고 말했다.

"귀한 아씨에게 인사를 받기가 점직하우."

"진작에 찾아뵈었어야 하는 일인데, 제가 불초하여 이제야 오게 되었습니다."

"내 대강 짐작은 하구 있었지만, 귀한 아씨에게 뭐라 말씀을 드려야 할지 몰르겠소."

"…외람된 말씀이나 제 마음속에 망소이님이 지아비가 된 지 오래이니, 어머님으로 모시겠습니다."

"……!"

솔이는 뭐라고 말해야 할지 몰라, 마음이 탔다.

"부족한 것이 많을 것이오나, 앞으로 어여삐 보아주십시오."

아씨는 행랑아범과 몸종이 가져온 짐을 방으로 들여오게 했다. 커다란 짐보따리가 두 개였다.

"첫 인사를 올리는 폐백입니다. 부족하나 제가 손수 짓고 만든 것이니, 제 마음을 받아주십시오."

"무얼 이르케나…."

솔이는 보따리를 풀었다. 큰 보따리엔 네 개의 대나무 석작이 차곡차곡 쌓여 있었는데, 첫째 석작엔 인절미와 시루떡, 증편, 경단 등 떡이 가득 들어 있고, 둘째 석작엔 유과, 약과, 강정, 다식, 엿 등 과자가 가득했다. 셋째 석작엔 각종 바닷고기를 찐 어물, 넷째 석작엔 각종 나물과 과일이 들어 있었다. 작은 보따리엔 저포와 비단으로 지은 솔이, 망이와 망소이, 위민과 혜민의 옷이 나왔다. 솔이는 생전 처음 보는 갖가지 음식들과 화려한 옷에 크게 놀랐다.

"아니, 무얼 이르케나 많이 준비했나?"

솔이의 입에서 감탄이 저절로 흘러나왔다.

"약소합니다, 어머님."

탄동 아씨는 공손하게 머리를 조아렸다. 솔이는 탄동 아씨가 마음에 들었다. 망소이란 놈이 무슨 복이 있어 이런 귀한 아씨와 인연이 되었나! 그녀는 꿈을 꾸고 있는 것 같았다.

"…이리 귀한 아씨가 우리 망소이와 인연이 되다니, 그저 느꺼울 뿐이우."

"어머님, 이제 말씀을 낮춰 하십시오."

"그래두 어찌 귀한 아씨한테…. 차차 그리 하지유."

두 사람은 공주의 싸움에 대해 이야기를 나누었다. 이런저런 얘기를 하면서 두 사람은 짧은 시간에 서로에 대해 깊은 호감을 갖게 되었다. 이야기 끝에 탄동 아씨가 말했다.

"실은 제가 아이를 갖게 되었습니다."

"뭐라구?! …그게 정말이우?"

솔이의 입에서 비명 같은 감탄이 튕겨져 나왔다.

"넉 달쯤 되었습니다."

"이런! 아이구! 불쌍한 것!"

솔이가 탄동 아씨를 덥썩 안았다.

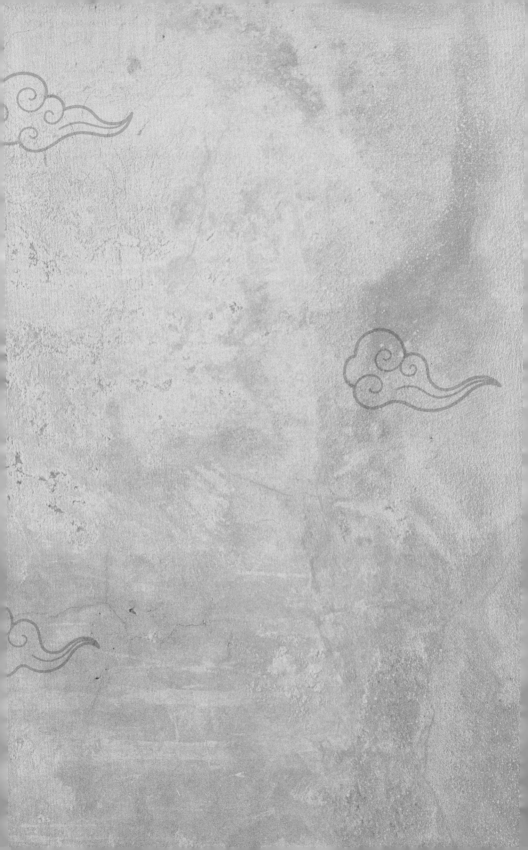

제3장

차현(車峴)과 예산(禮山)

1. 왕사(王使)

공주가 천민 봉기에 의해 점령당했다는 소식이 개경에 들어가자, 조정이 발칵 뒤집혔다. 문하시중 정중부는 즉시 중방을 소집했다. 연락을 받은 문무 대신들이 속속 도착했다.

"공주에 명학소라는 마을이 있는 모양인데, 이놈들이 난(亂)을 일으켜 유성과 공주를 점령했다 하오. 이게 어찌 된 일인지 아는 사람이 있소?"

"……!"

"……!"

다들 꿀 먹은 벙어리가 되어, 서로 눈치만 보고 있었다. 무반들이 권력을 잡은 후 조정을 대신하고 있는 중방은, 정균이 이의방을 죽인 뒤 정중부와 그의 아들 정균, 정중부의 사위 송유인과, 송유인의 아들 송군수에 의해 좌지우지되고 있었고, 모든 결정은 결국 그 네 사람이 하였다. 눈치 없이 무슨 의견을 내었다가는 안하무인인 정균이나 송유인의 무참한 통바리를 맞기 일쑤였고, 그것을 안 대신들은 입을 꾹 다물고 있는 게 상책이라는 걸 깨달았다. 그리고 그들 중 명학소에서 무슨 일이 왜 일어났는지 아는 사람은 한 명도 없었다.

"…민란이 일어난 게 한두 번이 아니고, 그 대부분이 탐관오리의 지나친 가렴주구 때문이니, 이번에도 그런 게 아니겠소이까?"

아무도 말을 하지 않자 상장군 이소응이 민망하여 한마디 했다.

그가 기억하고 있는 큰 민란만 해도 7개나 되었다. 먼저 15년 전 이천, 동주, 선주 등에서 대규모의 민란이 있었고, 다음해에 남도에서 큰 민란이 일어났다. 그리고 몇 년 후 탐라도에서도 대대적인 도민 봉기가 있었고, 무신 정권이 들어선 다음해에도 창주, 성주, 철주 등 서북면에서 민란이 났었다. 다시 2년 만에 김보당이 난을 일으켰고, 다시 1년 후인 명종 4년 서경유수 조위총이 서북면 40여 개 성을 거느리고 대대적인 민란을 일으켰다. 작년만 해도 개경의 하급 관리들이 남도의 농민들과 연계하여 정변을 계획하다가, 사전에 모의가 들통나서 모조리 처형되기도 했다.

　게다가 지금도 2년 전에 일어난 조위총의 난을 진압하지 못해 상장군 윤인첨과 두경승이 경군(京軍)을 거의 다 거느리고 서경에 나가 있지 않은가.

　"나도 그리 생각하외다. 어찌하면 좋을지 그 대책을 말해 보시오."

　정중부의 말에

　"민란에 무슨 대책이 달리 있습니까? 무조건 군대를 파견해서 모조리 소탕해 버려야지요!"

　송유인이 말했다. 정균이 한심하다는 듯 송유인을 타박했다.

　"아니, 누가 그걸 몰라서 지금 이런 회의를 하고 있습니까? 문제는 지금 경군이 모두 서경에 나가 있으니, 보낼 군대가 없다는 것이지요."

　"개경에 그렇게 군대가 없소?"

　"몇 백이야 있지만, 그들은 황성과 임금을 호위하는 최후의 보루 아니오? 그들은 어떤 경우에도 빼내서는 아니 되지요."

　다들 한참 말이 없었다. 이윽고 송군수가 입을 열었다.

　"그럼 우선 사신을 보내서 회유해 보는 것이 어떻겠습니까? 별 효과가 없더라도 우선 놈들이 개경으로 치고 올라오는 것을 막고, 놈들의 기세가 어떤지도 알아볼 겸 해서…."

　"그밖에 다른 의견은 없소?"

　"……."

　"……!"

다들 벙어리처럼 입을 다물고 다른 사람의 눈치만 살피고 있었다.

"의견이 없으면…, 누구를 사신으로 보내면 좋겠소?"

다시 정중부가 물었다.

"지후(祗侯) 채원부가 배포가 있고 언변이 좋으니 정사(正使)로 적당할 것 같소이다."

"부사(副使)에는 낭장 박강수가 어떻겠소?"

"그것 괜찮을 것 같습니다."

"그럼 우선 사신을 보내서 저들을 달래보지요."

그들은 지후(祗侯) 채원부와 낭장 박강수를 정사와 부사로 삼고, 하급관리 몇 명을 수행케 하기로 결정하고, 정중부가 임금에게 나아가 고하였다.

"폐하! 양광도 공주에서 작은 민란이 났기에, 지후 채원부와 낭장 박강수를 왕사로 보내서 타이르고자 하오니, 가납하소서!"

정중부의 목소리는 위엄 있게 우렁우렁 회경전을 울렸다.

"…그리 하시오만, 타일러서 되겠소?"

"아니 되면 또 다음 계책을 강구하겠나이다."

"알았소. 물러가시오."

"황은이 망극하여이다."

정중부는 허리를 깊숙이 굽혀 임금에게 인사를 올리고 회경전을 나섰다.

왕사로 임명된 채원부와 박강수, 그리고 수행원 10여 명은 정월 스무닷새 날 군마를 몰아, 서둘러 공주로 내려갔다. 수행원 10여 명이 〈王使祗侯蔡元富(왕사지후채원부)〉라는 기치와 〈副王使郞將朴剛壽(부왕사낭장박강수)〉라는 기치를 들어서, 위엄을 갖추고, 그들이 왕의 사신임을 알게 했다.

"너희들은 누구냐?"

그들이 공주 고을 입구로 들어서자 길을 지키는 병사들이 길을 막아섰다.

"우리는 임금의 명을 받은 사신이다. 황명을 전할 것이 있으니, 너희들의 장군에게 안내해라!"

"여기서 기다리시오! 상부에 보고를 하겠소!"

병졸 2명이 말을 타고 감영을 향해 달려갔다. 두 식경쯤이 지나서야 병졸들이 돌아오더니,

"들여보내라는 명이오."

하고 그들을 감영 안으로 안내했다.

채원부와 박강수는 안내하는 군졸을 따라 선화당 안으로 들어갔다. 선화당에는 젊은이 4명이 의자에 나란히 앉아 있다가 일어서며 그들을 맞이했다. 채원부와 박강수는 우선 젊은이들의 걸때가 엄청나게 웅위하고 그들의 눈빛이 예사롭지 않은 데에 속으로 크게 놀랐다. 기껏해야 시골 무지렁이놈들이 탐관오리의 토색질에 분함을 참지 못하고 난을 일으켰으리라 생각했는데, 이놈들은 다들 이야기 속 거인들의 나라에서 온 놈들같이 풍채가 당당하고, 하나같이 기세가 만만치 않았다. 채원부와 박강수는 이야기를 꺼내기 전에 이미 기가 죽었다.

"왕사라니, 그래, 무슨 할 말이 있어서 먼 길을 왔소이까?"

망이가 물었다.

"임금의 윤음을 전하겠으니, 모두 무릎을 꿇으시오!"

채원부가 겉으로 태연한 체하며 드레있게 말했다.

"난신 정중부가 권력을 쥐고 조정을 쥐락펴락한 지가 언제인데, 임금의 윤음 운운하오? 정중부의 말이나 들어 봅시다."

"…나라님은 하늘이 내는 것이고, 만백성의 어버이 되시니, 신하 된 자, 마땅히 임금을 받들고, 그 말씀에 순종해야 할 터인데, 신하 된 자가 무슨 연유로 난을 일으켜 성심을 어지럽힌단 말이오? 마땅히 당장 병장기를 버리고 고향으로 돌아가 생업에 종사하여, 늙은 부모를 봉

양하고 어린 처자식을 부양해야 할 것이외다.”

“이 작자가 지금 어디서 말도 안 되는 개뼉다귀 소릴 지껄이는 거여?! 아니, 임금이 임금다워야지! 백성들은 안중에도 없이 간신배놈들과 사치와 방종에 빠져 임금 자리에서 쫓겨났다가, 결국 비참하게 죽은 사람이 무슨 임금이며, 새로 임금 자리에 앉은 자는 말 한마디 못하고 정중부가 시키는 대로 하는 허수아비인데, 지금 어디서 임금 타령이여!”

망소이가 불쑥 성을 내어 소리를 질렀다. 그러자 이광이 그 뒤를 이어서,

“원래 임금과 신하들은 백성들을 외적으로부터 보호하고, 편안하게 살게 해 준 대가로 백성들에게 임금 대접을 받고, 신하 대접을 받는 것이다. 지방관 또한 백성들을 어버이나 처자식 같이 정성껏 돌보는 수고를 하고 나서야 비로소 녹봉을 받을 자격이 있다. 그런데 지금 이 나라 임금과 신하들은 백성들에게 무슨 은혜를 베풀었는가? 백성들을 마소 취급하여 뼈 빠지게 부려먹고, 착취의 대상으로만 여겼을 뿐, 눈을 씻고 찾아봐도 은혜 베푼 것이 없다! 도대체 민란이 계속 끊이지 않고 일어난 까닭이 무엇인가? 백성들이 더 이상 살 수가 없어서 죽음을 각오하고 일어서는 것이다! 지렁이도 밟으면 꿈틀한다는 말이 있다. 하물며 사람이 개, 돼지만도 못한 대접을 받으면서 언제까지 그대로 살아야 하는가? 그대 같으면 참겠는가?”

하고, 호통을 쳤다.

“지금 서북면에서 민란이 일어나, 2년이 넘게 관군들이 쩔쩔 매고 있다는 걸 다 알고 있다. 우리를 토벌할 군대가 없어서, 세 치 혀를 놀려 우리를 달래러 왔다는 걸 다 알고 있다. 너희 같은 세객(說客)의 말 한마디에 그만둘 일이라면 처음부터 시작도 하지 않았을 것이다. 계속 세 치 혀로 우리를 우롱하려다간 당장 목이 떨어질 것이다.”

웅태도 한마디 덧붙였다.

"우리는 탐관오리 한두 명에게 원한을 갖고 일어선 게 아니오! 우리는 귀천과 빈부의 차이가 없는 새 세상을 열려고 일어섰소! 따라서 우리는 낡은 세상 사람인 임금과 조정의 말을 들을 것이 없소. 그대들이 무슨 할 말이 더 있겠소. 목숨이 아까우면 아무 말 말고 돌아가시오. 우리 중엔 성격이 급하고 사납기가 호랑이 같은 사람이 많소!"

망이가 말을 맺었다.

채원부와 박강수는 얼굴이 허옇게 변했다. 두 사람은 너무나 놀라, 입이 떨어지지 않았다. 일개 무식한 농투성이거나 아무 것도 모르는 천한 놈들인 줄 알았는데, 그들의 말은 그게 아니었다. 게다가 그간 나라 돌아가는 사정이나 조정의 형세에 대해서도 너무 잘 알고 있는 게 아닌가. 이놈들이 도대체 누구이기에? 두 사람은 한마디 말도 더하지 못하고 도망치듯 공주 감영을 빠져나갔다.

2. 차현(車峴) 전투

채원부와 박강수가 아무런 소득도 없이 돌아오자 정중부는 걱정 때문에 제대로 잠을 이룰 수가 없었다. 채원부의 말로는, 반란을 주도한 놈들이 범강장달같이 무서운 놈들인데다가, 한낱 시골 무지렁이가 아니라 그 말하는 품새가 대군을 지휘하는 장군 같았다는 것이었다.

정중부는 문득 자기의 청년 시절을 생각했다. 자기도 해주의 보잘 것 없는 집에서 태어났지만, 뛰어난 풍채와 남다른 기백 하나로 지금 세상을 호령하는 인물이 되지 않았는가. 지금 그의 휘하에 있는 이의민 또한 그렇고. 그런 놈들이 이 넓은 세상에 어찌 또 없겠는가.

정중부는 다시 중방으로 대신들을 불렀다.

"지난번 공주에 내려갔던 채원부와 박강수가 빈손으로 돌아왔소. 그놈들이 생각보다 만만치 않은 것 같소! 채원부 말로는 그 우두머리 되는 놈들이 다들 한 나라의 장군처럼 당당했다 하오!"

"그놈들의 요구가 무엇이라 합니까?"

"말도 마시오! 그놈들이 간이 배 밖으로 튀어나온 놈들인지, 원! 어처구니가 없어서 입에 담기도 민망하오!"

"문하시중 대감, 그게 무슨 말씀이오?"

"…그놈들 얘기가 …귀천이 없고 가난한 사람과 부자가 따로 없는 대동 세상을 세우겠다는 것이라 하오!"

"무엇이라?!"

"허어…!"

"……!"

좌중이 한참 조용했다. 다들 할 말을 잃었다. 새로운 대동 세상을 세우다니!

"그놈들이 여간한 놈들이 아니오! 새로운 나라 운운하다니! 그놈들이 위로 쳐들어오기 전에 우리가 먼저 군대를 보내야 합니다."

상장군 이소응이 말했다.

"그렇습니다! 그놈들이 천(賤)것들의 세상인 대동 세상을 세우겠다니, 자칫 잘못하면 여기저기서 그것들에게 호응하여 천것들이 들고일어날 수도 있소. 그리 되면 사태가 걷잡을 수 없게 될 수도 있습니다. 지금 당장 군대를 보내야 합니다!"

상서복야 송유인이 말했다.

"보낼 만한 군대가 없으니, 큰일이 아니오?"

정균이 말했다.

"군인이 없으면 지금이라도 모집을 해야지요. 지금 저잣거리엔 할 일이 없어서 싸돌아다니는 장정들이 수도 없이 많습니다. 그놈들에게 높은 급료를 지급한다 하면 금방 구름같이 몰려들 것입니다."

평소에 별 말이 없던 중서시랑 평장사 민영모가 의견을 냈다.

"그것 좋습니다!"

추밀원부사 한문준이 맞장구를 쳤다.

"군대를 조직하여 파견한다면, 누구를 대장으로 삼으면 좋겠소?"

정중부가 다시 물었다.

"대장군 정황재가 적격입니다."

"장군 장박인도 한 싸움을 감당할 만하지요."

이소응과 한문준이 두 사람을 추천했다.

정중부는 곧바로 대장군(大將軍) 정황재(丁黃載)와 장군(將軍) 장박인(張博仁)을 중방으로 불렀다.

"지금 명학소놈들의 반란에 공주가 저들의 손에 떨어졌다. 내 지후 채원부와 낭장 박강수를 보내어 누누이 타일렀으나, 눈이 없고 귀가 막힌 무지렁이들인지라 듣지 않는다. 그대들 두 장군이 다시 내려가거라!"

"시중 대감, 어느 부대를 데리고 내려갑니까? 대감께서도 군대가 없다는 걸 잘 아실 텐데요."

"군대가 없으면 만들어야지!"

"…군대가 그렇게 하루아침에 만들어집니까?"

"허어! 이 사람들아! 이가 없으면 잇몸으로 대신한다는 말도 있잖은가! 지금 저잣거리에 놀고먹는 놈들이 얼마나 많은가! 그놈들을 데려가면 될 게 아닌가!"

"그놈들이 순 날건달들인데, 그런 놈들을 어떻게 모집하며, 또 모집한들 어떻게 훈련을 시켜서 전쟁터로 데려간단 말이오?"

"미끼를 내걸어야지! 공주에 가면 두둑한 급료를 지급하려니와, 민간과 관청을 마음대로 약탈하게 하겠다고 말이야!"

"아니, 그랬다가 그 뒷갈망을 어떻게 합니까?"

"하! 이 사람들! 전쟁에서 그만한 희생이야 늘 있는 것 아닌가! 우선 급한 불부터 끄고 봐야지!"

정황재와 장박인은 마음이 내키지 않았으나, 정중부의 말을 거역할 수는 없었다. 그들은 정중부의 말대로 저잣거리 건달들이 혹할 만한 달콤한 조건을 내걸고, 병사들을 모집했다. 며칠 안 되어 3천여 명의 어중이떠중이들이 모여들었다. 정황재와 장박인은 그들을 훈련도 제대로 시키지 않고 바로 출정하기로 했다. 까짓것 천민들이나 농투성이 촌놈들이야 3천여 명의 엄청난 군대만 봐도 똥이 빠지게 도망칠 게 아닌가.

명종 6년(1176년) 2월 정해일(丁亥日) 정황재가 남적집착병마사(南賊執捉兵馬使), 장박인이 부병마사(副兵馬使)가 되어, 토벌군 3천 명을 거느리고 공주를 향해 진격했다. 토벌군은 첫날을 수원부에서 묵고, 이튿날은 안성현에서 쉬었다. 그리고 사흘째 날 직산현을 지나 차현(車峴) 고개 아래 광정 마을에 도착했다.

차현 고개는 백두대간에서 줄기를 친 차령산맥이 서해 바다를 향해 내달리는 중간에 있는 재(嶺)로서, 호남으로 진격하려면 반드시 넘어야 하는 요해처였다. 차현을 넘는 길은 깊은 골짜기를 지나 가파르고 좁은 길이 구불구불 산을 넘어가고 있었다. 차령산맥은 예로부터 남도와 중부를 가르는 큰 산줄기로서, 대군이 한꺼번에 나아가기가 어려운 곳이었다.

만약 이런 곳에 복병이 숨어 있다면 일당백(一當百)이 될 텐데, 병법을 모르는 무식한 놈들이 무얼 알겠나! 정황재가 고개를 올라가며 그런 생각을 하고 혼자 웃는데, 사방에서 징과 꽹과리 소리가 우레처럼 일어나며, 화살이 굵은 빗발처럼 쏟아졌다.

"모두 물러나라! 물러나라!"

정황재의 명이 떨어지기도 전에 토벌군들은 산사태처럼 무너졌다.

그들은 뿔뿔이 흩어져 걸음아 날 살려라 하고 정신없이 재 아래로 도망쳤다. 어처구니없는 패배였다. 10여 리를 쫓겨 내려와 광정 마을에서 군대를 수습한 정황재와 장박인은 할 말을 잃었다. 접전도 제대로 못해 보고 5백여 명이 없어졌던 것이다. 전사자가 그리 많은 것이 아니라 대부분이 겁을 먹고 도망친 탈영자였다. 어중이떠중이 건달들이 무슨 횡재라도 할까 하여 따라나섰다가, 막상 화살이 빗발치자 엇! 뜨거라 하고 도망을 친 것이다. 정황재도 자기가 적을 너무 깔봤다가 초반에 큰 낭패를 당했다는 것을 알았다. 경적필패(輕敵必敗)라더니! 그러나 이미 때늦은 후회였다.

다음날, 정황재는 척후병을 먼저 보내서 정탐을 한 다음 갖은 경계를 하면서 차현을 넘었다. 다행히도 전날과는 달리 명학군은 개미새끼 한 마리 보이지 않았다. 차현 고개를 넘어서면 바로 정안 마을이었다.

마음이 놓인 토벌군이 기세 좋게 정안 마을로 진격할 때였다.

깨갱! 깨갱! 깨갱!

지이잉! 지이잉! 지이잉!

다시 징, 꽹과리 소리가 요란하며, 명학군이 일제히 몰려나와 진(陣)을 쳤다. 명학군의 진은 동쪽과 남쪽, 서쪽의 세 군데였는데, 토벌군이 들어오길 기다리며 미리 자리를 잡고 몸을 숨기고 있었다.

정황재는 급히 토벌군을 둥글게 뭉치게 한 다음, 방패를 지닌 병사들로 하여금 3면을 성벽처럼 둘러싸게 하여, 방어태세를 갖추었다. 그러나 지형지세를 볼 때 토벌군은 적이 쳐놓은 함정에 이미 빠진 것처럼 절대적으로 불리했다. 정황재는 새삼 적의 우두머리가 누구인지 궁금했다. 망이라는 놈이라는데…. 일개 미천한 소(所)놈이 이런 전법을 구사한다는 게 믿어지지 않았다.

양쪽 군대가 서로 대치한 채 잠깐 소강을 이루고 있을 때였다. 명학군에서 장수 한 명이 말을 몰아, 토벌군을 향해 육박해 왔다. 망이였다.

"이놈들, 정중부의 개가 여기가 어디인 줄 알고 함부로 넘보느냐?! 어디 용기가 있으면 나와 봐라! 내 단번에 목을 베어주겠다!"

"......!"

"......!"

토벌군 중에 나서는 자가 없었다.

"대장군이라는 정황재! 네놈이 나서 봐라! 대장이라는 놈이 그만한 배짱도 없느냐?"

정황재는 몹시 당황했다. 적이 이렇게 직접적으로 도발해 오리라곤 상상도 못했던 일이었다. 그렇다고 필기단마로 의기양양한 적장과 맞설 자신은 없었다. 한눈에 보기에도 적장은 그 걸때가 웅위하고, 기세가 옛날 상산 조자룡 같은 놈이었다.

"대장군이란 놈이 겁먹은 개처럼 꼬리를 내리고 숨었구나! 그럼 장군 장박인이란 놈이 나서 봐라! 설마 네놈도 매 맞은 개처럼 깨갱거리며 대가리를 감추지는 않겠지?!"

망이는 노골적으로 부병마사 장박인의 역린을 건드리는 욕을 퍼부었다. 그를 불러내기 위한 의도였다. 아니나 다를까.

"이런 시궁쥐 같은 촌놈이! 네놈이 세상 넓은 줄 모르는구나!"

분기를 못 참은 장박인이 말에 박차를 가해 망이를 향해 달려들었다. 장박인은 본래 세습(世襲) 군반(群班) 출신으로, 대대로 무반 벼슬을 해 왔고, 그의 부친 장보국 또한 용호군 대장군을 지냈었다. 장박인은 철나기 전부터 무예와 수벽치기로 몸을 단련해 왔고, 그 덕택에 젊은 나이에 장군의 자리에까지 오를 수 있었다. 장박인은 마음속으로 망이가 너무 같잖았다. 제깟놈이 제법 걸때가 있어서 시골 소(所)에서 힘깨나 쓴다고 껍죽거린 모양이나, 우물 안 개구리이고, 당랑거철(螳螂拒轍)이지!

두 사람의 말(馬)이 서로 맞비끼는 찰나, 장박인은 번개처럼 망이의 허리를 향해 검을 휘둘렀고, 동시에 망이의 쇠몽둥이가 그의 칼을 맞받아쳤다. 순간 장박인의 칼은 저만치 튕겨나가고, 장박인은 말에서 떨어져 사정없이 땅에 거꾸러졌다. 장박인은 너무 놀라 제 정신이 아니었다. 쇠방망이의 힘이 너무나 무지막지했기 때문이었다. 이놈이 사람인가! 그는 일어날 생각도 못하고 말 위에 우뚝한 망이를 올려다보았다. 햇빛 때문에 그의 얼굴은 잘 보이지 않았으나, 그가 무슨 거인처럼 느껴졌다.

"또 덤빌 놈 없느냐?"

망이가 다시 토벌군을 향해 고함을 쳤다.

조용했다.

그때 삼면에서 명학군이 고함을 지르며, 토벌군을 향해 육박했다. 토벌군은 또다시 혼비백산하여 뒤로 도망쳤다.

그날 토벌군은 다시 차현을 넘어, 광정 마을까지 퇴각했다.

병사들을 수습하여 진을 친 뒤 정황재가 장박인에게 말했다.

"우리가 그놈들을 너무 가벼이 봤소. 결코 만만한 놈들이 아니오."

"그렇습니다. 소(所)놈이라고 만만히 봤다가 큰코다쳤습니다. 공주가 저놈들 손에 떨어진 게 이해가 됩니다. …특히 아까 나와 겨룬 그놈은 무슨 괴물 같았습니다!"

"그놈 이름이 망이라는데, 어디서 그런 놈이 튀어 나왔는지…. 앞으로가 걱정이오."

"솔직히 말해서 저런 오합지졸로 어떻게 더 이상 전투를 하겠습니까?!"

장박인이 장막 밖에서 웅기중기 앉아 있는 병사들을 내다보며 고개를 흔들었다.

"나도 같은 생각이오만, 그렇다고 이대로 그냥 물러날 수는 없지 않겠소?"

"그렇지요."

정황재와 장박인의 고민이 깊어졌다. 진퇴양난! 개경에서 어중이떠중이를 급하게 모아서 훈련도 없이 출정한 군대로는 더 이상 전투를 한다는 게 불가능하다는 게 두 사람의 공통된 생각이었다. 그렇다고 아무런 소득도 없이 개경으로 돌아갈 수도 없었다. 자칫 잘못했다가는 패장(敗將)이라는 죄목으로 삭탈관직은 물론 목이 날아갈 수도 있었다. 공주 주지사 박상부가 흔적도 없이 자취를 감춘 게 그 까닭 아니겠는가.

"…어떻게 해야 할까요?"

"…글쎄, 어떻게 해야 할까?"

두 사람은 고심에 고심을 거듭했다. 그리고 우선 개경에 원병을 요청하기로 했다.

명종 6년(1176년) 3월 을묘일, 남적집착병마사 정황재가 보낸 장계가 중방에 도착하였다. 장계의 내용인즉 다음과 같았다.

《남적(南賊)과의 싸움이 불리하여 사졸이 많이 도망하였으니, 청컨대 승병(僧兵)을 모아 진퇴양난에 빠진 군사를 구제하여 주십시오.》

문하시중 정중부 옆에 앉아 있던 그의 아들 승선 정균이 불쑥 화를 내어 장계를 찢으며 말했다.

"그깟 한 줌 벌레 같은 소(所)놈들을 못 이겨 원병을 청하다니! 이게 대체 말이 되느냐?"

"소놈들이 여간 아니옵니다. 대감 통촉하소서!"

장계를 들고 간 별장 이청래가 정균을 향하여 머리를 조아렸다.

"그래, 그간의 전투 상황을 자세히 말해 보아라! 도대체 시골 소놈들한테 3천 명이나 되는 중앙군이 패퇴했다니, 믿어지지가 않는다."

상서복야 송유인이 말했다.

별장 이청래는 저간의 전투 상황을 자세하게 아뢰었다.

"아니, 그 망이라는 놈한테 장군 장박인이 한 합에 박살이 나고 말에서 굴러떨어지다니, 대체 그놈이 어떤 놈이냐?"

"그놈이 바로 반군의 수괴인데, 떡대가 황소 같고 힘과 기백이 옛날 초나라 항우에 못지않다고들 합니다!"

"…힘과 기백이 항우 못지않다?!"

정중부가 부쩍 흥미가 당겨, 물었다. 정중부는 그 스스로 보통사람들보다 훨씬 웅대한 풍채와 힘으로 한낱 이름 없는 민초에서 오늘날 문하시중의 지위에 올랐거니와, 거쿨진 풍채와 힘, 기백을 지닌 젊은이를 좋아했다. 좋은 시절이라면 불러다가 부하로 삼을 만한 놈인데….

"이제 보낼 만한 승병도 없는데, 이 일을 어찌하면 좋겠습니까?"

정균이 정중부에게 물었다.

"너무 걱정할 것 없다. 채찍으로 안 되면 당근이 있지 않느냐?"

정중부가 느긋하게 말했다.

"그놈이 제법 호걸인 모양이니, 불러다가 수하로 부리면 좋지 않겠느냐?"

"적의 수괴를 수하로 부리다니요?"

"어허허허! 너는 아직 멀었다! 힘으로 안 되면 머리를 써야지! 다 수가 있느니라. 우선 정황재와 장박인을 불러 올려라. 그래야 다음 번 조치를 취할 수 있다."

정중부는 파격적으로 명학소를 현(縣)으로 승격시켜서, 난민들을 달래볼 생각이었다.

3. 넓은 곳으로 나아가다

남적집착병마사 정황재의 군대가 패퇴하여 물러가자 명학군은 제1진과 제2진으로 군대를 나누어, 제1진은 북쪽으로, 제2진은 서쪽으로 진격하였다. 제1진은 망이와 이광, 정첨이 이끌었고, 제2진은 망소이와 웅태가 지휘자였다.

제1진은 연기와 전의, 목천, 진천을 차례차례 점령하고, 9월에 드디어 충주에 이르렀다. 그간 명학군이 가는 곳마다 향, 소, 부곡의 천민들은 물론, 양수척과 노비들, 일반 농민들까지 가세하여, 그들의 기세는 태풍과 같았고, 크고 작은 고을들이 별다른 저항도 없이 파죽지세로 무너졌다.

명학군의 이런 기세에 놀란 조정에서는 지난 6월 명학소를 충순현(忠順縣)으로 승격시키고, 내원승 양승탁을 현령으로, 내시 김윤실을 현위로 임명하여 진무(鎭撫)하게 했으나, 그들은 명학소에 내려와 보지도 못하고 중도에 돌아가고 말았다. 공주는 물론 그 주변이 명학군에 의해 점령된 뒤인지라 어찌할 수가 없었다. 조정에서는 북진하고 있는 명학군에게도 사신을 보내어, 명학소를 충순현으로 승격시켰음을 알렸으나, 한번 봉기한 명학군이 그런 말 한마디에 진격을 멈출 리는 없었다.

"조정에 있는 놈들도 똥줄깨나 탔나 보군! 명학소를 충순현으로 높이다니! 충순이란 말이 무슨 뜻인가? 충성을 바쳐 따르라는 말 아닌가?"

"우리가 군을 일으켰는데, 우리 고을을 승격시켰다는 게 말이 되는가?"

"발등에 불은 떨어지고, 별 대책은 없고 하니, 우선 사탕발림으로 우리를 속여 보려 한 것 아닌가!"

고려는 태조가 처음 창업하였을 때부터 지방 고을을 다스리는 대원칙이 있었다. 그것은 공과 벌을 확실히 하여 백성들을 다스린다는 것이었다. 나라에 큰 공을 세운 자가 나오면, 그 고을을 승격시켜 주고, 그 반대로 민란이 나거나 반역자가 나오면 그 고을을 강격(降格)시킨다는 원칙이었다. 그런데 지금 민란을 일으킨 명학소를 충순현으로 승격시켰다는 게 말이나 되는가. 조정은 그들이 얼마나 다급한지, 그들이 얼마나 허약한지만 드러냈을 뿐, 명학군을 멈추게 할 수는 없었다.

그러나 충주는 그리 호락호락하지 않았다. 역시 전국 8목(牧)의 하나인 대읍(大邑)인지라 관해(官廨)를 둘러싼 성벽이 높고 튼튼했으며, 훈련된 병사들도 많았다. 그들은 명학군이 그들을 향해 진격해 온다는 얘기를 듣고, 미리 적잖은 대비를 하였고, 그 때문에 명학군도 쉽게 충주를 점령하지 못하고 있었다.

명학군은 충주로 들어가는 큰 길에 진을 치고, 벌써 열흘째 성을 공략하려 했으나, 뜻대로 되지 않았다. 처음 명학군은 남쪽 출입구인 진남문을 공략하려고, 수레에 볏짚을 가득 싣고, 그 위에 기름을 잔뜩 부었다. 그리고 진남문으로 향해 돌진하여, 볏짚에 불을 붙였다. 진격하는 명학군은 다들 방패를 들었으나, 성벽 위에서 쏟아지는 화살과 돌, 불덩이에 많은 사람이 죽거나 다쳤고, 불붙은 수레도 성벽 위에서 내리붓는 물에 꺼지고 말았다. 명학군은 상당한 손실을 입고 물러날 수밖에 없었다.

다음으로 명학군이 시도한 작전은 사다리를 타고 성벽을 타넘는 것이었다. 그들은 민가에 있는 사다리들을 가져다가, 둘을 하나로 이어 길게 만들고, 목수로 하여금 새로 사다리를 만들게 하기도 하여, 80여 개의 사다리를 들고 성벽으로 접근했다.

와아아아! 성벽을 넘어라!

워어어어! 저 역적놈들을 다 죽이자!

양쪽 군졸들이 지르는 성난 함성이 맞부딪치고, 이윽고 전투가 시작되었다.

명학군이 성벽으로 다가가자 기다리고 있던 충주 관군이 다시 일제히 활을 쏘아댔다. 명학군은 많은 희생을 내고 가까스로 성벽에 사다리를 걸치고, 올라가기 시작했다. 그러자 커다란 돌과 나무기둥, 불붙은 볏단, 화살 등이 사다리를 타고 올라가는 명학군의 머리 위로 쏟아져 내렸다. 명학군은 많은 사람이 죽고, 부상을 당하고 하릴없이 후퇴를 했다. 두 번이나 많은 희생을 치르고도 충주성을 넘지 못한 명학군은 사기가 뚝 떨어졌다.

다음날, 정첨은 오랜만에 여자 옷을 입고 혼자 충주성을 살피러 나갔다. 어디 공략할 만한 약점이 없나를 정탐하기 위함이었다.

정탐에서 돌아온 정첨이 말했다.

"성 서쪽으로 5리쯤 가면 조그마한 수챗구멍이 있소. 성에서 빗물이나 허드렛물이 흘러나오는 구멍인데, 아주 좁고 질척거립니다. 그리고 반대쪽엔 쇠철망이 걸려 있습니다. 사람이 억지로 기어들어가서 그 철망을 뜯어낸다면 성 안으로 들어갈 수가 있을 것 같습니다."

"그럼 오늘밤 내가 앞장서서 가겠습니다."

망이가 말했다.

"저들의 눈에 띄지 않으려면 몇 명만 가야 합니다. 그곳으로 들어가면 가까이에 성 서문(西門)인 진서루가 있습니다. 마침 진서루는 관군의 경계가 그중 제일 소홀한 곳입니다. 진서루로 가서 그 문을 열어야 합니다."

정첨이 다시 말했다.

"진서루에도 꽤 많은 군졸들이 있을 텐데, 그들을 치려면 용력이 뛰어난 사람들을 데려가야겠군요. 저도 망이 장군과 함께 가겠습니다."

이광이 말했다.

그날밤 자정이 넘어 망이와 이광은 관군 복장으로 위장한 12명의 명학군을 데리고 정첨이 말한 그 수챗구멍이 있는 곳으로 갔다. 띄엄띄엄 떨어져 있는 성루에는 횃불이 켜져 있고 두어 명의 초병이 있는 것 같았으나. 그들은 발소리를 죽인 채 지적지적한 물줄기를 따라가서, 수챗구멍을 발견하였다.

"내가 먼저 들어가 보겠소!"

망이가 컴컴한 수챗구멍 속으로 기어들어갔다. 덩치가 큰 망이가 겨우겨우 기어갈 수 있는 작은 구멍이었다. 정첨의 말대로 구멍 끝에는 손가락 만한 굵기의 철망이 쳐져 있었으나, 녹이 슬었는지 망이가 몇 번 힘껏 잡아당기자 우두둑 하고 떨어졌다.

"됐소!"

망이의 말에 이광과 군졸들이 차례로 수챗구멍을 기어나왔다. 그들은 곧바로 진서루를 향해 달렸다.

"누구냐?"

명학군이 진서루에 다다르자 수직을 서는 관군이 물었다.

"수고 많았소! 교대하러 왔소!"

"교대라니? 아직 시간이 안 됐는데?"

"이놈들! 저승사자도 몰라보냐?"

명학군은 번개처럼 그들에게 칼을 휘둘렀다. 관군이 모두 쓰러지자 망이와 이광이 빗장을 뽑고 진서루 문을 열었다. 망이가 횃불을 크게 돌리자 명학군들이 물밀 듯이 밀려들어왔다. 미리 약속한 대로 명학군은 어둠을 타고 진서루 가까이 와서 어둠 속에 몸을 감추고 있었다.

"충주 정청(政廳)을 쳐라!"

"사또를 잡아라!"

명학군은 선화당을 향해 짓쳐들어갔다. 선화당은 한 길쯤 되는 담장에 둘러싸여 있었고, 관군 몇 십 명이 호위하고 있었으나, 명학군은 그들을 쳐부수고 바람처럼 담장을 넘어 선화당을 덮쳤다. 선화당 안에는 몇 명의 장교가 수직을 서다가 명학군에게 죽거나 사로잡히고,

명학군은 선화당 뒤쪽에 있는 내아(內衙)로 몰려갔다. 필시 목사(牧使)는 그의 살림집인 내아에 있을 것이었다. 그러나 목사 염귀수는 그곳에 없었다. 밖에서 소란한 소리가 들리자마자 잽싸게 식솔들을 데리고 뒷문으로 도망쳐 버린 것이었다.

"우리가 한 발 늦었네!"

"그놈 쥐새끼같이 잽싸게 새 버렸구먼!"

명학군은 관군의 주력군이 지키고 있는 진남문을 향해 몰려갔다. 진남문을 지키고 있던 관군들은 크게 당황하였다. 이놈들이 언제 감쪽같이 들어와서 선화당을 점령했단 말인가! 부랴부랴 응전 태세를 갖추고 있는데, 벌써 성난 불처럼 명학군이 밀고들어왔다.

어익!

아이쿠!

다 죽여라!

와아아아!

창칼이 맞부딪치는 소리, 창칼에 당한 병사들의 비명, 명학군이 지르는 함성에 충주 관군은 순식간에 무너지기 시작했다. 뒤쪽에 있던 병사들이 한 명 두 명 도망치자 금방 다들 뒤돌아 도망치기 시작했다. 다 틀렸다! 튀자! 삼십육계주위상계(三十六計走爲上計)라! 살려면 재빨리 달아나는 것밖에 다른 수가 없었다.

성이 떨어졌다!

달아나자!

충주 관군은 제대로 싸워보지도 못하고 한 순간에 무너졌다.

다음날, 날이 밝자 정첨은 의무부대를 방문했다. 의무부대는 어젯밤 전투가 끝나자마자 사상자들을 아전(衙前) 건물로 옮기고, 즉시 부상자들을 돌보기 시작했다. 그간의 전투에선 거의 인명 손실이 없었는데, 충주성 싸움에선 전투도 치열했고, 사상자도 많았다. 그만큼 계암 스님과 진 의원은 눈코 뜰 새 없이 바빴다.

"스님, 저기 저 두 사람은 언제부터 우리 부대에 있었습니까?"

정첨이 난명과 어금이를 가리키며 계암 스님에게 물었다.

"왜, 아는 사람이오?"

"아무래도 눈에 익습니다! 여자들이지요?"

"공주가 우리 손에 떨어지고 나서, 바로 우리 부대에 들어왔습니다. 아무래도 남자옷이 편하다며 처음부터 저 차림이었지요."

정첨은 부상자들의 붕대를 갈아주고 있는 두 사람에게 다가갔다. 가까이서 보니 개경에서 본 난명 아씨와 그녀의 몸종 어금이가 분명했다.

"…난명 아씨 아닙니까?! 아씨가 여긴 웬일입니까?"

정첨이 놀라, 말했다.

"…누구신지…?!"

"저, 개경에서 망이 장사와 함께 있었던 사람입니다!"

"아! …그분! …그분이시군요!"

난명이 그제서야 놀란 얼굴로 외쳤다.

"아씨와 하님이 우리 부대에 와 계신 줄은 몰랐습니다!"

"…제가 그때 큰 은혜를 입었습니다. 진작 찾아뵈었어야 했는데, 면목 없습니다."

"아닙니다! 아씨께서 여기 계시다니, 믿어지지 않습니다."

"명학군이 하는 일에 조금이라도 도움이 되기를 바라서 따라왔습니다."

"……!"

정첨은 난명과 헤어져 본영으로 돌아오면서 내내 착잡한 심정이었다. 난명 아씨가 이곳에 있었다니! 망이 장군을 따라왔구나! 정첨은 같은 여자로서 은애하는 사람의 심정을 모르는 바는 아니었다. 그러나 어쩐지 마음이 편치 않았다. 보아하니 망이 장군도 아직 모르고 있는 모양인데, 이를 망이 장군에게 알려야 하나 말아야 하나. 정첨은 마음이 한없이 착잡했다.

충주가 명학군의 손에 떨어지자 조정에서는 급히 장군 박순과 형부 랑중 박인택을 충주로 파견했다.

"성상께서 명학군 때문에 염려가 크시니, 이제 군대를 해산하고 고향으로 돌아가는 것이 어떻겠소이까? 다들 아시는 바와 같이 지난 6월 성상께서는 명학소를 충순현으로 승격(昇格)시키셔서, 소(所)민을 위무하셨소이다. 성상께서 이런 은혜를 베푸셨으면 장군들께서도 이에 응하는 것이 백성 된 도리 아니겠소이까?"

장군 박순이 정중하게 말했다.

"우리는 이미 달리는 호랑이의 등에 올라탔소이다. 명학소 하나가 현으로 승격되었다 하여 해결될 문제가 아니외다"

망이가 말했다.

"그게 무슨 말씀이오이까?"

"지금 우리 군대에는 명학소 사람만이 아니라 양광도 전체의 천민은 물론, 일반 농민들까지 가세해 있소. 이들이 바라는 것은 첫째는 관리들의 탐학 척결이고, 둘째는 모든 사람들이 빈부귀천 없이 살아가는 대동 세상이오. 어찌 명학소 같은 작은 마을 하나의 승격으로 우리들이 해산할 수 있겠소이까?"

"장군의 바램이 너무 큰 것이 아니오? 먼 훗날 온다는 미륵의 용화 세상이라면 모를까…."

박순이 어두운 얼굴로 말했다.

"수많은 백성들이 그런 대동 세상을 염원하고 있는데, 누가 그걸 막는단 말이오? 임금이나 조정은 물 위에 뜬 배이고, 백성은 배를 떠받치는 물이란 말이 있는데, 성난 물이 때로는 배를 뒤집어엎는다는 것도 아시겠지요?"

"무슨 뜻인지는 알겠소이다만, 성상의 녹을 먹고 있는 신하가 듣고 있기엔 괴로운 말씀이외다. …문하시중 정중부 대감께선 명학군이 해산하게 되면 그 지휘하는 장군들을 높이 쓰시겠다는 말씀도 있었소이다."

"하하하하! 우리를 어떻게 보고 그런 말을! 그건 우리를 모독하는 말이우! 우리가 조정의 벼슬을 탐내어 저 많은 동지들을 배반하고 해산을 하란 말이우?"

그간 듣고만 있던 이광이 목소리를 높여 한마디 했다.

"그렇게 들으셨다면 미안하외다. 나는 그냥 문하시중 대감의 말씀을 전했을 뿐, 다른 뜻은 없소이다. 이야기하는 김에 한마디 더 하겠소이다. 지난 6월 병술일에 윤인첨과 두경승 장군이 서경을 포위하고 총공격을 가하여 드디어 서경이 함락되고, 서경 유수 조위총이 체포되어 참수되었소이다. 서북면의 민란이 드디어 종식된 것이지요. 솔직히 말해 그간 조정의 군대가 거의 다 서경에 가 있어서 명학군에 대한 조정의 대처가 온건했으나, 끝내 여러분이 해산하지 않는다면, 그간 서북면에 가 있었던 조정의 대군이 이번엔 남쪽으로 향할 것이외다. 개경군이 본격적으로 내려오면 그간의 전투와는 양상이 다를 것이 아니오이까? 내 이곳에 와서 여러분을 보고, 여러분의 뜻이 원대하고 아름다운 것을 깨달았소이다. 그러나 이상은 이상이고, 현실은 현실이외다! 내 말을 위협으로만 듣지 마시기 바라오이다."

"차사(差使)의 뜻은 충분히 알았으니, 그만 돌아가시오."

개경의 차사들이 돌아간 며칠 후 초저녁이었다.

"총장군! 의무부대에 한 번 가보시지요."

정첨이 망이에게 말했다.

"무슨 일이 있소이까?"

"가 보면 알게 될 게요!"

망이는 정첨의 얼굴이 밝지 않은 것을 의아하게 생각하며 의무대를 찾아갔다. 뜻밖에도 저만치 횃불 아래 부상병들을 돌보고 있는 난명과 어금이의 모습이 보였다. 난명 아씨가?! 두 사람은 남장을 하고 있었으나, 망이는 한눈에 난명과 어금이를 알아볼 수 있었다.

"난명 아씨!"

망이의 말에 두 사람이 하던 일을 멈추고 돌아섰다.

"난명 아씨, 맞군요! 아씨가 어떻게 여기에….."

망이는 차마 말을 잇지 못했다.

"망이 장군님! …."

난명도 말을 못했다.

"……!"

"……!"

난명의 눈에 왈칵 눈물이 솟구쳤다. 망이의 눈에도 눈물이 어렸다.

"…아씨!"

"…장군!"

한참 후에 난명이 말했다.

"…망이 장군, 지금 장군의 두 어깨엔 수천 명 명학군의 목숨이 걸려 있습니다! 이제 장군 혼자가 아닙니다. 제가 장군께 조금이라도 폐가 된다면 이는 아니 될 일입니다. 저는 장군의 얼굴을 본 것으로 족합니다. 이제 가 보셔요!"

"아씨!"

"이제 가 보셔요! 어서요!"

망이는 하는 수 없이 의무대를 떠났다. 밖으로 나온 망이는 왈칵 솟구치는 눈물 때문에 걸음을 떼어 놓을 수가 없었다.

4. 예산의 봉기(蜂起)

총장군 망이와 좌장군 이광이 북쪽으로 진격할 때 우장군 웅태와 전장군 망소이는 공주를 파수하면서 양광도의 서쪽으로 세력을 넓혀 갔다. 그들은 정산현, 은진현, 회덕현 진잠현, 연산현, 이산현, 부여현, 석성현, 한산군, 임천군 등 양광도 서남부를 차례로 점령하고, 기수를 북으로 돌렸다.

명종 6년(1176년) 8월, 예산의 손청은 명학군이 북쪽과 서쪽에서 승승장구한다는 말을 듣고, 그의 어머니 자소 부인을 찾아갔다. 그는 지난번 공주가 명학군의 수중에 떨어졌다는 망소이의 말을 들은 때부터 부쩍 마음이 달았다.

"어머니! 이제 저도 몸을 일으킬까 합니다."

"…그게 무슨 말이냐?"

"어머니도 제가 평소에 어떤 생각을 갖고 있었는지 잘 아시잖습니까?"

자소 부인의 얼굴이 굳어졌다.

"어머니, …허락하여 주십시오!"

"…네 뜻이 이미 확고한 것 같은데, 허락은 무슨 허락이냐?"

"어머니, 군대를 모으고 부리려면 우선 재물이 있어야 합니다. 우리 집 재물을 쓰고 싶습니다. 또 우리 집 노비와 소작인 들 중에서 젊은 사람들을 차출하여 데려가고 싶습니다. 당연히 먼저 어머니의 허락을 받아야 할 일이지요."

자소 부인은 오래 침묵에 잠겼다. 이윽고 자소 부인이 말했다.

"이미 이 집안의 대주는 너다! 네 뜻대로 하여라! 다만 이 어미는 너를 잃을까 그것이 걱정이다!"

"…어머니, 고맙습니다."

손청은 어머니 자소 부인에게 큰절을 하고 물러났다.

손청은 어린 나이에 예산을 떠나, 10여 년을 전라도 옥과현에 있는 관음사의 작은 암자 정혜암에서 지냈다. 그는 그곳에서 스승 율행 스님에게 말법 세상에서 참다운 부처의 제자가 해야 할 일이 중생 구제이고, 그 궁극적인 방법은 새로운 대동 세상을 여는 것임을 배웠다. 그는 정혜암에 있을 때 계암 스님이 무리를 이끌고 와서 호족들을 털어 활빈행을 하는 것을 직접 보았고, 언젠가는 그도 아예 세상을 뒤집을 군(軍)을 일으킬 생각으로, 정혜암을 떠날 때 그의 동반(同伴) 20여 명을 예산으로 데려 와, 그간 그들을 수덕사에 머물러 있게 하였다. 손청이 정혜암에서 데려 온 동반들은 모두 부모를 모르는 고아 출신으로서, 율행 스님이 탁발을 다니다가 거두어 기른 아이들이었다. 그들은 어렸을 때부터 부모 없이 자라서 잘못된 세상살이의 서러움을 뼈가 시리게 겪었고, 율행 스님의 가르침에 의해 그런 세상이 바뀌어야 함을 잘 알고 있었다.

어머니의 허락을 받은 손청은 즉시 그의 집 장원에서 농사를 짓는 외거노비와 소작인의 아들들 중 젊은이들을 그의 집으로 불렀다. 그리고 어렸을 때부터 마치 쌍둥이처럼 그와 함께 지냈던 충복 모돌이를 시켜 수덕사에 있는 그의 동학들을 그의 집으로 불렀다. 또한 그는 직접 가야산으로 가서 그곳에 숨어 사는 산사람들을 데려왔다.

명종 6년 9월 신해일, 손청이 이끄는 무리들은 야음을 틈타 예산현을 기습하고, 현령을 사로잡았다.

"네 이놈, 너는 이 고을의 이름 있는 호족으로서, 그간 부족한 것 없이 온갖 부귀영화를 누리던 놈이, 무엇 때문에 난을 일으켰단 말이냐?"

현령은 손청을 보고 격노해서 눈을 부라리며 꾸짖었다. 그는 고을의 명문 호족인 손청이 난을 일으킨 것을 도저히 이해할 수가 없었다.

"네놈이 아직도 세상이 바뀐 걸 모르고 큰소릴 치는구나! 이놈! 그
간 네놈들의 가혹한 가렴주구 때문에 백성들이 소나 말처럼 비참하게
살아온 걸 모른단 말이냐? 우리 호족들도 네놈 같은 벼슬아치들의 탐
학에 얼마나 많은 착취를 당했는가! 이제 너 같은 놈들을 모조리 쓸어
버리고, 새 세상을 열 것이다!"

손청이 현령에게 말했다.

"새 세상이라니, 그게 무슨 말이냐?"

"귀한 사람 천한 사람이 따로 없고, 주인과 노비가 따로 없는 대동
세상이다!"

"…뭐라? 주인과 노비가 따로 없는 대동 세상?! 하하하하! 하하하
하! …한갓 향암(鄕闇)에 불과한 네놈들이 대동 세상을 연다고?! 하하
하하! 세상을 몰라도 너무 모르는구나! 어차피 세상은 힘센 놈이 주인
노릇을 하고, 약한 놈들은 종이 되어 힘센 주인을 모시게 되어 있다.
늑대가 토끼를 잡아먹고, 고양이가 쥐를 잡아먹고 사는 게 자연의 섭
리가 아니더냐?"

"늑대도 같은 동족인 늑대는 잡아먹지 않는다! 그리고 우리는 그런
짐승이 아니라 인간이다! 인간이 어찌 짐승과 같겠느냐?"

"짐승보다 더한 것이 인간이다! 인간은 수천 년 동안 강한 자가 약
한 자를 노예로 부리며 살아왔다. 힘센 자가 사는 세상과 힘없는 자가
사는 세상이 어찌 같겠느냐? 너도 그것을 부정하진 못하겠지?"

현령은 가소롭다는 듯 손청을 비웃고 다시 말을 이었다.

"지금까지 수많은 놈이 세상을 바꾸겠다고 일어섰다가, 모두 힘센
자에게 잡혀 비참하게 죽었다. 힘없는 놈은 힘센 놈에게 빌붙어서야
비로소 목숨이나마 유지하는 것이다! 이런 세상 이치를 몰라서 이리
어리석게 구느냐?"

"이놈, 세상이 바뀌었다! 너도 공주 명학소 사람들이 일어나 새 세

상을 선포하고 파죽지세로 이미 양광도를 석권했다는 말은 들었겠지? 우리도 명학군과 손잡고 세상을 바꾸기 위해 일어섰다!"

"지금까지 민란을 일으킨 놈치고 관군에게 잡혀 죽지 않은 놈이 없었다! 너희들도 그걸 모르진 않을 것이다! 내 너희들이 지금이라도 그냥 물러난다면 이 일은 없었던 걸로 하고, 책임을 묻지 않겠다!"

"이놈이 세상이 바뀌었다는 걸 아직도 모르고 큰소리를 치고 있구나! 내 그걸 널리 알리기 위해 네놈 목을 베어 삼문 앞에 높이 걸어 놓겠다!"

손청은 현령의 목을 베어, 현청 앞 공터에 높이 매달았다.

새 세상이 왔다!
탐관오리가 없는 새 세상이다!
빈부귀천이 따로 없는 대동 세상이 왔다!
공주에서 충주까지 새 세상을 세우려는 명학군이 점령했다!
예산에서도 손청 장군이 일어나, 현령을 죽이고 군대를 모으고 있다!

소문은 삽시간에 사방으로 퍼져나가고, 손청의 휘하에도 천민과 노비들, 농민들이 몰려들어, 금방 3백여 명의 군대가 되었다.

군대를 정비한 손청은 예산 현청을 군의 본부로 삼고, 고을의 호족들을 불러 진무한 다음, 〈山行兵馬使 孫淸(산행병마사 손청)〉〈禮山將軍 孫淸(예산장군 손청)〉이라는 기치를 앞세워, 예산의 이웃에 있는 덕산현을 향해 나아갔다.

덕산은 예산에서 20여 리밖에 안 되는 가까운 곳에 있는 고을이었고, 손청은 덕산 고을을 손금 보듯 샅샅이 알고 있었다.

손청의 군대가 몰려온다는 소식을 들은 현감과 아전들은 다 도망치고 덕산 관아는 텅 비어 있었다. 손청도 이렇게 쉽게 한 고을이 점령될 줄은 몰랐다. 그간 그렇게 백성들에게 무섭게 군림하고 백성들의 생사여탈을 마음대로 하던 관아가 이렇게 허약했더란 말인가. 손청 부대는 무기와 군량을 거두고 백성들을 진무한 다음, 대흥현으로 진격했다.

대흥도 덕산과 마찬가지로 손청군이 다다르자 현청이 텅 비어 있었다. 아산, 해미, 당진, 홍주, 태안, 서산, 면천, …….

손청군은 봉기한 지 두 달이 채 못 되어 양광도의 북서부 지역을 석권했고, 손청 휘하의 병사들도 1천여 명의 대군이 되었다.

5. 강화(講和)

명종 6년 12월 계사일, 개경엔 눈이 내리고 바람까지 차갑게 불었다. 중방엔 아까부터 조정의 중신들과 무장들이 모여서 명학군에 대해 어찌해야 할지 의논이 분분했다.

"이제 서경을 평정하고 관병이 모두 돌아온 마당에 무엇 때문에 주저하고 있단 말이오? 저놈들이 부귀빈천이 따로 없고 주인과 노비가 따로 없는 새 세상을 세운다는데, 이런 요망한 말을 퍼뜨리는 놈들을 그냥 내버려 둔단 말이오? 이런 말에 전국의 그 많은 노비들이나 천것들이 호응한다면 사태가 어찌 되겠소?"

참지정사 송유인이 핏대를 올리며 말했다.

"송 대감은 너무 흥분하지 마시오! 군대가 한 번 지나간 곳은 풀뿌리 하나 안 남는다는 말이 있소! 그만큼 민폐가 크다는 말이오. 또 막상 전투가 벌어지면 피아를 막론하고 막대한 인명 피해가 날 것 아니겠소? 그 때문에 병가(兵家)에서도 싸움을 하지 않고 적을 이기는 것을 상(上) 가운데 상(上)으로 치고 있소이다. 다시 한 번 은혜를 베풀어 저들을 귀순시킨다면 그보다 좋은 일이 없을 것이외다."

대장군 기탁성의 주장이었다.

조정은 아까부터 군대를 보내서 명학소의 무리를 쓸어 버려야 한다는 진압론과 사신을 보내서 귀순케 해야 한다는 온건론으로 나뉘어, 팽팽하게 충돌하고 있었다.

"이제 조위총도 잡아죽이고, 서북면이 평정되었으니, 무엇이 걱정입니까? 그간은 군대가 서경에 가 있어서, 남적(南賊)에 대해 본격적인 대응을 할 수 없었으나, 이젠 상황이 달라졌습니다. 우리가 개경군을 보내서 대대적으로 남적을 친다면, 저들도 얼마 버티지 못할 게 자명합니다. 대체 주저할 게 무엇입니까?"

송유인의 아들 송군수가 그의 아버지 편을 들고 나왔다.

"그리 쉽게 생각해선 안 됩니다. 그렇지 않아도 그간 김보당의 난이야, 조위총의 난이야, 해서 이 몇 년간 군이 잠시도 쉴 틈이 없었고, 조정의 재정도 고갈이 된 지 오래인데, 또다시 대대적으로 군을 일으킨다는 게 말이 됩니까?"

상장군 두경승이 기탁성을 두둔하고 나섰다.

의견이 두 갈래로 갈라져 좀처럼 결론이 나지 않자 지병부사 승선 정균이 나섰다.

"두 의견 모두 일리가 있습니다. 그러면 절충안으로 한편으로는 군대를 보내기로 하고, 한편으로는 저들을 회유하는 것이 어떻겠습니까? 사신을 보내서 저들이 순종한다면, 그 후에 저들의 주모자를 추포해서 엄히 벌하고, 저들이 회유에 응하지 않으면, 그때 군을 내려보내도 늦지 않을 것입니다."

"좋은 말씀입니다. 그러나 지난번에도 장군 박순과 형부랑중 박인택을 차사(差使)로 보냈는데도 듣지 않은 반적들인데, 또 사신을 보낸다면 우리 조정의 체신이 우습게 되지 않겠소이까?"

"체신이 문제라면 비공식적으로 보내면 되지 않겠소?"

기탁성이 말했다.

"그게 한 방편이 되겠군요. 그럼 그 문제는 그렇게 하기로 하고, 누구에게 이번 토벌군의 총수를 맡기면 좋겠습니까?"

그들은 의논 끝에 대장군 정세유를 남적처치좌도병마사(南賊處置左道兵馬使)로, 대장군 이부를 남적처치우도병마사(南賊處置右道兵馬使)로, 대장군 양익경을 남로착적좌도병마사(南路捉賊左道兵馬使)로 임명하기로 했다.

조정의 명을 받은 정세유와 이부, 양익경은 출정할 군대를 개국사(開國寺)에 주둔시키고, 개국사 정문 앞의 넓은 마당에서 군대를 조련하기 시작했다. 지난번 정황재와 장박인이 어중이떠중이 3천 명을 데리고 공주로 출정했다가, 처참하게 패퇴한 것을 고려하여 사전 준비를 철저하게 하였다.

충주 감영을 점령한 명학군은 두 달 동안 더 이상의 진격을 멈추고, 충주성에 머물러 있었다. 충주성을 함락하느라 상당한 사상자가 났고, 그간의 전투에서 힘을 소진하여, 계속 진격하기가 어려웠다.

이러한 때에 개경에서 비밀 차사가 왔다. 차사는 관직도 이름도 밝히지 않고, 그가 비공식적인 차사로 왔다면서, 말을 꺼냈다.

"조정에서는 즉시 군대를 보내서 토벌해야 한다는 의견이 우세했지만, 명학소민도 임금의 백성이므로 마지막으로 기회를 베푼다며 나를 보냈소이다. 이번에도 임금의 명을 거역한다면, 대군이 좌우로 나뉘어 내려올 것이외다. 지금 개국사에선 명학군을 토벌하기 위해 병마사 정세유, 이부, 양익경 대장군이 날마다 군대를 조련하며 출병 준비를 하고 있소이다. 그들은 지난번 정황재와 장박인의 군대와는 판이하게 다른, 전투병들이외다. 또한 공주병이나 충주병 같은 지방병이 아니라 전투를 전문으로 하는 중앙병이오. 솔직히 말해 농민 중심의 명학군과는 비교가 안 됩니다. 조정에서는 지금 명학군의 사정을 소상하게 파악하고 있소이다. 군량이 떨어져 가고, 역병까지 창궐했을 뿐 아니라 탈영병마저 늘어나서 사기가 말이 아니라는 것을 모두 알고 있소이다. 이번에 임금의 말씀에 순종하여 귀순한다면 조정에선 명학군 모두에게 아무런 죄도 묻지 않고, 고향으로 돌아가게 할 것이외다. 고향으로 돌아갈 때 모든 사람에게 식량도 지급하겠다고 합니다. 그러나 불복한다면 곧 정세유 대장군과 이부 대장군, 양익경 대장군이 대군을 몰고 내려올 것이외다. 이는 단순한 협박이 아니니 심사숙고하시길 바라외다."

조정의 차사가 돌아간 뒤 명학군 본부에서는 진지한 회의가 계속되었다.

차사가 한 말은 대체로 사실이었다. 명학군의 숫자가 3천이 넘었으므로, 매일 매일 들어가는 군량이 엄청났다. 그렇다고 천민과 백성들을 위해 봉기했다는 명학군이 백성들의 식량을 마구잡이로 공출할 수도 없었다. 또 공출하려 해도 공출할 것도 별로 없는 게 궁핍한 백성들의 처지였다. 게다가 겨울로 접어들자 혹독한 추위 또한 명학군이 진격하기에 어려운 조건이었다. 그리고 가장 치명적인 것은 군대 내에 역병이 발생한 것이었다. 매일 몇 명씩 환자가 발생하고, 그 숫자는 날이 갈수록 걷잡을 수 없이 불어났다. 그러자 이제 탈영하는 병사들이 생겨났다. 자고 일어나면 밤에 보초를 서던 병사들이 자취도 없이 사라지곤 했다. 명학군은 사기가 말이 아니었다. 이미 전투를 계속할 상태가 못 되었다.

"다들 기탄없이 말씀들을 해 보시오."

망이가 말했다.

"오늘 개경에서 온 세작의 말에 의하면 개국사에서 토벌군이 훈련을 한 지 한참 되었다는 것이오. 이제 우리가 전쟁을 계속할 것인지, 아니면 형세가 불리하니 잠깐 강화를 하든지, 결정해야 할 때가 되었소."

정첨이 침중한 얼굴로 말했다. 정첨은 처음 명학소에서 봉기할 때부터 여러 세작을 사방으로 보내서 정보를 수집했고, 충주성에 주둔하면서도 계속 개경에 세작을 보내서, 조정의 동태를 파악해 왔다.

"…우리 군은 그 대다수가 병장기를 제대로 다루지 못하는 일반 백성이오. 게다가 역병까지 돌아, 지금 사기가 말이 아니오. 지난번 명학소가 충순현으로 승격되었단 말에 우리 군의 예기(銳氣)가 좀 꺾인 것도 사실이오. 이런 상태에서 조정의 군대와 맞붙는다면 헛되이 많은 사상자가 나고, 이기기도 어려울 것이오. 승산이 없는 싸움이라면 잠깐 피하고 보는 것도 생각해 볼 수 있소이다."

계암 스님이 말했다. 그는 날마다 역병에 걸린 환자들을 돌보느라 눈코 뜰 새가 없었다.

"…세가 불리하면 뒤로 물러서서, 다시 때를 엿보는 것도 한 방법이지요."

이광 또한 계암 스님의 의견에 찬성했다.

"여러분의 뜻이 그러하다면, 조정에 사람을 보내서, 우리의 뜻을 전합시다."

망이가 결론을 내렸다.

그는 며칠 전부터 깊은 고민에 빠졌다. 여러 정황을 볼 때 더 이상 버티기가 쉽지 않았다. 나날이 병자가 늘어가고, 탈영병이 늘어 가는데, 수많은 병자를 치료하는 것도 어려웠고, 탈영병을 붙잡아다가 처벌할 수도 없었다. 자기들 뜻대로 왔다가, 이제 자기들 뜻대로 가겠다는 사람들 아닌가. 억지로 붙잡는다고 될 일이 아니었다. 형세가 좋으면 모여들고 형세가 불리하면 흩어지는 게 염량세태 아닌가.

명종 7년(1177년) 정월 기유일, 명학군은 조정에 사람을 보냈다. 명학군은 그들이 요구하는 사항을 조정에서 들어준다면, 군을 해산하고 고향으로 돌아가겠다며, 요구 사항을 제시했다. 명학군이 요구한 사항은 4가지였다.

명학군에 대한 일체의 보복 행위가 없을 것.
명학군이 무사히 귀가하도록 병사들에게 식량을 배급할 것.
앞으로 일체 지방관에 의한 탐학 행위가 없도록 할 것.
모든 향, 소, 부곡을 철폐할 것.

조정은 명학군의 요구를 받아들여, 감찰어사 김덕강을 충주로 파견했다. 김덕강은 명학군에게 점령되지 않은 북쪽 지역의 주현군에서 수백 가마의 식량을 운반하여 명학군에게 나누어 주고, 귀가하도록 종용했다.

명학군은 몇십 명씩 떼를 지어 고향으로 돌아갔다. 이광도 그의 무리를 거느리고 왕방산 산채로 돌아가고, 정첨 대신 차현 산사람들을 이끄는 부두령 산바우도 차현 사람들을 데리고 차현 산채로 향했다. 망이와 정첨은 명학소 사람 1백여 명을 거느리고 명학소로 돌아갔다.

감찰어사 김덕강이 50명의 관군을 데리고 명학소까지 망이와 명학소 사람들을 뒤따라왔다.

"무엇 때문에 우리를 뒤따라오는 게요?"

망이가 불쾌한 표정으로 묻자

"너무 언짢게 생각지 마시오! 나는 망이 장군이 명학소까지 무사하게 가시도록 보호할 책임이 있소!"

김덕강이 말했다.

"보호가 아니라 감시겠지요?"

"조정의 명이니 이해해 주시오!"

일단 군을 해산하기로 결정한 망이는 망소이와 웅태가 이끄는 명학군 제2진과 예산의 손청에게 사람을 보내서, 사정을 설명하고 군대를 해산하도록 명을 내렸다. 망이의 명을 받은 망소이와 웅태는 군대를 해산하고 몇십 명의 호위군만 데리고 명학소로 돌아왔다.

　그러나 양광도 북서부를 점령하고 있던 손청은 망이의 명을 따르지 않았다.

　"이런 필부 같은 놈들! 사내놈들이 한번 칼을 뽑았으면 끝장을 봐야지! 이렇게 뒤가 물러서야 어찌 큰일을 도모하겠는가?!"

　손청은 크게 통탄하고 예산과 가야산을 거점으로 하여, 방어 자세를 굳히고, 결전을 준비하였다.

제4장

다시 타오르는 불

1. 명학군, 다시 일어나다

충순현으로 승격된 명학소는 겉으로는 달라진 것이 별로 없어 보였다. 조정에서 새로이 유성 현령과 현위를 새로 임명했지만, 그들이 명학소에 온 적도 없었고, 평소 마을에 와서 으르딱딱거리던 유성현 아전들도 얼굴을 보이지 않았다.

망이는 아무런 일이 없다는 것에 오히려 더 불안을 느꼈다. 그렇게 큰 일이 있었는데, 아무런 일이 없다는 게 이상하지 않은가. 그가 모르는 사이에 관에서 무언가 큰일을 모의하고 있는 게 아닌가 하는 생각이 머리에서 떠나지 않았다.

엊그제 입춘이 지났으나 명학소의 들판을 달리는 바람은 아직 차가웠고, 한길 옆을 흐르는 개울의 얼음도 채 풀리지 않았다. 망이는 아내 정첨과 어머니 솔이와 함께 탄동 마을로 향했다. 어제 탄동 아씨네 행랑아범 수범이 명학소에 와서, 내일 탄동 아씨댁에 와서 점심을 드시라는 전갈을 하고 갔었다.

"혜민이 얼굴에 바람 쐴라. 포대기 좀 치켜 올려라!"

솔이가 혜민이를 업은 정첨에게 말했다.

"걱정 마세요. 혜민이는 튼튼해서 아무렇지도 않을 거예요."

정첨이 시원시원하게 답했다.

"어머니나 가슴께에 찬바람 안 들어가게 옷깃 잘 여미세요."

위민이를 업은 망이가 솔이에게 말했다.

"나야 어른인데 이깟 바람이야…. 그래도 산빛이 조금 달라진 것 같지 않으냐?"

솔이가 사방을 둘러보며 말했다.

"그렇네유. 계절처럼 정직한 것도 없어요."

망이가 말했다.

"그런데 이 겨울에 무슨 밥을 먹으라구 사람을 부른다니? 혹 망소이와 아씨가 혼인이라도 하는 게 아니냐?"

"혼인이라니, 이미 아이까지 낳았는데, 무슨 …. 어머니는 탄동 아씨를 어떻게 생각하세요?"

망이가 솔이에게 물었다.

망소이는 공주에서 군대를 해산하고 돌아온 뒤 아예 탄동 마을에 눌러 앉았다. 어쩌다 명학소에 왔다가도 얼굴만 비치고 다시 탄동으로 돌아갔다. 탄동 아씨가 낳은 아이가 벌써 여섯 달이 넘었는데, 망소이는 탄동 아씨와 아이 곁을 잠시도 비우기 어려운 모양이었다. 솔이는 그런 망소이에게

"아이구, 저 푼수! 남 부끄러운 줄두 몰르구!"

하며, 종주먹을 대었으나, 아씨에 대해서는 이렇다 저렇다 입을 연 적이 없었다.

"신분이 다르다 보니 좀 조심스럽긴 하지만, 애 어멈이 조신하구 강단이 있다. 내 며느리로는 과하다."

"저두 대단한 분이라고 생각하구 있어요. 솔직히 말해 신분이 높은 아씨가 망소이를 지아비로 받아들인다는 게 그리 쉬운 일은 아니지요."

"그러게 말이다. 그간 너희들이 읎을 때에두 나에게 어찌나 깍듯이 대했던지 내가 몸둘 바를 몰르겠더구나!"

탄동 아씨는 망이와 망소이가 전쟁에 나가 있었을 때에도 여러 번 솔이를 찾아왔었고, 몸을 풀 때는 솔이가 탄동 마을로 가서 근 보름 동안이나 산바라지를 해 주었다. 그러는 사이에 두 사람 사이엔 서로를 아끼는 애틋한 마음이 생겨났다.

탄동 아씨와 망소이는 커다란 교자상에 진수성찬을 차려 놓고, 명학소 식구들을 기다리고 있었다. 두 사람이 솔이와 망이 내외에게 절을 한 다음, 망소이가 말했다.

"엄니! 오늘이 엄니의 생일이여유. 평생 처음으루 내가 엄니의 생일상을 차렸슈. 우선 옷부터 갈아입으세유."

탄동 아씨가 대국 비단으로 지은 고운 옷을 내왔다. 솔이가 생전 처음 보는 화려한 비단옷이었다. 그간 솔이는 오래 자기의 생일을 잊고 지냈다. 사는 것이 고단하다보니 생일치레 같은 것은 생각해 본 적도 없었다. 언젠가 탄동 아씨가 생일을 물어본 적이 있어, 일러준 적은 있으나, 방금까지도 오늘이 자기의 생일이라는 걸 잊고 있었다.

"나두 잊구 있었던 생일을 기억하구 있다가 이리 분에 넘치는 잔치를 해주다니, 고맙소."

아씨의 부축으로 옷을 갈아입으면서 솔이가 말했다.

"어머님, 말씀을 낮추세요. 며느리한테…."

"차츰 그리 하지유."

그날 망이네 식구들은 맛있는 음식을 먹고 마시면서 마음껏 즐겼다. 망이와 망소이가 솔이 앞에서 노래도 부르고 춤도 추면서 어머니에게 재롱을 부리고, 나중에는 흥이 난 솔이도 함께 춤을 추었다.

산유화야 산유화야
적룡 죽은 지 오래엇만
백마강수 만고에 푸르도다.
얼널럴 상사뒤야 어여뒤여 상사뒤야.

산유화야 산유화야
꽃 떨어진 지 오래엇만
낙화암 달빛 천루에 밝아라.

얼널럴 상사뒤야 어여뒤여 상사뒤야.

산유화야 산유화야
저 해가 떠서 들에 나가
저 달 져서 집에 온다.
얼널럴 상사뒤야 어여뒤여 상사뒤야.

망이네 식구가 탄동에서 돌아온 지 열흘쯤 지난 2월 중순이었다. 해시(亥時)가 넘어 둥근 달이 하늘 한가운데 떠 있고, 만뢰(萬籟)가 구적(俱寂)한데, 유성에서 명학소로 달려가는 50여 명의 관병이 있었다. 그들은 명학소 태동 마을 입구에 들어서자 발소리를 죽이고 살금살금 망이의 집으로 다가가더니, 울을 둘러싼 다음 집을 덮쳤다. 막 잠에 떨어졌던 솔이와 정첨, 망이의 두 아이가 군졸들에게 끌려 나왔다.

"망이란 놈이 없다! 패를 나누어 마을을 뒤져라!"

현위(縣尉)의 지휘에 따라 그들은 세 패로 나뉘어 마을을 뒤지기 시작했다.

그때 솔이네 옆집에 사는 저밤이가 골목을 빠져나가, 마을 젊은이들이 늘 모이는 덕중이네 집으로 뛰어들며, 외쳤다.

"유성현 군졸놈들이 망이네 집을 덮쳤다! 빨리 도망쳐라! 관병이 왔다."

"관병이 왔다! 피해라!"

저밤이의 외침에 덕중이네 사랑방에서 놀고 있던 젊은이 몇 명이 방 뒷문을 박차고 뛰쳐나갔다. 저밤이를 뒤쫓아온 군졸들이 육모방망이로 저밤이를 후려쳤다. 저밤이는 방망이를 맞고 땅에 쓰러져서도

"빨리 피해라! 빨리!"

하며 고함을 질렀다.

저밤이는 방금 잠깐 풋잠이 들었다가, 솔이네 집에서 예사롭지 않

은 소리가 나자 마당으로 나왔다가, 사태를 파악하고 젊은이들의 모임방인 덕중이네로 달려온 것이다.

"마을을 샅샅이 훑어서 젊은 놈들은 모조리 잡아내라!"

현위의 명에 따라 관병들은 한참 동안 마을을 들쑤시며 젊은이들을 잡아 묶었다. 그러나 망이와, 그와 함께 있던 젊은이 몇 명은 잡지 못했다.

"제길! 망이 놈을 놓쳤으니, 이것 낭패를 쳤군!"

현위는 쌍통을 우그러뜨리며 탁! 침을 뱉고는, 붙잡은 사람들을 모두 끌어가 유성 옥(獄)에 떨어뜨렸다.

마을 뒷산으로 피한 망이와 태동 마을 젊은이들은 밤길을 도와 탄동 마을로 달려갔다. 망소이의 식구들을 도피시키기 위함이었다. 그러나 그들이 탄동 마을에 도착했을 땐 이미 망소이와 탄동 아씨가 관군에게 붙잡혀간 뒤였다.

"이놈들이 음흉한 술수를 부려 우리를 해산하게 해 놓고, 뒷구멍으로 우리를 다 때려잡을 음모를 꾸미고 있었던 거 아닌감?!"

덕중이가 분을 못 이겨 씨근덕거리며 말했다.

"왕방산과 계룡산 산채 사람들이 다 돌아가고, 우리 명학소 사람들이 방심할 때를 기다렸다가, 뒤통수를 친 거여!"

망이도 그들과 같은 생각이었다. 하기야 그놈들이 어떤 놈들인데, 민란을 일으킨 우리를 그리 문문하게 놓아줄 리가 있겠는가! 비열한 놈들!

망이와 청년들은 세 패로 갈라져 차현과 계룡산, 그리고 왕방산으로 향했다. 제일 먼 곳에 있는 이광의 산채에는 망이와 덕중이가, 차현에는 막숭이와 곽배가, 그리고 계룡산 웅태에겐 상쇠와 한돌이가 갔다.

열흘 후 계룡산 웅태의 산채에는 차현 부두령 산바우가 이끄는 차현 사람들과 이광의 왕방산 사람들이 모두 모였다. 망이와 이광, 웅태, 산바우가 한자리에 마주 앉았다. 망이가 먼저 입을 열었다.

"지난 번에도 놈들의 술수를 어느 정도 짐작 못한 바는 아니었으나, 당시 사세(事勢)가 어쩔 수 없어서 우리가 군대를 해산했지만, 이제 놈들의 속셈이 다 드러난 이상 우리도 당할 수만은 없소! 며칠 전 전라도 익산의 미륵산 산사람들이 모조리 소탕되었다는 소식을 들었소. 그들도 미륵산에서 상당한 세력으로 관군에 오래 맞섰던 자들인데, 우리 명학군이 해산하자 곧바로 관군들이 대대적인 소탕전을 벌인 모양이오."

"저놈들의 생각은, 우리를 뿔뿔이 흩어놓고서, 각개격파하여 잡으려는 것이오. 저놈들은 이미 명학군 안에 차현과 계룡산, 왕방산 사람들이 있었다는 걸 파악하고, 차례차례 관군을 보내서 토벌하려는 것이오. 우리가 살 길은 하나로 합쳐서 먼저 저들을 치는 것밖에 없소!"

이광이 망이의 말을 이어 분위기를 돋웠다.

"저들의 속셈을 알았으니, 이번에는 무슨 일이 있어도 끝까지 갑시다."

웅태가 결기 있게 말했다.

명종 7년(1177년) 3월 경진일, 야음을 틈타 계룡산을 출발한 망이의 부대는 다시 유성현을 기습하여 점령했다. 작년 처음 봉기했을 때보다 관군의 저항도 만만치 않았다. 그러나 밤중에 갑자기 들이닥친 망이의 군대에 끝까지 맞서기는 어려웠고, 피차간에 인명 피해도 컸다. 망이는 옥사 문을 열고 망소이와 탄동 아씨, 마을 사람들을 구출하였다.

유성을 점령한 망이의 군대는 사방으로 사람을 보내서, 명학군이 다시 일어나 유성을 점령했음을 알리고, 병사들을 초모(招募)했다.

명학군이 다시 일어났다!

명학 세상이 오면 농사짓는 사람이 농토를 소유한다!

귀족과 상민, 천민의 차별이 없는 대동 세상이 된다!

모두 함께 일어나 대동 세상을 만들자!

원근 가리지 않고 또다시 사람들이 유성의 명학군 진지로 몰려왔고, 명학군은 순식간에 다시 1천여 명이 넘는 대군이 되었다.

명학군은 새로이 군을 정비한 다음 공주로 진격하여, 공주를 점령했다.

공주를 손에 넣은 명학군이 공주 관내를 진무하고, 감영 선화당에서 다음 작전을 토의하고 있을 때였다.

예산의 손청 장군이 보낸 사람이 명학군을 찾아왔다.

"망이 장군은 어디 계시오? 예산의 손청 장군이 보내서 왔소!"

"그래, 그곳의 전황은 어떻소?"

전령을 맞은 망이가 물었다. 그렇잖아도 손청군의 전황이 궁금하던 차였다.

"남적처치우도병마사 이부란 자가 거느린 군대가 워낙 막강해서, 우리 군대가 예산을 내주고 가야산으로 밀려났습니다. 망이 장군이 다시 일어났다는 말을 듣고, 손청 장군이 급히 저를 보내셨습니다."

"이부의 군대가 그리 막강하단 말이오?"

"그놈들은 모두 정예병이라 우리 부대와는 전투하는 게 확연히 다릅니다. 그리고 병마사 이부란 놈이 보통 지휘관이 아닙니다."

"……!"

망이는 전 임금 의종이 베푼 잔치에서 수벽치기 선수로 나섰던 이부의 모습을 떠올렸다. 그때 이부는 응양군 별장으로서 산원 양익경과 임금 앞에서 자웅을 겨뤘었다. 그런 그가 이제 대장군이 되어 명학군을 토벌하러 내려온 것이다. 손청은 명학군을 해산하라는 망이의 명을 듣지 않고, 독립적으로 군대를 유지하다가, 이부의 토벌군과 맞붙게 된 것이었다.

"손청 장군이 궁지로 내몰린 모양인데, 어떻게 해야겠소?"

망이가 좌중을 둘러보며 말했다.

"그가 군대를 해산하라는 총장군의 명을 어겨 오늘의 형세에 놓였으니, 자업자득인 셈이나, 그러나 지금은 그런 걸 따질 때가 아니오. 입술이 망가지면 이가 시리다는 말이 있는데, 그가 무너지면 우리의 왼쪽 날개가 부러지는 것이외다. 당장 우리가 가야 합니다."

이광이 자리에서 일어나, 열변을 토했다.

"옳소! 당장 출병하여 이부를 뒤에서 칩시다."

"옳소!"

이튿날 명학군은 예산 가야산으로 출병했다. 그들은 우선 진지를 구축하기 위해 가야산 옥양봉 기슭에 있는 가야사로 들어갔다.

가야사에선 명학군이 몰려온다는 소식을 듣고 100여 명이 넘는 승려들이 몽둥이를 들고 일주문 밖으로 몰려나와, 진을 치고 있었다.

계암 스님이 앞으로 나서서, 말했다.

"우리는 지금의 말법 세상을 미륵 부처님이 말한 용화 세상으로 바꾸기 위해 일어난 용화군(龍華軍)이외다. 스님들도 지금 세상이 진작 말법 세상이 되었다는 걸 모르지는 않을 것이오! 지금 세상은 몇 안 되는 귀족들이 세상의 온갖 부귀영화를 독차지하고, 수천수만의 백성들은 그들을 위해 말과 소처럼 땀 흘려 일하면서도 개나 돼지만도 못한 취급을 받고 있으니, 이 어찌 사람 사는 세상이라 할 것이오? 부처님의 말씀을 따르는 불도(佛徒)라면 모든 사람이 평등하다는 걸 알 것이오. 여러분도 우리와 함께 새 세상을 세우는 데 동참하시오."

"스님이 누구신지는 모르나, 여기는 부처님이 좌정해 계시는 성스러운 곳으로, 병장기를 지닌 속인들이 함부로 들어올 곳이 아니외다!

또한 우리는 속세를 떠나, 깊은 산속에서 깨달음을 구하는 사람들로서, 속세 일에 관여치 않으오이다."

주지인 듯한 풍채가 당당한 승려가 앞으로 나서서 말했다.

그러자 망소이가 불쑥 앞으로 나섰다.

"너희들이 속세에 관여치 않는다구? 그럼 지금 이 절에 있는 중들이 하루 세 끼 먹고 있는 곡식을 누가 생산했느냐? 너희들 목구멍으로 들어가는 쌀 한 톨이라도 너희들이 직접 생산한 적이 있느냐? 이 절이 소유한 그 넓은 장원들에서 수백 명, 수천 명의 사노(寺奴)나 소작인들이 너희들을 위해 뼈 빠지게 농사를 짓고, 너희들은 한가하게 목탁이나 두드리면서 놀고먹지 않느냐? 지금 너희 같은 절이 전국에 수백이 넘고, 너희들의 백성들에 대한 수탈(收奪) 또한 귀족놈들, 호족놈들 못지않아, 절과 중들에 대한 백성들의 원망이 하늘에 닿았다! 만약 지금 세상에 부처님이 내려오신다면, 우리보다 먼저 네놈들을 절에서 몰아내고, 절에 불을 지를 것이다!"

"아니! 무슨 말씀을 그렇게 과격하게 하시오? 우리는 세상과 중생의 평안을 위해 불공을 드리는 것이외다."

"너희들이 왕족과 귀족 호족 들을 위해 재(齋)를 지내는 것은 본 적이 있다만, 너희들을 먹여 살리는 농민이나 천민을 위해 한 번이라도 빌어본 적이 있더냐? 너희들도 저 왕족놈들이나 귀족놈들, 호족놈들과 같이 우리들의 등골을 빼먹는 도둑놈들이다!"

망소이가 신랄하게 주지를 몰아붙였다.

이어 망이가 말했다.

"우리 군이 작전상 잠깐 절에 의탁하려 하니, 주지께선 용납해 주시오!"

"그건 신성한 부처님을 욕보이는 일이외다. 장군께선 재고하여 주시오."

주지가 고개를 흔들며 완강하게 거부했다.

"저 몽구리가 뜨거운 맛을 봐야 중생이 얼마나 무서운지 알겠구나!"

망소이가 말을 마치곤, 곧바로 주지에게 육박하여, 그를 높이 쳐들어서, 중들에게 집어던졌다.

"죽이지는 말고, 내쫓아라!"

망이가 군졸들에게 명했다.

절 앞마당은 금방 치고박는 아수라장이 되었고, 얼마 지나지 않아 중들이 모두 쫓겨났다. 명학군은 가야사로 들어가 주둔하였다.

2. 이른 봄, 꽃은 떨어지고

남적처치우도병마사 이부의 진영으로 손청의 모친 자소 부인이 찾아왔다. 자소 부인은 예물로 가져온 비단과 은병을 이부의 호위 장교에게 전하고 말했다.

"병마사 이부 대장군님을 뵈러 왔소."

"부인께서 뉘신데 장군님을 뵈려 하시오?"

"나는 손청의 어미 되는 사람이오."

"예?! …잠깐 기다리시오. 장군님께 여쭙고 나오겠소."

장교가 군막 안으로 들어가더니, 금방 나왔다.

"안으로 듭시랍니다."

자소 부인은 군막 안으로 들어갔다.

"여기는 사람이 죽고 사는 전장이오. 반적(叛賊)인 손청의 모친 된다는 분이 목숨이 두렵지 않소?"

군막 안에 좌정하고 있던 이부가 자리에서 일어나며 말했다. 그는 개경에서도 보기 드문 우아한 자소 부인의 모습에 자기도 모르게 자리에서 일어났다.

"아들이 사경(死境)에 있는데, 어미 된 사람이 죽음을 두려워하겠습니까?"

자소 부인이 의연하게 말했다.

"무슨 용무로 나를 찾아오셨소?"

이부 대장군이 정중하게 물었다.

"운교 마을이 완전히 포위되어 손청군이 막판에 몰렸다는 말을 들었습니다. 저 마을 안으로 들어가게 해주십시오!"

"지금 저 마을은 사람은 물론, 개미 새끼 한 마리 들어갈 수 없게 포위되어 있는데, 어찌 부인께서 저길 들어간단 말이오? 언제 화살받이가 될지 모르오."

"…자식이 죽을 마당에 떨어졌는데, 어미 된 사람이 어찌 보고만 있겠습니까?"

"손청에게 항복이라도 권하려는 것이오?"

"다 자란 자식이 어미가 권한다고 지금에 와서 뜻을 굽히겠습니까? 저 또한 아들이 죽음이 두려워서 처음 세운 뜻을 꺾는 것을 바라지 않습니다."

"……!"

이부는 속으로 놀랐다. 시골 사는 일개 아녀자가 이런 말을 하다니! 개경의 대갓집 마님들에게서도 보기 어려운 당당하고 의연한 모습이 아닌가!

"항복을 권하는 게 아니라면 무엇 하러 저길 들어간단 말이오?"

"마지막으로 아들 얼굴이나 한번 보고자 합니다. 모든 어미의 마음이 다 그럴 것입니다."

"……."

이부는 잠깐 망설였다. 자소 부인도 더는 말하지 않았다.

"금방 나와야 합니다."

한참 후에 이부가 말했다.

이부는 군막 밖에 대기하고 있는 호위 장교를 불러, 자소 부인을 운교 마을로 들어가게 하라고 명했다.

예산에 널리 퍼진 소문처럼 운교 마을은 정부군에 완전히 포위되어 있었는데, 호위 장교는 마을 앞을 지키는 병사들에게 길을 열게 하여, 자소 부인과 몸종을 안으로 들여보냈다.

마을을 빙 둘러 수직를 서는 군졸들을 둘러보고 있던 손청은, 어머니 자소 부인이 왔다는 말에 깜짝 놀라 군대 본부로 뛰어왔다.

"어머니! 어쩐 일이십니까?"

손청이 자소 부인에게 큰절을 올렸다.

자소 부인이 아들을 일으켜, 쓸어안았다.

"그간 고생이 많았다!"

자소 부인의 눈에서 왈칵 눈물이 쏟아졌다. 손청의 눈에도 눈물이 어렸다. 한참만에 포옹을 푼 자소 부인이, 몸종이 가져 온 보자기를 풀게 했다. 놋사발에 담긴 이밥 한 그릇과 몇 가지 반찬, 국이 나왔다.

"내 너에게 밥 한 그릇 먹이려고 왔다. 어서 한 술 떠 보아라!"

"어머니, 밖에 있는 군졸들도 다 굶주리고 있습니다. 제가 어찌 혼자서 이 밥을 먹겠습니까?"

"이 어미의 마음을 모르겠느냐?"

"……!"

손청이 밥을 한 술 뜨고 말했다.

"어머니, 나중에 먹겠습니다."

자소 부인이 아들의 손을 꼭 잡았다.

"나도 그간 돌아가는 사정은 대강 들었다."

"어머니, …정말 죄송합니다. 아들로서 씻을 수 없는 불효를 저질렀습니다. 용서해 주십시오!"

"아니다. 네 뜻은 장부로서 지닐 만한 아름다운 것이다!"

손청도 자소 부인의 손을 꼭 잡았다.

망이와 이광의 명학군 제1진이 충주까지 점령하고, 망소이와 웅태의 제2진이 양광도 남쪽을 휩쓸었던 몇 달 전만 해도 손청군 또한 봉기하자마자 예산을 함락하고, 승승장구했었다. 그는 양광도 서북지역인 해미, 서산, 당진 등을 차례로 휩쓸면서 기세를 올렸다. 그러나 올해 1월 명학군 제1진이 정부와 강화를 하고, 망소이의 제2진마저 해산하자, 손청 군대는 갑자기 외롭게 되었다.

게다가 병마사 이부가 거느린 정예군과 맞닥뜨리자 손청군의 기세는 위축될 대로 위축되었다. 이부가 거느린 정예병은 조위총의 서경군과 오래 싸운 강병이었고, 이부의 작전에 따라 일사불란하게 전투에 임했다. 이에 비해 손청군은 노비와 천민, 농민들로 급조된 오합지졸들로서, 막상 적들과 치열한 전투가 벌어지자 제대로 싸워보지도 못하고 도망친 자들이 대다수였다. 손청군은 그간 네 번의 전투에서 밀리고 밀려, 결국 손청군의 본거지였던 예산까지 빼앗기고, 가야산 기슭에 있는 운교 마을까지 쫓겨왔다. 이제 남은 병사라고는 정혜암에서 함께 온 동지 20여 명과 그의 장원에서 온 노비 80여 명이 전부였다.

3일 전부터 이부의 개경군은 가야 마을의 사위(四圍)를 완전히 포위하고, 마지막 명령을 기다리고 있었다.

그날 자소 부인이 돌아간 뒤 이부가 보낸 장교가 손청을 찾아왔다.

"이제 장군도 알다시피 사세가 결정났소이다. 병마사 이부 대장군은 나를 보내어 최후통첩을 하도록 하였소이다. 우리는 반군을 모조리 토멸시키라는 조정의 명을 받고 출정했으나, 이부 장군은 아까 장군의 모친을 보고, 자식을 둔 부모의 마음을 생각하여, 마지막 기회를 주기로 한 것이오. 지금이라도 투항하시오! 한 시각 후에 총공격이 있을 것이오."

이부가 보낸 장교가 돌아가자 손청은 모돌이에게 말했다.

"저들이 항복을 권하는 최후통첩을 해 왔는데, 어찌하면 좋겠는가?"

"우리 휘하의 졸병들은 몰라도, 우리는 관에 끌려가 온갖 모욕을 당하고 결국 죽게 될 것입니다. 저는 최후까지 싸우다가 죽는 길을 택하겠습니다."

"내 생각도 똑같네!"

손청은 곧바로 모든 병사들을 한 자리에 모아놓고 말했다.

"우리는 최후의 결전을 하게 되었소! 더 이상 뒤로 물러설 곳이 없소! 지금 항복할 사람은 여기를 나가시오. 그간 애 많이 썼소! 그간 우리의 뜻은 온 세상에 널리 전해졌소! 그것만으로도 우리의 싸움은 충분한 가치가 있었소! 모두들 고마웠소!"

손청의 말에 병사들 사이에 동요하는 빛이 역력했다. 그리고 몇십 명의 병사들이 마을을 빠져 나가고, 이제 손청군은 50여 명밖에 남지 않았다.

저녁 이내가 가야산 골짜기를 슬금슬금 타고 내려와 운교 마을을 삼킬 즈음이었다.

와아아!

와아아!

요란한 함성과 함께 운교 마을 사방에서 이부의 군대가 손청군을 덮쳤다. 손청군은 마을 한가운데로 몰려 이부의 군대와 맞섰다. 죽고 죽이는 치열한 싸움이 시작되었으나 중과부적이었다. 한 식경이 못 되어 손청군은 거의 다 쓰러지고, 마지막으로 손청과 모돌이만 남았다. 두 사람도 이미 기진맥진하여 더 이상 싸울 힘이 없었다.

"그만 멈춰라!"

이부의 말에 손청과 모돌이를 둘러싸고 공격하던 병사들이 모두 동작을 멈췄다.

"손청, 다 끝났다! 항복해라!"

이부가 말했다.

"장부가 뜻을 세워 세상에 나왔으면 마땅히 그 뜻을 이루기 위해 진력(盡力)해야 할 것이고, 뜻을 이루지 못하면 흔연히 죽음을 택할 것이다!"

"자식을 생각하는 부모의 마음도 헤아려야 하지 않겠느냐?"

이부가 자소 부인을 생각하며 말했다.

"내 어머니는 내가 뜻을 굽히고 구차하게 사는 걸 원치 않으실 분이다! 더 이상 나를 욕되게 하지 마라!"

손청이 이부에게 말하고는 다시 모돌이에게,

"모돌아! 다음 세상에서 보자!"

하고는, 검으로 제 목을 그었다. 손청이 쓰러지는 것을 보고 모돌이도 검으로 제 목을 찔렀다.

두 사람의 붉은 피가 분수처럼 솟구쳤다.

"적장이지만 과연 사내다운 자들이다! 이 두 사람의 시체를 훼손하지 말고 정중하게 그 모친에게 전해라!"

이부의 명령에 휘하 장졸 몇 명이 소달구지에 손청과 모돌이의 시신을 실어 신양 마을 손청의 집으로 가져갔다.

손청과 모돌이의 시신을 본 하인들이 모두 울음을 터뜨리며 울부짖었으나, 자소 부인은 눈물도 흘리지 않고,

"요란 떨 것 없다. 예정되었던 일 아니더냐? 사내 대장부가 그만하면 죽백(竹帛)에 길이 이름이 남을 것이다."

하고는, 손씨 세장산에 손청과 모돌이를 매장했다.

며칠 후, 자소 부인은 손씨 집안 살림을 총괄하는 행랑아범을 불러 일렀다.

"손씨 집안의 모든 노비들에게 노비문서를 주어 양민이 되게 하고, 전답을 골고루 나누어 주시오. 그리고 우리 전답을 경작하는 소작인들에게도 전답을 고루 분배해 주시오."

"아니, 마님! 그게 무슨 말씀이신지…?"

"말 그대로요. 이게 바로 내 아들 손청이 이룩하고자 했던 새 세상이오."

말을 마친 자소 부인의 눈에 비로소 뜨거운 눈물이 차올랐다.

손청의 집 마당 한편에 피어 있던 붉은 동백이 갑작스런 바람에 후두둑 떨어졌다.

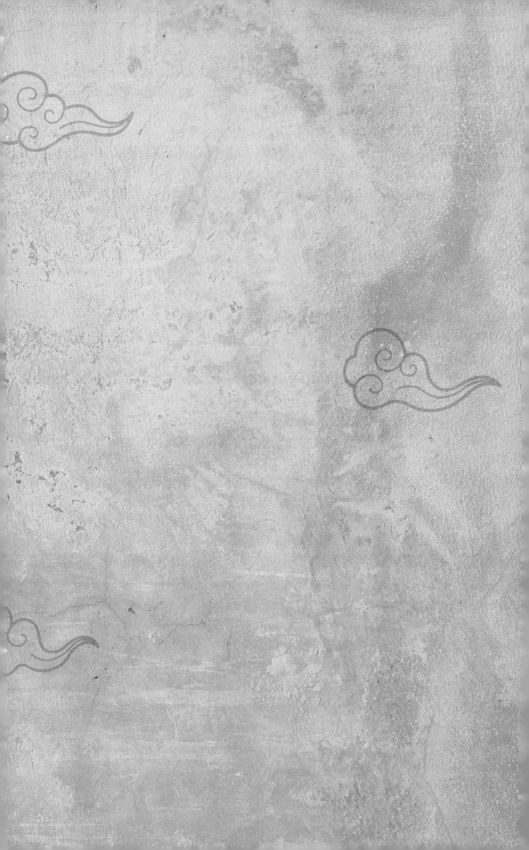

제5장

장려하게 무너지다

1. 봉선 홍경사(奉先弘慶寺)

가야사를 점령한 명학군이 군대를 정비한 후 병마사 이부의 정부군을 치려는 계획을 의논하고 있을 때, 전날 내보냈던 정탐병들이 차례로 돌아왔다. 그들은 손청군이 모두 토멸되었음을 보고했다.

"손청 장군과 모돌이 장군은 최후까지 항전하다가, 마지막에 스스로 목을 찔러 죽었다 하오."

"뭐라구?! 손청 장군이 죽었다니!"

망소이가 놀라 펄쩍 뛰었다.

"우리가 한 발 늦었소!"

망이의 입에서도 깊은 탄식이 흘러나왔다. 다른 사람들도 모두 충격에 빠져, 한동안 침묵이 이어졌다.

"당장 이부의 군대를 쳐서 손청 장군의 복수를 해야 할 것 아니오?"

한참 후에 망소이가 말했다.

"지금 이부의 군대는 사기가 충천해 있을 것이오. 이럴 때 우리가 흥분해서 덤빈다면 유리할 게 없소이다. 우리는 지방에 파견되어 있는 정규 정부군과의 접전은 가능한 한 피하고, 직접 개경을 향해 올라가야 합니다. 지방에서 아무리 여러 번 이겨 봤자 별 소용이 없습니다. 개경을 우리 수중에 넣어야만 합니다."

정첨이 말했다.

"옳은 말이오. 개경을 손에 넣어야만 우리의 혁명은 완성될 수 있습니다. 개경으로 직접 치고 올라가야 하오."

계암 스님이 정첨의 의견에 동의했다.

"그럼 곧바로 개경으로 치고 올라갑시다!!"

이광이 말했다.

"그럽시다!"

웅태도 이광의 말에 찬성했다.

봉선홍경사는 현종 12년(1021년) 임금의 명을 받은 승려 형금이 직산현 성환 마을에 창건한 사찰로, 일명 홍경원이라고도 하였다. 승려 득총, 장림 등이 형금을 도왔고, 임금은 강민첨, 김맹 등을 별감사로 삼아 일을 감독하게 했다. 이 지역은 원래 삼남에서 개경으로 올라가는 교통의 요지였으나, 인가가 멀리 떨어져 있고, 갈대가 무성하게 우거진 늪이 있어서, 도둑들이 자주 출몰하였다. 조정에선 이들 도둑떼에 의한 피해를 막기 위해 홍경원을 창설한 것이다. 200여 칸의 굉걸한 법당과 불전 행랑, 요사채와 객관(客官) 80칸을 세웠는데, 조정에서는 홍경원을 창건하는 데 한 푼의 재물도 내놓지 않고 모든 것을 지역 백성들의 부담으로 해결하였다. 와장(瓦匠)은 무료로 기와를 구워다가 바치고, 목재는 대가 없이 관내의 숲에서 베어다가 썼다. 톱질과 자귀질 또한 강제로 인근의 목수들을 불러다가 시키고, 마당을 고르고 축대를 쌓는 괭이질, 삽질은 지역민의 요역(徭役)으로 해결했다. 무려 5년이나 걸린 커다란 공사를 모두 지역민의 희생으로 강행하니, 관(官)이 두려워 말은 못했지만 백성들의 원망하는 마음이 하늘을 찔렀다.

객관 80칸은 절의 서쪽에 세웠는데, 〈廣緣通化院(광연통화원)〉이라는 현판을 붙이고, 길 가는 행인들에게 숙소와 양식, 말 먹이 등을 제공하게 하였다. 그러나 이렇게 지어진 객관은 지방을 오가는 벼슬아치와 세력 있는 귀족, 호족 들이나 이용했을 뿐, 일반 서민들에게는 그림의 떡이었다. 홍경원 근처에 얼씬만 해도 봉선사 몽니 사나운 몽구리들이 상통을 우그러뜨리며 으르딱딱거렸다.

인종 때 당시의 권신 이자겸이 홍경원을 대대적으로 수리하게 하였다. 승정(僧正) 자부와 지수주사 봉우로 하여금 그 책임을 맡게 했는데, 그때 주현의 장정들을 대거 징발하여, 그에 대한 원망 또한 드높았다.

또한 인종 8년에는 승려 묘청의 말에 따라, 조정에서는 홍경원에 아타파구신(阿咤波拘神) 도량을 설치하고, 재난을 물리친다는 다라니경(經)을 염송하는 법회를 27일간이나 열었는데, 이때도 주민들의 피해가 말할 수 없이 컸다.

봉선홍경사는 그간 150여 년을 이 지역의 지주(地主)로 군림하며 조정에서 내린 방대한 장원을 지니고, 수백 명의 사노(寺奴)와 소작인들을 마소처럼 부렸다. 그만큼 홍경사 승려들의 행패가 자심했고, 백성들의 원성 또한 드높았다.

가야사를 떠난 명학군은 동북쪽으로 진격하여 아산현을 함락하고, 이어 신창현으로 나아갔다. 신창에는 오래 전부터 내포벌에서 거두어들인 조세를 저장하는 조창(租倉)이 있었다. 명학군은 조창을 점령하여 군량미를 확보한 후 직산현으로 방향을 돌렸다.

명학군이 직산현으로 진격한다는 소문을 들은 그 지역의 천민들과 소작인들은 떼를 지어 몰려와 명학군에 합류하였다. 그리고 그들은 누가 먼저라 할 것 없이 홍경원으로 몰려갔다.

홍경원에서는 100여 명의 승려들과 관노들이 병장기나 몽둥이 등을 들고 나와 명학군에 대항했으나, 성난 물결처럼 밀어닥치는 명학군을 막을 수는 없었다.

저 중놈들을 다 쥑이라!

저놈들이 중이 아니라 우리 피를 빨아먹는 마구니들이다!

이게 부처님 집이 아니라 마구니들이 도사린 복마전(伏魔殿)이다!

명학군이 순식간에 10여 명의 승려를 죽이고 기세를 올리자 놀란 홍경사의 승려들은 뿔뿔이 도망치고, 명학군은 물밀듯이 홍경사 안으로 쏟아져 들어갔다.

약탈이 시작되었다. 그들은 대웅전으로 들어가 금으로 된 촛대와 부처님에게 공양을 올리는 금으로 된 바리때 등을 다투어 훔쳐내고, 창고 문을 부쉈다. 창고 칸칸에는 장원에서 옮겨온 2천여 가마의 벼가 높다랗게 쌓여 있고, 밀과 콩, 팥, 조 같은 잡곡도 그득했다. 몇 칸의 창고에는 수백 개의 술 항아리가 즐비하게 놓여 있었다. 절에서 소유한 주소(酒所)에서 생산한 술로서 판매하기 위한 것이었다. 또 다른 창고에는 남도에 있는 차소(茶所)에서 생산해 가져온 차들이 다락으로 쟁여져 있고, 어떤 창고에는 비단과 저포가 그득그득했다. 승려들이 쓰는 기물들과, 양초, 식용기름 등도 엄청나게 보관되어 있었다. 가장 사람들을 놀라게 한 것은 창고 맨 끝칸에 보관되어 있는 수백 개의 은병들과 수만 개의 엽전들이었다.

믿어지지 않을 만큼 엄청난 재물을 보고 눈이 뒤집힌 병사들은 벌떼처럼 달려들어 창고의 재물을 닥치는 대로 털어냈다.

이게 모두 우리들이 피땀 흘려 생산한 것 아니냐!
저놈들이 이걸 생산하는 데 언제 손끝 하나 까딱한 적이 있더냐!
저놈들이 허가 낸 도둑놈들이다!

약탈이 끝난 창고 한쪽에서 불길이 치솟았다.

절에 불을 질러라!
복마전을 불살라라!
모조리 태워 버리자!

누군가의 외침에 외침이 거듭 이어지며, 마침내 홍경사의 모든 전각에 차례차례 불이 붙었다. 불길은 세찬 바람을 타고 하늘 높이 치솟았다. 거대한 화광에 하늘도 붉고, 땅도 붉고, 사람들의 얼굴도 도깨비 얼굴처럼 온통 붉었다. 150여 년 동안 쌓이고 쌓인 백성들의 원한이 걷잡을 수 없는 불꽃이 되어 하늘로 치솟았다. 그들이 흘린 비탄의 눈물이 함께 타오르고, 허리가 휘는 고통의 신음이 함께 타오르고, 분노와 저주의 한숨이 함께 타올랐다. 봉선홍경사는 탈 것이 많아서 타고, 또 타고, 또 탔다. 그리고 마침내 아무 것도 남지 않았다.

"부처님의 집이 어쩌다가 모두 재가 되고, 돌비석 하나만 남았구나!"

봉선사가 다 탈 때까지 지켜보고 있던 계암 스님이 착잡한 얼굴로 탄식했다.

그때 병사 몇 명이 승려 한 명과 젊고 풍염한 여자 한 명을 붙잡아 왔다. 승려는 나이는 40쯤 되어 보였는데, 뚱뚱하게 살이 찐 몸에 휘황한 비단 가사장삼을 걸치고 있었고, 얼굴에 기름기가 번들거렸다.

"이놈이 이 봉선사 주지놈이유! 이놈이 사통(私通)하는 이 계집의 집에 숨어 있는 걸 우리가 잡아왔수!"

"뭐라? 중놈이 계집을 숨겨 놓구 살았단 말이냐?"

망소이가 물었다.

"아무리 숨겨 두구 살아두 우리가 그걸 모르겠슈? 그간 이놈이 무서워서 쉬쉬 했지유! 이놈이 숨겨 놓구 산 계집이 이년만이 아니우!"

"두 년은 벌써 눈치를 채구 어딘가루 튀어 버렸슈!"

"이놈이 아무 일두 하지 않구 고기야 술이야 처먹어대니, 양기가 뻗칠 대루 뻗쳐서 여러 계집을 거느리구두 좀 해끔하게 생긴 젊은 것만 보믄 침을 질질 흘리는 색골이우!"

중이 젊은 계집을 여럿 데리고 살다니! 허허허허! 사람들의 입에서 어처구니가 없다는 웃음이 흘러나왔다.

"부처님의 집을 불태우고, 그 업보를 어찌 다 받으려고 이런 행패를 부리는 게요?"

주지가 망이를 노려보며 말했다.

"이놈! 부처님 모신다는 놈이 젊은 계집을 여럿 꿰어차고, 비단옷에 술, 고기를 처먹으면서 무슨 염치로 조동아리를 나불대는 게냐? 당장 쳐 죽일 놈 같으니라구!"

망소이가 주지의 옆구리를 사정없이 걷어찼다. 아이쿠! 주지가 비명을 지르며 땅바닥에 거꾸러졌다.

"저놈을 당장 쳐죽여야 해유!"

"계집두 함께 죽입시다!"

사람들이 우꾼하게 일어났다.

그때 계암이 앞으로 나섰다.

"여러분 잠깐 진정하시오! 이 자를 죽여서 여러분의 분노를 달래 줌이 마땅하나, 살생은 부처님의 뜻이 아닙니다. 살생만은 참아 주시오!"

"그럼 이놈을 어쩌자는 거유?"

"이 자는 개경에서 임명한 자이니 개경으로 보내서, 홍경원을 불태운 우리의 뜻을 알리는 것이 어떻겠소?"

계암 스님이 좌중을 둘러보며 말했다.

"…스님의 의중대로 하는 게 어떻겠소?"

정첨이 말했다. 모두 고개를 끄덕였다.

"네놈을 죽여 그간 이곳 주민들의 원한을 풀어줌이 마땅하나, 계암 스님이 네놈을 긍휼히 여기시니, 목숨만은 붙여주겠다. 지금 당장 개경으로 가서 이곳이 불탔음을 고해라!"

망이가 주지에게 말했다.

"…예?"

"내 글월을 한 장 써 줄 테니, 그걸 가지고 개경으로 가거라!"

"아, 예!"

망이가 조정에 보내는 경고문을 써서 주지에게 주었다.

《吾鳴鶴軍警告於朝堂 近來國家之紀綱崩墜 奸臣跋扈而政亂 貪官汚吏
侵奪民草 民沈於塗炭 是吾鳴鶴軍憤起兵 其勢衝天 而上懷柔以懇言 吾等
順服於之 而解散兵矣 旣陞我鄕爲縣 又置守以安撫旅 旋復兵來討收繫我
母妻 其意安在 寧死於鋒刃下 終不爲降虜 必至王京然後已 (우리 명학군
은 조정에 경고하노라. 근래에 국가의 기강이 무너지고 간신이 발호
하여 정사가 어지럽고, 탐관오리가 백성들을 침탈하여 백성이 도탄에
빠졌도다. 이에 우리 명학군이 분노하여 병을 일으키니, 그 기세가 하
늘을 찔렀도다. 그러나 임금이 정성스러운 말씀으로 달래시니 우리들
은 이에 복종하여 군대를 해산하였다. 지난 날 우리 고향을 승격시켜
현(縣)으로 삼고 수령까지 배치하여 우리를 안무케 하더니, 다시 군대
를 보내서 우리 고향을 토벌하고 우리 어머니와 아내를 잡아들이니,
그 뜻이 어디에 있는가. 차라리 싸우다가 칼날 아래 죽을지언정 끝까
지 항복하여 포로가 되지 않고, 반드시 왕경까지 점령한 연후에야 그
치리라.)》

홍경사를 점령한 명학군 수뇌부는 군대를 제1진과 제2진으로 나누
어, 제1진은 양광도의 내륙을 거쳐 개경으로 올라가고, 제2진은 안성
을 거쳐 황려현(여주)으로 향하기로 했다. 제1진의 지휘는 망이와 망소
이가 맡았고, 제2진의 지휘는 이광과 웅태가 맡았다. 그들이 군을 이
렇게 나누게 된 것은, 우선 병사의 숫자가 너무 많아서 한꺼번에 움직
이기가 어려웠고, 또한 동시에 여러 군데에 출몰해서, 그들을 토벌하
려는 정부군을 혼란시키기 위함이었다.

2. 명학군 한쪽 날개가 꺾이다

이광과 웅태는 명학군 제2진을 거느리고 홍경원을 떠나 곧바로 안성으로 향했다. 그들은 텅 빈 안성 관아로 아무런 저항도 받지 않고 들어갔다. 홍경원을 불살라 버린 명학군이 몰려온다는 소문에 안성현의 감무와 현위, 아전들은 지레 겁을 먹고 모두 몸을 감추고, 텅빈 관아는 주민들에 의해 약탈되어, 아무 것도 남아 있지 않았다.

명종 7년(1177년) 3월 기축일, 이광과 웅태는 황려현(여주)에 이르렀다. 황려현은 충주까지 44리, 원주까지 10리, 이천까지의 거리가 28리로, 사방으로 진출하기 좋은 중요한 거점이었다.

황려현도 다른 고을과 마찬가지로 명학군이 온다는 소문에 다들 도망가고, 관노(官奴) 이십여 명만 남아 있었다.

관노들이 이광 앞에 나와 부복하고 말했다.

"우리는 관에서 밥을 얻어먹고 있으나, 노비이기는 마찬가지입니다. 세상을 바꾸려는 명학군에 가담하려고 도망치지 않고 기다리고 있었습니다. 저희가 이 고을 사정을 훤히 꿰고 있으니, 도움이 될 것입니다."

이광이 관노들의 말을 옳이 여겨, 그들을 받아들였다.

그날 밤 사경(四更) 무렵이었다. 명학군들이 대부분 잠들고, 삼문을 지키는 수직병 몇 명만 보초를 서고 있는데, 어둠 속에서 이십여 명의 그림자가 수직병들을 덮쳤다. 황려현의 관노들이었다. 피곤에 겨워 졸고 있던 수직병들은 변변한 저항도 못한 채 관노들에게 제압되고, 관노들은 곧바로 현청의 삼문을 열어 젖혔다. 문이 열리자 언제 와 있었는지 문 밖에서 기다리던 관병들이 바람처럼 밀려들었다. 관노들은 관군의 선두에 서서 명학군의 우두머리들이 잠들어 있는 내당을 덮쳤다.

뒤늦게 잠에서 깬 이광과 웅태 등이 관군 몇 명을 베었으나, 이미 내당 안이 관병으로 꽉 차서 마음대로 운신을 할 수가 없었다. 이광과 웅태 등 10여 명은 결국 관군에게 사로잡히고 말았다.

오랏줄로 그를 묶는 관노들에게 이광이 소리쳤다.

"이놈들, 네놈들도 우리같이 천한 관노라고 해서 받아줬더니, 이런 짓을 하다니?! 네놈들이 사람이냐?"

"우리도 어쩔 수 없는 사정이 있었수! 미안하우!"

황려현 관노 중에 한 명이 말했다.

명학군 대장이 잡혔다!

이광과 웅태가 잡혔다!

뒤늦게 잠에서 깬 명학군들은 이미 글러버린 형세에 제대로 대항도 하지 못하고, 사방으로 도망치기에 바빴다. 명학군 제2진이 하룻밤 사이에 괴멸되어 버린 것이다.

이렇게 명학군 제2진을 격파한 관병은 남로착적좌도병마사(南路捉賊左道兵馬使) 양익경이 거느린 개경군이었다.

양익경은 정중부와 정균에게 뇌물을 바치고 아첨하여 대장군의 지위에 오른 사람으로, 병마사로 임명되어 7천 명의 군대를 거느리고 출정하였다. 그는 군대를 거느리고 연천, 포천, 가평, 양평을 거쳐 황려현으로 내려왔다. 양익경은 연천현에 이르러, 현령에게 말했다.

"내가 남적을 토벌하기 위해 대군을 거느리고 왔으나, 그간 오랜 전란으로 조정의 창고가 텅 비어서 부득이 현지에서 군비와 군량을 조달하지 않을 수 없게 되었소. 현령은 군량 1천 가마와 활구 20개, 저포 300필을 마련하시오! 이는 내 명령이 아니라 조정에서 결정한 일이오!"

"아니, 그 무슨 말씀이외까? 우리 고을은 작은 고을이라 주민도 몇 안 되고 하여 그만한 부담을 감당할 힘이 없습니다."

현령이 놀란 얼굴로 말했다.

"뭐라고?! 원래는 그대와 이곳 군졸들도 모두 나를 따라 종군(從軍)해야 할 것이어늘, 후방에 편히 있으면서 그만한 것도 부담하지 못한단 말이오? 이를 행할 능력이 없으면 당장 그 자리를 내놓으시오!"

결국 연천 현령은 고을 호족들과 백성들을 쥐어짜서 막대한 재물을 마련하였다. 현령이 재물을 양익경에게 전하자,

"수고가 많았소! 내 중방에 그대의 공로를 장계하여 상을 내리도록 하겠소!"

양익경이 흐뭇한 얼굴로 말했다.

연천만이 아니었다. 양익경은 포천, 가평, 양평 등 내려오는 길목에 있는 고을마다 군량과 군비를 핑계로 막대한 재물을 부담하게 하였다. 당연히 그가 지나간 고을마다 현령과 아전, 백성들의 원성(怨聲)이 드높았으나, 그는 아랑곳하지 않았다.

양익경은 염량세태에 밝았고 매우 노회한 인물로서 명학군이 황려현으로 진격할 것을 미리 알고, 호위병 몇 명만 거느리고 황려현에 이르렀다. 그는 황려현 현령에게 말했다.

"내 명학군들의 움직임을 보건대, 얼마 안 있어 그들이 이 황려현으로 쳐들어 올 것이오. 사또는 내가 시키는 대로 하시오! 그리 하면 적들을 패망시키는 큰 공을 세울 것이오."

"어떻게 하라는 말씀이시오?"

"명학군이 오기 전에 현청 사람들을 모두 소개(疏開)시키고 ⋯."

황려현 현령은 양익경의 명을 따라 황려현의 관노 20여 명의 가족들을 인질로 잡은 다음, 그들로 하여금 명학군에 거짓으로 투항시켜, 밤중에 삼문을 열게 한 것이다. 양익경은 황려현 읍에서 좀 떨어져 있는 이웃 고을 이천에 집결시켰던 군대를 밤새 황려현으로 이동시켜, 관노들이 현청의 문을 열자 명학군을 기습했던 것이다.

양익경이 이광에게 물었다.

“네놈이 명학소민의 반란을 이끈 수괴(首魁)렷다? 이름이 무엇이냐?”

“이광이다.”

“이놈! 어느 안전이라고 반말을 지껄이느냐?”

양익경의 부장이 짐짓 발을 구르며 이광을 꾸짖었다.

“나는 못 쓰게 되어 버린 말법 세상을 바꾸려는 혁명군의 장군이고, 너희들은 세상을 못 쓰게 만들어 버린 권부의 졸개들이다! 내 잠깐 방심하여 너희들의 잔꾀에 속아 너희들의 수중에 떨어졌으나, 어찌 구차하게 목숨을 구걸하겠느냐? 장부가 칼을 뺄 땐 이미 죽음을 각오한 것, 나를 모욕하지 말고 어서 죽여라!”

“너는 이름이 무엇이냐?”

양익경이 웅태에게 물었다.

“내 이름은 웅태다!”

“네가 나에게 항복하여, 나의 명령을 따른다면 목숨을 살려줄 뿐 아니라 고급 장교의 지위까지 내려줄 수도 있다! 어떠냐?”

“허허허허! 네가 나를 너무 하찮게 봤구나! 장부가 뜻을 세우고 일어났다가 실패하면 죽음이 있을 뿐이다! 이제 와서 살기 위해 너의 그 더러운 발 아래 엎드리겠느냐?”

“이놈들이 다 미쳤구나! 우선 감방에 처넣어라!”

병마사 양익경은 포로로 잡은 명학군 수뇌들의 이름을 적은 승전보를 조정에 올리고, 그들을 어떻게 처리해야 할지를 물었다.

보름쯤 후에 조정에서 답보가 내려왔다. 민심이 동요할지 모르니, 아무도 모르게 처형하라는 명이었다.

양익경은 어두운 밤중에 아무도 모르게 이광과 웅태, 그리고 그들 밑에서 장수로 활동했던 10여 명을 처형하여, 그들의 시신을 여주현 남쪽에 있는 오압산 기슭에 매장했다. 백성들이 알지 못하도록 봉분도 만들지 않았다.

3. 최후의 접전

명학군 제2진이 괴멸되고 이광과 웅태 등 지휘관 10여 명이 처형되었다는 소식은 금방 망이의 제1군에 전달되었다. 그때 망이의 제1군은 진천을 격파하고 청주성에 막 입성한 뒤였다.

승승장구하던 명학군에게 이광과 웅태 장군이 죽고 명학군 제2진이 괴멸되었다는 소식은 청천벽력이었다.

"아니, 이광과 웅태 장군이 어쩌다가 그렇게 허무하게 패했단 말이오?"

망소이가 놀란 얼굴로 망이에게 물었다.

"나도 자세한 것은 잘 모르겠다만, 양익경의 잔꾀에 넘어간 것 같다. 내 개경에 있을 때 양익경이란 자가 임금 앞에서 수벽치기 시합을 하는 것을 본 적이 있다. 일개 산원이었던 그 자가 몇 년 사이에 병마사가 되었다면, 그자의 지략이 보통이 아님을 짐작할 수 있다. 이광 장군과 웅태 장군이 제대로 싸워 보지도 못하고 변을 당했다니, 분명 그놈이 파 놓은 함정에 빠졌을 것이다."

망이가 참담한 얼굴로 말했다.

망이는 함께 대동 세상을 만들자고 손을 잡고 일어섰던 이광 장군과 웅태 장군이 죽고 명학군 제2진이 무너져 버렸다는 게 믿어지지 않았다. 이광과 웅태는 망이에게 그간 큰형과도 같은 존재였다. 그가 명학소를 떠난 뒤부터 아무 대가 없이 그를 보살펴 주고, 뜻을 함께한 동지였다. 망이는 다른 사람들 앞에서는 의연했으나, 혼자 아무도 없는 곳에 가서 소리 죽여 울었다. 가슴을 찢고 피 같은 짙은 울음이 마구 비어져 나왔다.

"으허허헝! 으허허헝! 내 당장 군대를 몰고 가서 양익경이란 놈을 박살내야지!"

망소이의 눈에서 폭포 같은 눈물이 쏟아졌다. 으흐흐흑! 으흐흐흑!

"망소이 장군! 이럴 때일수록 경거망동해서는 아니 되오! 마음을 더욱 굳세게 다지고, 침착하게 다음 대책을 강구해야 하오!"

계암 스님도 눈물을 닦으며 말했다.

어두운 구름이 청주성의 하늘을 덮었다.

며칠 후, 망이가 수뇌부 회의에서 말했다.

"…계암 스님, 손청 장군과 이광 장군, 웅태 장군과, 그리고 그들과 함께 전사한 우리 병사들의 넋을 위로하고, 떨어진 병사들의 사기를 북돋울 수 있는 좋은 방도가 없을까요?"

"…수륙재를 지내는 게 어떻겠소?"

한 참 후에 계암이 말했다.

"그게 좋겠습니다."

"…그렇게 하시지요."

좌중이 모두 찬성했다.

다음날, 명학군은 청주 관내에 있는 창암사에 수륙재를 지내기 위한 제단을 마련하고, 제물을 준비하였다. 제단에는 《鳴鶴軍左將軍李光之神位》《鳴鶴軍右將軍雄太之神位》《鳴鶴軍禮山將軍孫淸之神位》《鳴鶴軍兵士諸位之神位》라고 쓴 지방을 붙이고, 제물로 마련한 음식을 진설하였다. 제단 양쪽 옆에는 여러 자루의 향초를 배열하고, 제단 앞에는 향로가 놓였다.

준비가 끝난 제단 앞에 명학군 지휘부가 모두 모였다.

"지금부터 먼저 간 이광 장군, 웅태 장군, 손청 장군과 여러 병사들의 극락왕생을 위한 수륙재를 올리겠소이다."

계암 스님이 향초에 불을 붙이고, 향로의 향에도 불을 댕겼다. 그리고 수륙재의 시작을 알리는 목탁을 쳤다.

망이가 제단 앞에 나아가 무릎을 꿇고 말했다.

《유세차 명종 7년 3월 경신일 명학군 총대장 망이는 감히 고합니다. 명학군 좌장군 이광, 우장군 웅태, 예산 장군 손청, 그리고 병사 여러분! 여러분은 못 쓰게 되어 버린 말법 세상에서 새로운 대동 세상을 열려는(開) 뜨거운 의지와 열정으로 분연히 일어나, 그간 용감하게 싸웠습니다. 이제 시절 인연이 다하여 여러분은 젊은 나이에 우리 곁을 홀연히 떠났으나, 여러분의 고귀한 뜻은 천추에 길이 빛날 것입니다. 뒤에 남은 우리는 여러분의 뜻을 받들어 부귀빈천이 따로 없는 대동 세상이 올 때까지 끝까지 싸워 나갈 것입니다. 오호(嗚呼)라 슬프도다! 슬프도다! 슬프기 그지없지만 여러분의 이생에서의 삶은 이제 끝났으니, 고단한 이생에 미련 두지 마시고 총총히 극락 세상으로 가시옵소서.》

망이의 목소리는 처연했고, 눈에서는 뜨거운 눈물이 흘러내렸다. 망소이와 정첨, 진일규의 눈에도 눈물이 고였다. 그들은 오체투지로 108배를 올리며 고인들의 명복을 빌고 또 빌었다. 계암 스님과 법광 스님, 법릉 스님은 오랫동안 목탁을 치며 독경(讀經)을 했다.

수륙재를 지낸 다음날이었다.
"지금 북쪽에서 대군이 몰려오고 있습니다."
청주성 밖 수십 리에 사방으로 깔아놓은 척후병 중 몇 명이 달려와서 말했다.
"몇 명이나 됩니까?"
"정확히는 모르겠으나, 지금까지 보지 못한 대병입니다."
망이와 망소이는 성루의 사방에 병사들을 배치하고, 개경군이 오기를 기다렸다.
척후병의 말대로 두어 시각 후 지금까지 보지 못한 대병이 몰려왔다. 남적처치좌도병마사 대장군 정세유가 거느린 개경군 1만5천여 명이었다.

　정세유는 청주성 북문 앞에 진을 치고, 곧바로 명학군을 공격했다.

　"상대는 명학소 천한 놈들로 오합지졸에 불과하다! 쳐부숴라!"

　병마사 정세유는 단번에 청주성을 짓밟아 버리려고 병사들을 독려했다. 그는 병마사 이부와 양익경이 각자 목표로 한 반군들을 궤멸시켰다는 소식을 듣고 마음이 급했다. 그러나 개경군이 성 가까이 접근하자 화살이 비 오듯 쏟아졌다.

　"물러서지 마라! 앞으로 나아가라!"

　"성벽 위로 활을 쏘아라! 쏴라!"

　정세유는 소리소리 지르며 병사들을 내몰았다. 앞장선 관병들이 화살에 맞아 쓰러졌으나 정세유는 아랑곳하지 않고, 계속 소리쳤다.

　"뒤로 물러나는 놈은 내가 참(斬)하겠다! 물러서지 마라!"

　많은 희생을 내며 관병들이 성벽 밑까지 접근하자 이번에는 돌과 통나무가 우박처럼 쏟아져 내렸다. 다치고 죽은 사람이 너무 많았다.

　"장군! 후퇴해야 합니다! 우리 병사들만 다칠 뿐 이렇게 해서는 성을 점령할 수 없습니다!"

　정세유의 부장(副將) 김일세 장군이 말했다.

　"그게 무슨 말인가?! 한 주먹도 안 되는 반적(叛賊)놈들을 이기지 못하고 물러서다니?"

　"저놈들의 대비가 만만치 않습니다. 이러다간 우리 병사들만 죽고 다칠 뿐 저놈들에게 타격을 입힐 수 없습니다!"

　부부장 김통진 중랑장이 김일세의 말을 거들었다.

　"…으음! …병사들을 물려라!"

　정세유도 어쩔 수 없이 후퇴를 명했다. 그가 보아도 그렇게 해서 성을 함락할 수는 없어 보였다.

　와아아!

이겼다!

명학군 만세!

명학군 만만세!

관병들이 물러서자 성 안에서 함성이 터져 나왔다. 명학군의 함성을 들으면서 정세유는 속이 부글부글 끓었다. 대장군인 그가 대군을 거느리고 와서 천하디 천한 소(所)놈들한테 망신을 당하다니! 체면이 말이 아니었다. 그는 휘하 장수들을 모아놓고 작전회의를 열었다.

"저놈들을 성 밖으로 끌어내야 합니다!"

"형세가 불리한 것을 아는 놈들이 밖으로 나오겠소?"

"매일 적은 군대를 보내서 도발을 해야지요! 저놈들이 화를 못 참고 군대를 몰고 나오면 그때 일망타진을 해야지요."

다음날, 관병 30여 명이 청주성 북문 앞으로 나와 갖은 욕설을 퍼부어댔다.

야, 이 겁쟁이들아! 나와서 붙어보자!

명학소 천것들아! 쥐새끼처럼 꼼짝 못하고 굴 속에 숨어 있냐?!

이놈들아! 사내라는 것들이 이런 말을 듣고도 나서지 못하다니! 다들 불알을 떼어 버려라!

그러나 성 안에선 반응이 없었다. 성루에서 몇 명의 명학군이 태연하게 오갈 뿐, 밖에서 떠드는 관병을 거들떠보지도 않았다. 욕을 하다가 지친 관병들은 어쩔 수 없이 돌아갔다. 다음날도 몇십 명의 관병들이 성문 앞에 와서 명학군을 도발했으나, 명학군은 움직이지 않았다. 다음날도 또 다음날도 관병이 왔다. 그러나 명학군은 결코 성문 밖으로 나오지 않았다.

"아무리 해도 저놈들이 꿈쩍도 않으니, 어찌 해야겠소?"

"다시 한번 총공격을 해야 하지 않겠소?"

다음날, 정세유는 전군을 동원해서 다시 성을 들이쳤다. 그러나 명학군은 완강하게 맞섰다. 결국 정세유의 관군은 수많은 사상자만 내고 후퇴하지 않을 수 없었다. 명학군에서도 많은 사상자가 났다.

다시 정세유의 참모들이 한 자리에 모여 구수회의를 열었다.

"성이 쉽게 떨어지지 않으니, 어찌하면 좋겠소?"

"저놈들이 성에 갇힌 지 벌써 한 달이 되어 갑니다. 사방을 포위하여 개미새끼 한 마리 빠져나가지 못하게 지키면, 저놈들의 식량이 떨어지게 될 것입니다. 그때가 되면 모두 굶어죽거나, 아니면 손을 들고 나오지 않겠습니까?"

"너무 오랜 시간이 걸리지 않겠소?"

"저들이 굶어죽을 때까지 우리가 결코 물러가지 않는다는 것을 안다면 의외로 빨리 항복해 올 수도 있습니다."

그날부터 정세유의 군대는 성을 완전히 봉쇄하고 지키기만 할 뿐, 싸움을 도발하지는 않았다. 제놈들이 버티면 얼마나 버티겠나!

명학군 지휘부도 정세유의 그러한 작전을 꿰뚫어 보았다.

접전 없이 며칠이 지난 뒤였다. 삼경이 지나 야심한데, 갑자기 성문이 열리고, 50여 명의 명학군이 달려나왔다. 그들은 잠에 곯아떨어져 있는 관병들을 마구 사살하고, 재빠르게 성으로 되돌아갔다. 망이가 명학군 중에서 가려뽑은 특공대였다. 이틀 사흘 간격으로, 성의 동서남북으로, 명학군의 특공대는 도깨비처럼 튀어나와 관병들을 짓밟고 나서, 바람처럼 성안으로 사라졌다. 유격전으로 개경군을 편히 쉬지 못하게 하고, 결정적인 때를 기다려 일거에 적을 제압하기 위함이었다.

명종 7년(1177년) 5월 경자일에 조정에서 별감 한제술을 선지사(宣

旨使)로 임명하여 남쪽으로 파견하였다. 남적(南賊)을 토벌하러 나간 병마사들의 전공을 평가하고, 조정의 명을 전하기 위함이었다.

한제술이 황려현에 있는 남로착적좌도병마사 양익경 대장군의 진영에 도착하자, 미리 연락을 받은 양익경이 현청 문 밖까지 나와 있었다.

"아니, 병마사 대감이 이렇게 마중을 나오시다니, 황공하오이다!"

"무슨 말씀을! 선지사 대감께서 원로에 수고하시는데, 제가 마땅히 마중을 나와야지요."

양익경은 한제술을 현청으로 안내했다. 현청에는 눈이 휘둥그레지게 진수성찬과 귀한 술들이 준비되어 있었다.

"아니! 이게 무엇이오?"

"선지사 대감이 오시는데, 이만한 대접이 없대서야 말이 안 되지요. 예쁘장한 기생들도 대령했으니, 오늘 하루 마음 놓고 객고를 푸시지요. 함께 온 아랫분들 자리는 따로 마련하였소이다."

"과공비례(過恭非禮)라 했는데, 지나치오이다!"

한제술은 말은 그렇게 했으나, 흐뭇하기 짝이 없는 얼굴이었다. 두 사람은 권커니 자커니 하며 술잔을 주고받았다. 술자리가 무르익자 양익경은 이광과 웅태 등을 사로잡은 이야기를 했다.

"그놈들이 거짓말 조금 보태서 덩치가 집채만하고, 기개 또한 항우 같았소이다."

"아하하하! 그런 놈들을 단번에 사로잡다니, 병마사 대감의 꾀가 옛날 제갈공명보다 윗길이오이다! 하하하하!"

다음날, 한제술이 양익경의 병영을 떠나면서 말했다.

"내 어제 잘 쉬었소이다. 병마사 대감에 대한 평가는 걱정하지 마십시오."

"노자(路資)로 쓰시라고 몇 푼 마련하였소이다. 약소합니다!"

양익경이 미리 준비한 보따리 하나를 내밀었다.

"뭘 이런 것까지! 아무튼 고맙소이다."

황려현을 떠난 한제술 일행은 예산으로 발길을 돌렸다. 손청부대를 토벌한 남적처치우도병마사 이부를 만나기 위함이었다.

선지사 한제술이 예산에서 이부 대장군을 만나고, 남적처치좌도병마사 정세유 대장군의 진영에 도착한 것은 그해 6월 병오일이었다.

"보시다시피 지금 전투는 소강 상태외다! 저놈들이 결코 만만치 않소이다."

정세유가 한제술에게 전황을 설명했다.

"전쟁을 하러 나온 대장군이 이렇게 마냥 적이 항복하기를 기다리고만 있대서야 말이 되겠소?"

"봉쇄작전도 병법 중에 하나요!"

"병마사 이부 대장군과 양익경 대장군이 예산현과 황려현에서 저들의 우두머리를 잡아죽이고 그 무리들을 소탕한 지가 언제인데, 정 대장군은 잔적 몇 명을 소탕하지 못해 이리 꾸무럭거리고 있단 말이오? 벌써 저놈들이 난을 일으킨 지 2년째인데, 대병을 거느리고도 이리 지리멸렬하니 폐하와 중방의 근심이 깊소이다."

"이놈들은 명학군 주력부대라서 숫자도 손청이나 이광, 웅태가 이끈 부대와는 비교가 되지 않소!"

"아무려나 한낱 시골 무지렁이들이 아니오? 일국의 대장군이 한 줌도 안 되는 반군들을 진압하지 못하고 쩔쩔매고 있다니, 한심하지 않소?"

한제술이 목소리를 높였다. 그는 같은 병마사인 양익경이나 이부에 비해 정세유가 자기를 소홀하게 대접하는 것 같아서 심술이 났다.

"……!"

"대장군이 너무 우유부단한 것 아니오? 당장 전군을 동원하여 청주성을 함락시키시오. 이는 내 뜻이 아니라 폐하와 조정의 뜻이오!"

제까짓 게 전쟁에 대해 무얼 안다고?! 병마사 정세유는 울화가 치밀었으나, 꾹 참았다.

병마사 정세유는 한제술이 다녀간 뒤 또다시 총력을 다하여 청주성을 공격했다. 그러나 명학군의 저항은 완강했고, 성은 함락되지 않았다.

명종 7년(1177년) 5월 임술일, 서경에서 조위총의 잔당(殘黨) 500여 명이 다시 일어났다. 그간 서경을 함락시킨 개경군은 관과 민을 가리지 않고 마구잡이로 습격하여 무자비한 살육과 약탈을 자행하고, 아녀자들을 닥치는 대로 겁탈했다. 이를 참지 못한 조위총의 부하들이 암암리에 준비를 하여 재봉기한 것이다.

조위총 대감의 원수를 갚자!
개경놈들이 우리들 씨를 말리려 한다!
개경놈들을 다 때려죽이자!

그들은 제일 먼저 관아로 쳐들어가서, 개경에서 파견한 서경유수(西京留守) 박녕을 잡아 죽였다. 그리고 전날 조위총에게 투항하자고 주장하고, 박녕 밑에서 여전히 벼슬살이를 하고 있는 자들을 모조리 살해했다. 그러나 부유수 박정희와 사록 김득려, 서기 이순정 등은 재빨리 도망쳐서 죽음을 면하였다.

조정에서는 부랴부랴 대장군 이경백과 호부낭중 박소를 보내어 회유하게 했다.

"네놈들이 세치 혀를 놀려 우리의 예봉(銳鋒)을 꺾으려 하다니! 네 놈의 혀를 뽑아 다시는 그 따위 수작을 못 부리도록 하겠다!"

반민들은 사신 박소를 죽였다. 박소가 죽은 것을 안 이경백만 몸을 빼쳐 달아나, 가까스로 죽음을 면했다.

마음이 급해진 조정은 선지사 한제술을 다시 정세유에게 보냈다.

"지금 서경에서 또다시 조위총의 잔당이 들고 일어났소. 이렇게 나라에 난이 끊임이 없으니, 성상께서 어찌 편히 침수를 드시겠소? 병마사 대장군께서 이렇게 미적거리고 있다가는 병마사를 교체하여 다른 사람이 내려올 수도 있소이다."

"선지사 대감이 온 뜻은 잘 알았소이다. 이제 성이 포위된 지 달포가 지났으니, 저들의 군량도 바닥을 보일 테고, 사기 또한 많이 저하되었소. 곧 저들을 소탕할 테니, 그리 보고하시오."

병마사 정세유가 말했다.

한제술이 돌아간 뒤 몸이 바짝 단 정세유는 다시 총공격을 명했다.

"이제 적의 세력은 많이 약화되었다! 죽기 살기로 공격하라!"

"뒤로 물러나는 놈은 내가 먼저 베겠다! 절대 물러서지 말라!"

전투는 하루 종일 계속되었고, 양측 모두 수많은 전사자와 부상자를 내었다. 그러나 관병은 끝내 성을 함락시킬 수 없었다.

다음날, 한밤중 명학군이 모두 쏟아져 나와, 정세유의 진영으로 쳐들어갔다. 관병의 포위를 뚫고 밖으로 탈출하기 위한 작전이었다. 그러나 관군의 포위를 뚫고 나가기엔 그들의 숫자가 너무 많았다. 다시 피아간 많은 사상자가 났다. 명학군은 하는 수 없이 다시 성 안으로 돌아왔다.

전쟁이 지지부진한 소강상태에 빠지자 조정에서는 다시 장군 목하룡에게 5천의 병사를 주어, 정세유의 군대를 지원하도록 했다.

4. 횃불과 들불

명종 7년(1177년) 6월 신묘일. 오랜만에 청주성 성문이 열리고 한 장수가 말을 타고 정세유의 진영으로 달려갔다.

"나는 명학군의 총장군 망이다! 병마사 정세유 대장군을 만나고 싶다!"

한참 후에 정세유가 몇 명의 부장들과 함께 말을 타고 병영 앞으로 나왔다.

"나에게 할 말이 무엇인가? 명학군은 이제 식량이 떨어져 말까지 잡아먹으면서 버티고 있다는데, 식량을 구걸하러 왔는가? 아니면 항복을 하러 왔는가?"

"병마사 대장군과 단둘이 얘기하고 싶소!"

"적장이 감히 단기필마로 우리 병영으로 오다니, 우리가 두렵지 않은가?"

"두렵지 않소! 병마사 대장군은 내가 두렵소이까?"

"내 한 나라의 대장군으로서 시골의 반적 두령을 두려워하겠는가?"

정세유는 망이를 보고서 속으로 매우 놀랐다. 엄청나게 웅위한 풍채와 늠름한 얼굴, 넘치는 기상이 과연 보통 인물이 아니었다. 저만큼이나 되니까 시골 무지렁이들을 이끌고 1년 반이나 관군에 맞섰겠지! 정세유는 왠지 망이에게 믿음이 갔다.

망이가 말을 돌려 저만치 뒤로 물러섰다.

정세유가 망이를 따라가려 하자 부장 김일세 장군과 부부장 김통진 중랑장이 말고삐를 잡으며 말했다.

"병마사 대감! 저놈을 어찌 믿고 혼자 가려 하십니까?"

"내 보기에, 저 자가 그리 비겁한 짓을 할 사람은 아니네!"

"예?!"

"걱정 말고 여기 있게!"

정세유가 망이가 기다리는 곳으로 다가왔다.

"나에게 할 말이 무엇인가?"

"나와 내 아우 망소이의 목을 대장군께 드리겠소!"

"…항복하겠다는 건가?"

"조건이 있소!"

"세(勢) 부족하여 항복하면서 조건이라니?"

"나와 아우 외의 다른 사람들은 아무 조건 없이 방면하고, 어떤 책임도 묻지 말아 주시오."

"……!"

"대장군도 아시다시피 저들은 모두 비천한 천민들이거나 노비들, 소작인들로서, 살지도 죽지도 못해 싸움터로 달려 나온 백성들이오. 모든 책임은 나와 내 아우 둘이서 지고 가겠소! 만약 대장군께서 이 조건을 받아들이지 않는다면 우리는 마지막 한 사람이 죽을 때까지 싸울 것이오."

"……!"

정세유가 잠깐 생각하다가, 말했다.

"내 참모들과 상의해서, 답을 드리겠네!"

두 사람은 각자 자기 진영으로 돌아갔다.

망이가 청주성으로 돌아가자 망소이와 정첨, 계암 스님, 법광 스님, 진일규 의원 등 지휘부 사람들이 기다리고 있었다.

"어찌 되었소?"

계암 스님이 물었다.

"참모들과 회의를 해서 곧 사람을 보낸다 합니다."

망이가 말했다.

그들은 아까 망이가 정세유를 만나러 가기 전에 긴 회의를 했었다. 그리고 현재의 상황에서 전쟁을 계속하는 건 무의미한 희생만 키운다는 결론에 도달했을 때, 망이가 말했다.

"결론이 자명하다면, 누군가 한 명은 희생이 되어야 하오! 명학군 총장군인 제가 목숨을 내놓을 때입니다. 제 목을 걸고 적장 정세유와 담판을 짓겠습니다!"

"…명학군 장군들이 다 죽었습니다. 저도 망이 총장군과 함께 목을 내놓겠습니다!"

망소이도 비장한 얼굴로 말했다.

개경군 지휘부로 돌아간 정세유는 곧바로 참모들을 불렀다. 부장 김일세 장군, 부부장 김통진 중랑장, 목하룡 장군과 고위 장교들이 모두 모이자 정세유가 말을 꺼냈다.

"반군 대장이 항복을 제의해 왔네!"

"항복을요?"

"그간 그렇게 완강하게 버티던 놈들이…?"

"혹시 조건이 있습니까?"

김일세 장군이 물었다.

"반군 대장 망이와 그의 아우 망소이가 목을 바치는 대신에 나머지 놈들에겐 어떤 책임도 묻지 않고 고향으로 돌아가게 해 달라는 것이네!"

"이제 막다른 골목으로 몰리니까 그런 조건을 제시한 것 아닙니까?"

김통진 중랑장이 물었다.

"그리고 그 조건을 받아들이지 않으면 최후의 한 사람까지 옥쇄(玉碎)를 하겠다는 거네!"

정세유가 말했다.

"만약 그리 된다면 이 전쟁이 언제 끝날지도 모르고, 또한 우리의 희생도 적지 않을 것입니다."

목하룡 장군이 말했다.

"그럼 그 자의 제안을 받아들이자는 건가?"

"조정에서는 하루라도 빨리 이 전쟁이 종식되기를 바라고 있습니다."

목 장군이 다시 말했다.

"…하기야 어차피 그 많은 사람들을 죽이거나 옥에 가둬 둘 수도 없는 일일세! 그 때문에 지금까지도 민란이 일어나면 그 수괴만 처형하고, 일반 백성들은 그냥 타일러서 방면하지 않았나. 아시다시피 대부분의 민란이 무거운 조세와 탐학한 관리들의 가렴주구를 견디다 못한 백성들이 이판사판으로 일어난 게 아닌가. 조정의 책임도 적지 않네!"

정세유가 말했다.

"병마사 대감의 뜻이 그러시다면 대감의 뜻을 따르겠습니다."

부장 김일세가 말했다.

"그럼 그리 결정되었네!"

정세유는 곧바로 망이에게 사람을 보냈다. 하루라도 빨리 전쟁을 끝내야 하는 정세유는 잠시라도 머뭇거릴 까닭이 없었다.

망이와 망소이, 정첨, 계암 스님은 즉시 명학군을 불러 모았다. 명학군이 모두 모이자 망이가 비장하게 말했다.

"우리는 대대로 천한 백성으로 살아오면서 견디지 못할 천대를 견디고, 감당하지 못할 착취를 감당하면서 마치 말과 소같이 살아왔습니다! 그러나 우리는 마소가 아니라 인간입니다. 인간이기 때문에 우리는 자유롭고 평등하게 살 권리가 있습니다. 우리는 새로운 대동 세상을 이루기 위해 용감하게 일어났습니다!"

망이는 스스로 느꺼워져 잠시 말을 멈추었다.

"그러나 이제 형세가 불리하여 더 이상 싸울 수가 없게 되었습니다. 더 이상 싸우는 것은 양쪽 다 헛된 살상만을 계속하는 것입니다. 이에 우리 군 수뇌부는 명학군을 해산하기로 했습니다."

망이가 목이 메어 잠깐 말을 잇지 못했다.

"명학군 여러분! 그간 우리는 우리의 뜻을 충분히 밝혔습니다. 이제 돌아갑시다!"

"저들이 우리를 그냥 놓아주질 않을 텐데, 그럼 망이 총장군은 어찌 됩니까?"

"나와 망소이는 남을 것입니다."

망이의 말이 채 끝나기도 전에 여기저기서 웅성웅성 말이 터져나왔다.

그건 안 될 말이요. 죽어도 함께 죽고 살아도 함께 삽시다!

끝까지 싸워야 하오!

저놈들이 우선 우리를 흩어놓고, 나중에 다시 한 명 한 명 붙잡아다 죽일 것이오!

우리는 노비였던지라 이제 갈 곳도 없소!

"여러분!"

망소이가 큰 소리로 외쳤다.

"여러분에게 비겁하게 도망치라는 말이 아닙니다! 여러분이 지금 여기서 살아 나가야 앞으로도 우리의 뜻을 계속 펼쳐나갈 수가 있습니다. 여러분들이 마을로 돌아가서 부모 자식들에게, 마을 사람들에게, 더 나아가서 새로이 태어날 아이들에게 우리의 뜻을 널리 알려서, 결국 우리의 힘으로 새로운 대동 세상을 만들어야 합니다. 그렇게 해야 우리가 승리합니다. 우리는 하나입니다. 여러분이 있는 이상 나와 나의 형은 죽어도 죽은 것이 아닙니다. 여러분은 명예로운 명학군이고, 따라서 우리는 총장군의 명령에 따라야 합니다!"

망이와 망소이는 어렵게 명학군을 설득했다.

명학군은 울부짖으며 흐느끼며 청주성을 빠져 나갔다. 정세유는 약속대로 포위를 풀고 고향으로 돌아가는 명학군을 건드리지 않았다.

명학군이 모두 나가자 정세유의 개경군이 성 안으로 들어왔다.

청주의 지휘부에는 망이와 망소이, 정첨, 계암 스님, 의원 진일규와 그의 딸 수진이, 법광과 법릉 스님만 남았다.

"망이 장군 형제만 남기로 했는데, 이 사람들은 누구요?"

정세유가 망이에게 물었다.

"우리는 자진해서 남은 사람들이외다!"

계암 스님이 말했다.

"지금 망이, 망소이 장군은 바로 옥사(獄舍)로 가야 합니다. 다들 돌아가시오!"

"우리가 옥바라지를 하겠소. 장군은 너그럽게 봐 주시오."

법광 스님이 말했다.

"옥바라지라. …."

정세유가 잠깐 생각에 잠겼다가 말했다.

"그렇게 하시오."

정세유는 명학군과 몇 번이나 접전하면서 시골 무지렁이들을 일사분란하게 지휘하는 망이와 망소이가 어떤 인물인지 궁금했었다. 자기가 거느린 정예 대군과 맞서서 조금도 밀리지 않다니! 그러다가 망이를 직접 보자 저절로 감탄하는 마음까지 생겼다. 적장이지만 과연 일군(一軍)을 통솔할 만한 대장부로구나! 그는 자기도 모르게 망이에게 호감을 갖게 되었다.

망이와 망소이가 옥에 떨어진 지 3일 후였다.

"망이 장군님!"

누가 옥사 칸막이 목책 밖에서 망이를 불렀다. 저만치 옥방 안에서 망이가 목책 가까이 왔다.

"망이 장군님!"

"아니, 난명 아씨!"

뜻밖에도 난명이었다.

"망이 장군!"

"난명 아씨!"

두 사람은 손을 맞잡았다. 둘 다 말이 나오지 않았다. 한참 후에 망이가 먼저 입을 열었다.

"아씨, 이제 집으로 돌아가셔야 합니다."

"저는 돌아가지 않겠어요!"

"안 됩니다. 당장 돌아가셔야 합니다."

"저는 끝까지 장군 곁에 있을 것입니다!"

그때 옥졸이

"이제 나가야 하우!"

하고 말했다.

그날 이후 난명은 명학소 사람들과 함께 매일 망이를 보러 왔다. 난명은 처음 명학군들과 함께 성을 나간 뒤, 근처에 있는 민가에 몸을 붙였다가 성내가 잠잠해지자 면회를 온 것이다. 옥졸들은 망이와 망소이를 찾아오는 사람들에게 비교적 너그럽게 대했다. 대장군 정세유의 특별한 당부가 있었기 때문이었다.

망이와 망소이가 옥에 갇힌 지 15일이 되는 날 개경군 사령관 정세유가 옥사로 두 사람을 찾아왔다. 지체 높은 관리가 죄인을 보려면 의당 죄인을 정청으로 부르는 게 관례였으나, 정세유는 망이와 망소이를 존중하는 뜻에서 몸소 옥사를 찾아온 것이다.

"…그간 조정에 그대들이 투항한 것을 장계로 올리고 답신을 기다렸는데, 드디어 오늘 그 답신을 받았소! …참으로 안타까운 일이오! …나도 사람이오. 사람일진대 그대들이 왜 봉기하였는지 그 까닭을 모르진 않소이다. 아마도 그대들의 이름은 수백수천 년이 지나도 길이 남고, 언젠가는 그대들이 꿈꾸던 그런 세상이 올 것이오. …마지막으로 하고 싶은 말이 있소이까?"

정세유의 말이 진솔했다.

망이와 망소이는 결국 올 것이 왔음을 알았다. 진작부터 마음의 준비를 한 일이었으나, 막상 정세유에게 그 말을 듣자 만감이 교차했다.

"……!"

"……!"

"마지막이오! 할 말이 없소?"

"…비록 오늘 우리 몸은 죽을지라도, 우리가 치켜들었던 횃불은 결코 꺼지지 않을 것입니다! 세상이 바뀌기 전까지는 무수히 많은 망이, 망소이가 계속 나와서 우리의 뒤를 이어 자유와 평등이 넘치는 대동 세상을 이루려 들 것이오! 이 길이 마땅히 사람이 가야 할 길이기 때문입니다."

망이가 말했다.

"망소이 장군은 할 말이 없소?"

"대장부의 삶이 이만하면 족하지요!"

망소이가 말했다.

"두 분 부디 편히 가시오!"

정세유가 말을 마치고 돌아섰다.

망이와 망소이의 목에 밧줄이 걸렸다.

목숨이 끊어지면서 망이는 막막한 어둠 속에서 하나의 횃불이 불쑥 솟구치고, 이어 무수히 많은 횃불이 거대한 들불이 되어 광활한 대지를 활활 태우는 모습을 보았다. 모든 것이 타 버린 대지에 다시 꽃이 피고 새가 울고, 온갖 열매가 주렁주렁 열리고, 모든 사람들이 함께 손잡고 춤추는 세상, 대동 세상이 펼쳐졌다. 죽어가는 그의 얼굴에 편안한 웃음이 어렸다.

그 순간 망소이는 탄동 아씨와 아직 어린 아들의 얼굴을 떠올렸다.

"대동 세상!"
"대동 세상!"
망소이는 두 사람에게 목이 터지게 외치고는 숨이 끊어졌다.

망이와 망소이가 처형되자 정세유는 즉시 옥졸을 시켜 명학소 사람들을 불러 왔다.
정세유는 숙연한 얼굴로 말했다.
"두 사람은 죽을 때까지도 의연하기가 산과 같았소이다! 영웅답게 살고, 영웅답게 갔소! 내가 이런 역할을 맡게 된 것이 매우 유감스럽소!"
정세유는 소달구지에 실린 망이와 망소이의 시신을 명학소 사람들에게 정중하게 인계하였다.
정첨, 계암, 법광, 법릉, 진일규와 그의 딸 수진, 난명, 망이와 망소이의 명학소 친구들은 두 사람이 실린 소달구지를 끌고 청주성을 빠져나왔다.
소달구지가 공주 관내에 들어서면서부터 수많은 사람들이 망이와 망소이를 따라왔다.

천하장사 망이 대장군이 죽어서 왔다!
망소이 장군이 죽었다!

사람들의 울음 섞인 외침이 산하를 울렸고, 갈수록 더욱 많은 사람들이 모여들었다. 명학소에 도착한 망이와 망소이는 마을 남산 기슭에 매장되었다.

두 사람의 장례가 끝난 뒤에도 사람들은 흩어지지 않았다. 뒤늦게 소식을 들은 인근 마을 사람들이 끝없이 밀려들었다. 밤이 되어서도 횃불을 든 행렬이 명학소를 향해 줄지어 왔다.

위위위위!
위위위위!
위위위위!
위위위위!

그들이 외치는 비탄의 함성이 오래오래 명학소 산하를 흔들었다.
위위위위! 함성은 바람이 되어 계룡산을 감돌아 백두대간을 휩쓸고,
위위위위! 함성은 금강의 물결 따라 전라도로 양광도로, 전국으로 퍼
져나갔다.

위위위위! 위위위위! 그들의 함성은 우리 모두의 함성이 되어 지금
도 바람을 타고 우리의 산하를 흘러 다니고 있다.

위위위위!
위위위위!
위위위위!
위위위위!

『망이와 망소이』 제5권 〈횃불과 들불〉 끝

(전5권 끝)

『망이와 망소이』를 마치며

향(鄕)·소(所)·부곡(部曲)은 고려시대 천민(賤民)들이 모여 사는 마을이었다. 봉건시대에 이곳 천민들은 갖은 억압과 천대를 받으며 가혹한 공부(貢賦)에 시달리며 비참한 삶을 이어갔다. 생각이 있는 사람이라면 이런 봉건적인 불평등, 불합리한 차별과 착취, 억압과 불평등의 현실을 어떻게 견디며 살겠는가. 언제까지 소나 말보다 못한 대접을 받으면서 짓밟히며 살겠는가. 이러한 까닭으로 향·소·부곡에선 평등과 자유를 향한 크고 작은 항쟁이 끊임없이 일어났으며, 천민으로서 그러한 항쟁의 횃불을 최초로 높이 쳐든 사람이 바로 명학소의 망이와 망소이이다.

명학소(鳴鶴所)는 지금 대전의 유성구에 있었던 천민들의 마을이었다. 소(所)란 일반적으로 어떤 특산물을 생산하여 관부(官府)에 바치는 곳인데, 명학소에서 어떤 물건을 생산했는지 역사에 기록된 것은 아직 발견되지 않았다. 다만 최근 몇 역사학자들은 철(鐵)을 생산해서 갖가지 도구를 생산한 곳이 아닌가 추론하고 있다. 나는 처음 이곳이 종이를 생산한 지소(紙所)라 생각하여 〈좋은 문학 좋은 동네〉에 처음 작품을 발표할 때 지소로 묘사했다가, 이번에 이들 학자들의 견해에 따라 다시 철소(鐵所)로 바꾸어 썼다.

작품에 서술된 대로 명학소의 봉기가 가까스로 진압되긴 했지만 조정은 이로 인해 크게 놀랐다. 망이·망소이의 봉기에 향·소·부곡, 화척 등의 천민들뿐만이 아니라 일반 농민들도 광범위하게 가담했다는 것을 알았기 때문이었다. 무엇이 이렇게 많은 사람들을 일어나게 했는가? 그들을 근 2년이나 목숨을 걸고 투쟁하게 한 것이 무엇인가?

결국 조정에서는 탐관오리와 호족들의 무자비한 가렴주구(苛斂誅求)와 대규모의 토지겸병에 의해 대다수 백성들의 삶이 도탄에 빠져, 목숨을 걸고서라도 일어나지 않을 수 없는 지경에 이르렀다는 결론에 도달했다. 이러한 반성에 따라 명학소의 봉기가 진압된 이듬해인 명종 8년(1178년) 정월 정사일에 조정은 각 도에 찰방사를 파견하였다. 공부랑중 최선을 홍화도에, 형부원외랑 최효저를 운중도에, 합문지후 임유겸을 삭방도에, (중략) 형부시랑 이문중을 광청주도에, 기거주 황보탁을 춘주도에 파송하였다. 이들 찰방사의 임무는 도탄에 빠진 백성들의 고통을 위무(慰撫)하고, 관리들의 잘잘못을 살펴서 상벌을 실시하는 것이었다. 이때에 탄핵을 당해 쫓겨난 관리들이 800여 명이 넘었다. 그 중 춘주도 찰방사로 간 황보탁은 이때 상벌을 정밀하게 하지 못하였다 하여 파면되기도 했다.

그러나 이들 지방관들은 거의 모두 조정의 권세가들과 밀접한 연(緣)을 가지고 있었고, 그 때문에 얼마 지나지 않아 쫓겨난 대부분의 사람들이 다시 복직되었다. 조정 권세가들의 탐학은 그대로 두고 지방관들의 책임을 묻는다는 것이 이처럼 공허하고, 태생적인 한계를 지니고 있었다.

이러한 조정의 고식적(姑息的)인 대응 때문에 백성들의 고통은 계속되었고, 이에 대한 백성들의 항쟁 또한 끊이지 않았다.

명종 8년(1178년) 충주 지방에서 석령사의 난이 일어났고, 명종 9년 2월 서경에서 다시 봉기가 일어났다. 명종 13년 5월 전주에서, 명종 21년 1월 경주에서, 그리고 경상도 운문과 초전에서 김사미와 효심의 대규모 민란이 일어났다.

신종 1년(1197년) 5월 최충헌의 노비 만적이 개경에서 난을 일으켰다. 신종 2년 명주와 동경에서, 신종 3년 4월엔 진주에서, 8월엔 금주에서 민중 봉기가 일어났다.

이러한 민중들의 끊임없는 항쟁으로 새 왕조로 들어서면서부터는 결국 향·소·부곡 같은 천민집단이 사라지게 되었다.

시간이 흐르면서 역사는 자유와 평등, 다수 인간의 존엄을 향해 발전해 나아간다. 그러나 이러한 발전은 저절로 이루어지는 것이 아니라, 그것을 향한 피어린 민중의 투쟁과 희생 위에서만 결실을 맺는다. 기득권자들은 자기들이 누리던 특권을 쉽게 포기하려 하지 않기 때문이다. 결국 역사는 소수의 지배자들이 향유하던 특권을 폐지하고, 모든 사람들이 평등하게 자유와 존엄을 누리는 세계정신을 향해 흘러간다.

소설은 근본적으로 허구(虛構)와 가공(架空)의 산물이다. 작가의 상상력의 산물이다. 그런데 역사소설의 경우엔 작가의 자유로운 상상력과 역사적 진실(사실)이 충돌을 빚게 된다. 실재(實在)한 역사적 사건이나 등장인물을 작품화할 경우 피치 못하게 작가의 상상력은 제약을 받게 된다. 역사적 진실에 위배되어서는 안 되기 때문이다. 이 작품을 쓰면서 나는 역사적 진실에 어긋나지 않기 위해 〈고려사〉, 〈동국여지승람〉 등 기본 사료는 물론, 내 나름으론 많은 학자들의 저서와 논문을 참조했다. (강진철, 홍승기, 이만열, 변태섭, 박용운, 하현강, 김당택, 이수건, 박종기, 민현구, 윤용혁, 심우성, 이정신 등) 그중에서도 이정신 교수의 〈고려 무신정권기 농민·천민항쟁 연구〉에 힘입은 바 크다. 여러 학자 제위께 감사드린다.

혹 이 작품에 서술된 내용과 역사적 진실이 상치(相馳)된 것이 있을지도 모른다. 작가의 무지(無知)로 인한 것도 있으려니와 소설의 구성상 의도적으로 역사적 진실을 무시한 부분도 있을 것이다. 독자 여러분의 너그러운 혜량을 바란다.

2020년 11월 저자 삼가 씀.

時軍旅西征應奉使覘我虛實發神騎抄猛
班迎于道路巳巳宴金使公州鳴鶴所
民亡伊亡兩伊等嘯聚黨與自稱山行兵馬
使攻陷公州甲戌幸神衆院行香遣抵候
祭元帥郎將朴剛壽等宣諭南賊猶不從王
引鬼群臣於便殿咨訪討賊之策二月丁
亥召募壯士三千命大將軍丁黃載將

博仁等將之以討南賊 庚寅移御景福宮
燃燈王如奉恩寺 甲午金人以兵舩十餘
艘侵掠東海霜陰縣 戊戌設天帝釋道場
于明仁殿 乙巳王如靈通寺 三月丙午
朔日食 辛亥幸王輪寺設羅漢齋 乙卯
南賊執捉兵馬使與賊戰不利士卒多亡
請與僧以補師 夏四月壬寅親設五百羅

搜遺路訖言軍旅之後沿路大疫從他路迎
候仍遣戶部郎中朴紹中郎將牙應時牽官
軍及神騎軍八十人往備不虞行至通德驛
賊果狜出捲擊死者十八九紹亦遇害矣
未王憂菩薩戒率卯震大湖 南賊首亡
伊遣人來請降 甲午王應囚 秋七月甲辰
官軍與西賊戰敗乃還 丁未王親製引咎

責躬詞吿謝于景靈殿太祖神御 庚戌西
賊首郎將金旦請降下制尙赦仍遣中使往
諭之 丁巳南賊處置兵馬使郞世猷等罷
賊首亡 伊亡所伊等因清州獄遣人吿捷
戊午遣抄猛班行菖李頔緽立成討西賊
八月庚午遣五軍別號討西賊 丙子滅
死囚二十八人配有人島 丁丑太史黎太白

※고려시대 개경의 모습

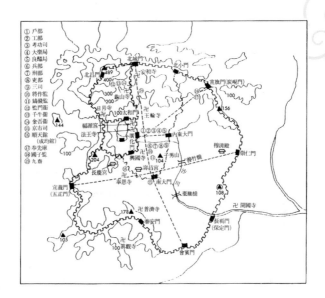

※명학군의 1, 2차 진군 경로

망이와 망소이 제5권 — 횃불과 들불

심규식 지음

발 행 처 · 도서출판 **청어**
발 행 인 · 이영철
영　　업 · 이동호
홍　　보 · 천성래
기　　획 · 남기환
편　　집 · 방세화
디 자 인 · 이수빈 ｜ 김영은
제작이사 · 공병한
인　　쇄 · 두리터

등　　록 · 1999년 5월 3일
(제321-3210000251001999000063호)

1판 1쇄 발행 · 2020년 11월 20일

주　　소 · 서울특별시 서초구 남부순환로 364길 8-15 동일빌딩 2층
대표전화 · 02-586-0477
팩시밀리 · 0303-0942-0478

홈페이지 · www.chungeobook.com
E-mail · ppi20@hanmail.net
I S B N · 979-11-5860-902-3(04810)
　　　　　979-11-5860-897-2(세트)

이 도서의 국립중앙도서관 출판시도서목록(CIP)은 서지정보유통지원시스템 홈페이지
(http://seoji.nl.go.kr)와 국가자료공동목록시스템(http://www.nl.go.kr/kolisnet)에서 이용
하실 수 있습니다.(CIP제어번호: CIP2020042675)